STEFANIE GREGG

Der Sommer der blauen Nächte

AF204795

● atb aufbau taschenbuch

STEFANIE GREGG, geboren 1970, studierte Germanistik, Philosophie und Kunstgeschichte in Bochum und Wien. Nach Stationen im Bereich Bucheinkauf und als Unternehmensberaterin widmet sie sich jetzt nur noch dem Schreiben. Zuletzt ist »Mein schlimmster schönster Sommer« bei atb erschienen.

Im Nachlass ihrer Mutter Marie findet Jule Briefe und das Foto eines Fremden. Was sie nicht findet, sind die azurblauen Bilder, an denen Marie, eine erfolgreiche Künstlerin, so gehangen hat. Unter die Trauer mischt sich Wut: Wie konnte Marie sie mit so vielen Fragen zurücklassen? Für Jule gibt es nur eine Chance, ihrer geliebten Mutter wieder nahe zu kommen. Sie reist nach Südfrankreich und ins Cinque Terre, an die Orte, an die Marie jedes Jahr allein gefahren ist, um zu malen. Hier lernt Jule nicht nur, zu verzeihen, sondern auch den Mut zu finden, die Liebe zuzulassen.

Stefanie Gregg

Der Sommer der blauen Nächte

ROMAN

 aufbau taschenbuch

MIX
Papier aus verantwor-
tungsvollen Quellen
FSC® C083411

ISBN 978-3-7466-3411-1

Aufbau Taschenbuch ist eine Marke
der Aufbau Verlag GmbH & Co. KG

1. Auflage 2018
© Aufbau Verlag GmbH & Co. KG, Berlin 2018
Umschlaggestaltung und Motiv www.buerosued.de, München
Gesetzt aus der Sabon durch Greiner & Reichel, Köln
Druck und Binden CPI books GmbH, Leck, Germany
Printed in Germany

www.aufbau-verlag.de

Für Melanie M.

Prolog

Ihr Pinsel tanzte über die Leinwand. Der Himmel, sie musste ihn schnell einfangen, er veränderte sich so rasch. Die
anderen sahen es nicht, für die meisten Menschen war der
Himmel am sommerlichen Mittelmeer den ganzen Tag über
gleich. Für sie nicht. Sie sah die zart-weißen Schlieren, die
weit oben entlangflogen und zeigten, dass dort in der Höhe
ein Wind war, der sie weiterblies. Sie sah das Funkeln, das
die Sonne unterschiedlich ausschickte, bei jedem winzigen
Bruchteil, den sie weiterrückte. Und gerade jetzt war er so
schön. Azurblauer Himmel. Ihr Lieblingshimmel. Wenn sie
ein Lieblingswort nennen müsste, so wäre es azurblau. Versprach dies nicht alles, den Himmel auf Erden? Die blauen
Stunden nannte man diese Zeit zwischen der Dämmerung
nach Sonnenuntergang und der dunklen Nacht. In diesen
Momenten hatte das Blau eine andere Färbung als zu jeder
anderen Zeit des Tages.

Sie sah ihn kommen, und ein Lachen huschte über ihr Gesicht. Er hatte er sie noch nicht gesehen. Schnell nahm sie
andere Farben zur Hand. Ein dunkles Blau für seine Hose,
ein Weiß für sein Hemd, den Sandton für seinen Strohhut. –
Den er nun schwenkte. Offensichtlich hatte er sie entdeckt.
Obwohl er dies aus der Entfernung nicht sehen konnte, lächelte sie ihm zu. Winken konnte sie nicht, denn ihre Hand
flog weiter über die Leinwand. Seinen Schritt musste sie
einfangen. Schnell, zielstrebig, direkt auf sie zu, sprühend

vor Leben, sprühend vor Glück, sprühend vor Lust – weit mehr noch als die funkelnden Strahlen der Sonne. Ein Strich hier, einer dort, schräg, die glückliche Eile festhaltend, ein Weiß im Blau der Hose, eine Falte, die die Sonne reflektierte, das Gesicht nur angedeutet, und doch war alles darin. Wer es wollte, konnte den Mann sehen, der zur Geliebten schritt. Wer nicht sah, konnte nur die Bewegung im Bild wahrnehmen. Auch gut. Der Wirbelsturm, die Dynamik, die auf sie zuraste. Als er nur noch einen Meter von ihr entfernt war, stand sie auf und ließ sich in seine ausgebreiteten Arme fallen.

Glück, noch mehr als das des Malens, dabei hatte sie nicht gewusst, dass das möglich war.

Er hielt sie fest und flüsterte ihr ins Ohr:

»Ich trete in die dunkelblaue Stunde –
Da ist der Flur, die Kette schließt sich zu
Und nun im Raum ein Rot auf einem Munde
Und eine Schale später Rosen – du!«

»Ein Gedicht? Von wem?«, fragte sie lächelnd.

»Gottfried Benn.«

»Noch wenige Minuten, dann werden unsere blauen Nächte daraus«, wisperte sie.

Und in diese blauen Nächte ließen sie sich sinken. In den Weinbergen, auf Felsen, am Strand. Phasen unendlicher Zärtlichkeit, langsamer Küsse, Finger, die Bahnen zogen, Augen, die geöffnet waren, um aufzunehmen, Kuhlen, Muttermale, Narben, von denen sie zuerst noch nichts wussten, später aber wie eine innere Landkarte jederzeit abrufen konnten. In ihren blauen Nächten fanden sie Strände, an denen sie nur wenige Steine störten. Sie legten sich auf den sandigen Boden und gehörten einander. Egal, was vorher war, was nachher sein würde, dieses Hier und Jetzt hatten sie, mit dem Rauschen der Brandung im Ohr gaben sie sich dem Rauschen von Seele und Körper hin. Sie atmeten die Luft des anderen, um ihn auf ewig ein Teil von sich selbst werden zu lassen. Egal, was kommen würde, sie gehörten einander. Für immer. Die Steine in ihrem Rücken, sie spürten sie nicht, und wenn doch, waren sie nur ein Zeichen, dass dies hier kein Traum, sondern wundervolle Realität war. Die Sterne im dunkelblauen Mittelmeerhimmel sahen sie nicht, weil ihre Augen sich auf den anderen richteten, die Sterne dabei nur erfühlten.

Momente, in denen ihre Augen geschlossen waren, weil die Körper es wollten, gierig waren und nicht freundlich, hart, sich holten, was sie wollten, bis sie aufschrien vor Erlösung. Dann nahmen sie sich, ohne zu geben, weil die Lust zu groß war und sie wussten, dass jeder die Lust des anderen noch mehr genoss als die eigene.

Schmerz und Drängen und Wollen und Wellen und Erleichterung und Vergessen.

Wenn sie daran dachte, erzählte ihr Körper ihr noch von Glück und Ekstase der Nacht. Keiner von ihnen beiden vergaß auch nur eine Sekunde ihrer blauen Nächte.

TEIL I

SCHWARZ

München

1. Kapitel

Es schneite weiße, unangenehm feucht-schwere Flocken, die sich, sobald sie auf den schwarzen Mänteln und Jacken landeten, in Tropfen verwandelten, mehr oder minder schnell den Stoff durchdrangen und ihre nasskalten Bahnen bis zu den dicken Pullovern zogen. Eine ältere Dame hatte einen schwarzen Schirm aufgespannt, während die anderen sich duldsam der feuchten Kälte aussetzten.

Der Pfarrer sprach viel zu lange. Alles, was sie ihm vorgegeben hatte. Sein gleichbleibend rührseliger Tonfall machte daraus jedoch einen bleiernen, falsch klingenden Brei.

»Sie war eine Frau, die immer für ihre Familie da war. Die sich fürsorglich um ihre Kinder gekümmert und sie wohlbehütet aufgezogen hat. Dabei war sie nicht nur eine liebevolle Mutter, sondern auch eine gute Ehefrau.«

Das klang alles furchtbar weihevoll. Irgendwie so hatte Jule ihm das tatsächlich erzählt, aber mit diesen Worten fühlte es sich falsch an. Wie hätte es richtig geklungen? Ja, Marie war immer für sie da gewesen. Ja, liebevoll. Und streng, wenn es nötig war. Wobei sie selten fand, dass es nötig sei. Aber das Besondere an ihr war doch etwas anderes. Wie hätte sie selbst ihre Mutter beschrieben? Sogar ihr als Tochter fiel es schwer, das Besondere an ihr in Worte zu fassen. Sie hatte so viele unterschiedliche Facetten. Würde sie sagen, sie sei eine Künstlerin, eine begnadete, erfolgreiche Malerin, hätte sie unterschlagen, was für eine wundervolle

Familienmutter sie gewesen war. Würde man sie als liebevoll und sozial bezeichnen, vergäße man, dass sie oft auch die Einsamkeit suchte. Sie lebte im Hier und Jetzt, und doch war sie manchmal auch abwesend, mit dem Kopf in den Wolken. Jule hatte sie unendlich geliebt. Manchmal war es leicht mit ihr und manchmal auch schwer. Marie war ein besonderer Mensch, den man nicht in Worte pressen konnte, dachte Jule, eher in einzelne Momente. Sie erinnerte sich daran, wie ihre Mutter ihr Tautropfen an den Grashalmen im Morgengrauen gezeigt und ihr dazu erklärt hatte, wie die Regenbogenfarben darauf entstanden. Oder wie sie lachen konnte über Menschen, die sie in ihrem Alltag beobachtete. »Sieh mal, Julchen, der Mann da vorne am Regal, der riecht tatsächlich an den Tomatendosen!« Als sie aus dem Supermarkt kamen, liefen ihr die zuvor zurückgehaltenen Lachtränen über die Wangen. Oder wenn sie vorlas und stockte, an einem Satz hängen blieb, einem Ausdruck, einem Wort, das ihr gefiel, es wiederholte und ihm mit jeder neuen Betonung einen anderen Sinn gab. Diese Momente waren Marie.

Ihr Bruder Thomas hatte darunter gelitten, dass ihre Mutter manchmal abwesend war, erst beim zweiten Mal Rufen zuhörte. Jule hatte es meist weniger gestört, denn wenn sie sich einem dann widmete, war sie ganz da, so präsent, wie es andere Mütter nie waren. Da machte es nichts aus, wenn sie auch mal träumte, in Gedanken war. Das war Mama. Das war Marie. Schon früh hatten Thomas und sie ihre Mutter bei ihrem Vornamen genannt, nur in seltenen Momenten Mama.

Wie hätte man all diese Facetten von Marie dem Pfarrer erklären können? Gar nicht. Sollte er säuseln. Sie und Thomas hatten sie gekannt. Wer von den Anwesenden es gewollt hatte, der auch. Für die anderen, die sie nie verstanden hatten, war es jetzt egal.

Was Jule über die Wange floss, war keine Schneeflocke.

Ihr Blick ging zu ihrem Bruder, der gebeugt dastand, mit seiner Susanne im Arm und den zwei Kindern rechts und links. Regelmäßige Schluchzer überzogen seinen Körper. Er hatte ihre Mutter anders geliebt als sie. Schon immer. Thomas war wie Papa, sie wie Mama. Er war Ingenieur geworden, und Papa, der Kieferchirurg, war enorm stolz auf ihn gewesen. Vor drei Jahren war ihr Vater gestorben. Damals dachte sie am Grab, sie würde mit sterben müssen. Papa war immer für sie da gewesen, er war der ruhende Pol. Jule hatte sich immer umhüllt gefühlt in eine warme Wolke von Familie. Es gab immer Zuspruch, Schutz und Sicherheit bei Mama und Papa. Jetzt war diese Wolke geplatzt.

Nur Thomas war noch da. Auch wenn er manchmal von der kleinen, chaotischen Schwester genervt war, würde er ihr bestimmt immer eine Stütze sein, wenn sie ihn brauchte. Aber, im Gegensatz zu Jule, hatte er eben seine eigene Familie, die ihn nun umhüllte.

»Asche zu Asche, Staub zu Staub«, hörte sie den Pfarrer sagen. Jetzt hatte sie wohl die zweite Hälfte seiner Rede verpasst. Machte nichts.

Als ihr Vater gestorben war, dachten alle, Marie würde es alleine nicht schaffen. Aber so war es nicht. Sie war zwar in Thomas' Nähe gezogen, um ab und an für die Kinder einzuspringen, aber sie regelte ihr Leben in der nun kleineren Wohnung souverän und routiniert. Während Thomas anfangs sogar Angst hatte, sie würde sich zu stark an seine Familie klammern, verweigerte sie später die Vereinnahmungen durch Susanne und die Kinder. Sie lebte ihr eigenes Leben. Welches eigentlich?

Jule wusste es nicht, sie war einfach zu sehr mit sich selbst beschäftigt gewesen in letzter Zeit. So viel Arbeit in der Psychotherapiepraxis, so viele schwere Fälle, und ihrer Mutter war es doch gut gegangen.

Jemand nahm sie beim Arm, und sie blickte erstaunt auf. Es war ihr Cousin, der sie leicht nach vorne schob. Kurz war sie irritiert. Was wollte er von ihr? Ach so, dieses seltsame Ritual, sie sollte eine Schaufel Erde auf das Grab ihrer Mutter schütten. Sie als Erste, natürlich.

Papa lag in der Gruft. Das hatte er sich immer gewünscht, und Marie hatte lange nach einem Friedhof gesucht, auf dem dies noch möglich war, und endlich eine Grabstätte gefunden, genauso, wie er es sich immer gewünscht hatte. Früher hatte Marie immer gesagt, ihr sei es völlig egal, wie man sie beerdige. Aber vor einem Jahr, als sie von ihrer Krebserkrankung erfahren, aber es niemandem erzählt hatte, hatte sie Jule beiseitegenommen. »Julchen, ich möchte unter einem Baum begraben werden. Ich mag das Gefühl nicht, in Stein zu liegen. Bitte, in der Erde, unter einem Baum.« Jule hatte noch gefragt: »Nicht bei Papa?« Irgendwie fand sie die Vorstellung, dass ihre Eltern nicht beieinander lagen, sehr befremdlich. Marie hatte lächelnd geantwortet: »Unsere Seelen sind doch beieinander.« Das konnte Jule verstehen, so war sie gewesen. Jeder durfte seine eigenen Wege gehen, seine eigenen Träume erfüllen, denn die Seelen waren ja beieinander.

So, wie Marie Papas Wunsch erfüllt hatte, hatte Jule es nun für sie getan. Sie hatte einen wunderschönen Friedhof mit alten Bäumen gefunden und unter einer riesigen, alten Trauerweide einen Platz ausgesucht, der ihrer Mutter gefallen hätte.

Nur Thomas war stinksauer gewesen. Er wollte sie in

die Gruft legen, neben Papa. In die Familiengruft, wo noch Platz für sie beide und Thomas' Frau und Kinder war. Mehr Platz war nicht. Thomas rechnete vielleicht schon gar nicht mehr damit, dass Jule auch mal jemanden finden oder gar eine Familie gründen könnte. Aber diesmal hatte Jule sich durchgesetzt, Maries Wunsch war so eindringlich gewesen.

Plötzlich nahm sie wahr, dass alle auf sie blickten. Wie sie dieses Erde-Draufschaufeln hasste. Sie nahm nur ein wenig Erde mit der Schaufel auf und ließ sie auf den Eichensarg rieseln. »Tschüss, geliebte Mama«, sagte sie leise, stellte die Schaufel wieder hin und drehte sich um.

Bei den wenigen Schritten zurück, blickte sie über die Trauernden, die wie eine große, schwarze, wogende Welle wirkten. Wahrscheinlich wegen der Träne, die in ihrem Auge hing. Hinter der großen schwarzen Welle, mit etwas Abstand, war ein kleiner, halber, schwarzer Punkt.

Jule blinzelte. Da stand ein Mann, ein ganzes Stück hinter der restlichen Trauergemeinde, halb versteckt hinter einem Baum. Obwohl er weit entfernt war und einen Hut ins Gesicht gezogen hatte, konnte sie an dem sich schüttelnden Körper sehen, dass er weinte. Heftig weinte. Jule versuchte, ihn genauer anzusehen, konnte aber durch den Schnee und die Entfernung kaum etwas erkennen. Sein weiter, langer Regenponcho ließ keine Rückschlüsse auf seine Figur zu. Kurz bewegte sich sein Hut, so als würde er hoch und ihr direkt ins Gesicht sehen, bevor er den Kopf wieder senkte.

Jule spürte, dass ihr Cousin ihren Arm ergriff und sie zurück in die schwarze Welle zog. Wie durch einen Nebel zog alles an ihr vorbei. All dieses Schwarz. Marie hätte das nicht gemocht. Sie trug nie Schwarz, eher Himmelblau, leuchtend Gelb, Knallorange oder Rosa. Als Malerin liebte sie Farben. Ihren Kleiderschrank nannte sie »die Farben des Himmels«.

Vielleicht gerade als Gegenbewegung verweigerte Jule schon als Schulkind die rot-gelb gestreiften Pullis, die ihre Mutter ihr zur blauen Latzhose hinlegte. Später trug sie existentia-listisches Pur-Schwarz, und ihre Mutter quittierte den Klei-derwandel mit einem wohlwollenden Lächeln. Sie ließ ihre Kinder immer ihren eigenen Weg gehen. Aber je älter Jule wurde, desto öfter fand ein buntes Kleidungsstück den Weg in ihre schwarze Garderobe.

Sie spürte plötzlich, dass sie vor Kälte zitterte.

»Komm. Wir wollen jetzt ins Gasthaus. Du fährst bei uns mit.« Thomas hatte sie auch von Zuhause abgeholt. Jule nickte ihr Einverständnis, und sie liefen vom Friedhof fort.

Ihre Blicke suchten die Wege ab. Der Mann war ver-schwunden.

2. Kapitel

»Hier kommt Mister Es-geht-gar-nichts-mehr.« Mit diesen Worten hatte Jules frühmorgendlicher Patient am ersten Arbeitstag nach dem Tod ihrer Mutter sich mit einem Seufzer auf den Sessel vor Jule fallen lassen.

Du sprichst mir aus dem Herzen, hatte Jule sich gedacht. Genau so fühle ich mich auch gerade. Warum muss ich schon wieder arbeiten? Pflichtbewusstsein? Oder der krampfhafte Versuch, sich abzulenken?

Sie lächelte ihn an. »Heißt das, es geht Ihnen nicht gut?«

»Das heißt, dass ich das mache, was Sie mir in der letzten Sitzung nahegelegt haben. Ich akzeptiere die Situation und meine Gefühle dazu.«

»Hm«, Jule sah ihn fragend an, »und das tun Sie, um meinem Ratschlag zu folgen oder weil Sie es auch so fühlen?«

»Ja, Frau Psychologin, weil ich es mir jetzt wirklich zugestanden habe.« Er grinste sie frech, aber freundlich an. Und sie lächelte zurück.

Immer wieder schweiften ihre Gedanken ab, zu ihrer Mutter, zu der Beerdigung, zu diesem Mann mit Hut. Sie hatte ihre Arbeit immer geliebt, aber jetzt im Moment, nach dem Tod ihrer Mutter, fühlte sie sich genauso, wie dieser Patient, der soeben gegangen war. Leer, ausgebrannt. Verdammt alleine. Müde und traurig. Genau in der Stimmung, alles am liebsten hinzuschmeißen.

Trotzdem vervollständigte sie jetzt ihre Notizen zum Patientengespräch, dann klappte sie den Ordner zu und lehnte sich zurück. Vom Flur hörte sie die leisen Stimmen ihrer Kollegen. Sie arbeitete in einer Praxis mit fünf anderen Psychologen und Psychotherapeuten. Mit manchen tauschte sie sich sehr gerne aus. Mit ihnen konnte man die Fälle der Patienten besprechen, sich selbst und die eigenen Therapien in Frage stellen, neue Ansätze finden, gemeinsam überlegen. Mit anderen, wie Meike und Annegret, tat Jule sich schwer. Vielleicht war sie auch einfach nicht gut in ›Smalltalk«. Ihre Stärke war es, zuzuhören wie Momo. Jules Lieblingsgestalt in der Kindheit war Michael Endes Momo, das Mädchen, das zuhören und fragen konnte und dadurch die Menschen glücklich machte. Erst in ihrem Studium war ihr klar geworden, dass Momo das Idealbild einer guten Psychologin war.

Heute aber war es ihr wirklich schwergefallen, sich auf ihren Patienten zu konzentrieren. Mehrmals hatte sie sich dabei ertappt, dass sie mehr auf sein blaues Jeanshemd als auf seine Ausführungen achtete. Blau. Wie die Lieblingsbilder ihrer Mutter. Blau, wie der Himmel heute auch war, als ob er nicht registriert hätte, dass Jule keine Mutter mehr hatte. Ein tiefes, schönes Blau. Marie nannte manche Farben in der Steigerungsform: Gelb und das gelbere Gelb, Rot und das rötere Rot. Ihre schönsten Bilder waren blau und blauer, alle Blautöne dieser Welt aufnehmend und verbindend.

Jule war geradezu im blauen Jeanshemd ihres Patienten versunken, als er aus der Tür hinausging.

Seufzend legte sie den Ordner auf ihren Schreibtisch. Vielleicht hätte sie sich ein paar Tage frei nehmen sollen nach dem Tod ihrer Mutter. Plötzlich klopfte es, und Thomas steckte seine Nase ins Zimmer.

»Schwesterchen, der Typ ist fort – kommst du?«

Die Verabredung mit ihrem Bruder hatte Jule fast vergessen.

»Ja, sofort.«

〰〰〰

»Also, ich mache das nicht.« Thomas verschränkte demonstrativ seine Arme.

Jule lehnte sich zurück und nahm einen Schluck von ihrem Cappuccino.

»Aber wir müssen ihre Wohnung doch ausräumen. Wir können das doch nicht einfach so lassen.«

»Wir gehen ein, zwei Stunden durch die Wohnung und sehen nach Wertsachen. Aber ich sortiere nicht Maries Kleidung aus. Ich krame nicht in ihren Sachen rum, ich will den ganzen Müll nicht sortieren. Ich mag es nicht und habe auch keine Zeit dazu. Wir holen uns so eine Organisation, ich habe schon nachgesehen, die räumen dir alles aus, gegen einen Pauschalpreis.«

Jule schloss kurz die Augen. Es war ihr nicht wohl dabei, die Sachen ihrer Mutter fremden Menschen zu überlassen. Aber sie hatte ja auch keine Zeit dazu. Konnte sie wirklich die gesamten materiellen Überreste des Lebens ihrer Mutter einfach so von fremden Menschen eliminieren lassen? Wollte sie nicht wenigstens alles Persönliche aufheben? Aber sie hatte doch gar keinen Platz in ihrer kleinen Wohnung.

Eigentlich wollte sie selbst auch nicht in Maries Sachen kramen. Sie wusste ebenso wie Thomas, dass ihre Mutter das nicht gern gehabt hätte. Jeder in der Familie hatte eine Privatsphäre, die alle anderen respektierten. Marie hätte auch niemals in ihrem Schrank gestöbert, oder ihr Tagebuch gelesen, wie sie es von der Mutter ihrer Freundin wusste. Nein, undenkbar. Es war selbstverständlich, dass jeder anklopfte, bevor er das Zimmer des anderen betrat. Jeder in der Familie Jansen akzeptierte den anderen mit all seinen Problemen, den inneren Zwisten, beispielsweise als die Kinder mitten in der Pubertät waren, den Eigensinnigkeiten und den Liebenswürdigkeiten. Wenn man etwas erzählen wollte, hatten alle ein offenes Ohr. Wenn nicht, bekam man eben einen stützenden Arm, nie aber bohrendes Nachfragen.

»Also?« Thomas sah sie herausfordernd an und blickte dann auf seine Uhr. Ein überdeutliches Signal, dass er nach der Mittagspause zurück zur Arbeit musste.

»Okay. Aber morgen gehen wir zusammen zwei Stunden durch die Wohnung und sehen durch, was wir noch mitnehmen wollen.«

Jule stand gebeugt über einem Umzugs-Karton.

»Na, was hast du jetzt alles drin, in deiner Erinnerungskiste?«, fragte Thomas lächelnd, der selbst ausschließlich die Wertsachen ihrer Mutter aussortiert hatte: Geld, Sparbücher, Akten, Schmuck und alles auf den großen Esstisch gelegt hatte.

Jule hingegen hatte vor allem persönliche Gegenstände herausgepickt, die ihr einfach unmöglich herzugeben schienen. Den goldenen Weihnachtsengel, den Marie jedes Jahr ab dem ersten Advent auf dem Tisch stehen hatte, ein paar Bücher, von denen sie wusste, dass sie an ihnen gehangen hatte, weil sie mit Widmungen versehen waren, der kleine silberne Taschenaschenbecher, den Jule lange Zeit für eine wunderschöne Dose gehalten hatte, und von der sie nicht einmal mehr wusste, woher sie kam, denn Marie hatte nie geraucht. Das Döschen mit dem Deckel hatte die Form einer

Rose, und Jule musste als Kind immer über die geschwungenen Blütenblätter mit dem Finger streichen, wenn sie am Regal vorbeigegangen war, wo es stand. Sie liebte diesen Ascher.

Es war ein seltsames Sammelsurium von persönlichen Gegenständen, die Jule in ihre Kiste gepackt hatte. Das weiße Sommerkleid. Jule hob es noch einmal aus dem Karton, fuhr über den weichen Stoff und legte es sorgsam zusammen. Ihre Mutter hatte das Kleid in dem Sommer getragen, in dem sie so glücklich war. Der Sommer, in dem sie nur mit Jule und ihrem Bruder in die italienischen Cinque Terre gefahren war.

Jule konnte sie vor ihrem inneren Auge damit durch die Weinberge rund um die Villa laufen sehen, die sie gemietet hatten.

Marie hatte damals das Kleid aus dem Koffer geholt und es dann auf einem Bügel an den Schrank gehängt. Danach hatte sie ihre anderen bunten Kleider, weite Hosen, Leinenblusen und ihre vielfarbigen Seidenschals, die sie sich so gerne um Hals oder Schultern warf, ausgepackt und in den Schrank gelegt.

»Mama, das ist das richtige Kleid für hier!«, hatte die kleine Jule bemerkt, als der weite weiße Rock im Wind des offenen Fensters geflattert hatte.

Kurz hatte Marie sie fragend angesehen, dann ihren Hosenanzug abgestreift und das Kleid übergezogen. Vor dem Spiegel drehte sie sich tänzerisch hin und her, dann nahm sie Jules Gesicht zwischen die Hände und küsste sie. »Julchen, du bist so klug! Du hast genau recht.«

Jule wusste noch, wie stolz sie auf dieses Lob gewesen war. Eigentlich konnte sie sich nur noch daran erinnern, dass Marie in diesem Urlaub jenes Kleid getragen hatte. Das weiße Kleid, das immer wie ein Leuchtstrahl schimmerte, wenn sie in den Gassen zwischen den berühmten bunten Häusern der Cinque Terre lief. Nein, irgendwie tanzte sie durch die Straßen des Fischerdörfchens Manarola. Vielleicht hatte Marie das Kleid jeden Abend mit der Hand gewaschen, um es am nächsten Tag wieder anzuziehen. So etwas war typisch für sie. Wenn ihr etwas gerade gefiel, dann genoss sie es eben.

Während Thomas und sie mit den italienischen Kindern der Nachbarschaft spielten, hatte Marie lange Spaziergänge in den Weinbergen unternommen. In Jules Erinnerung war sie immer in diesem ärmellosen, um ihre zierliche Figur flatternden weißen Kleid unterwegs. Nicht gerade ein Wanderkleid. Aber sie war nie besonders praktisch orientiert gewesen. Ihre Kinder hatte sie immer umhegt, geliebt, umsorgt. Aber nie so wie andere Mütter. Manchmal stand kein Mittagessen auf dem Tisch, wenn Thomas und sie von der Schule nach Hause kamen. Dann kochten sie eben das Essen selbst.

Dann wiederum gab es zu Mittag ein Drei-Gänge-Menü mit Artischocken als Vorspeise, die Marie so liebte. Sie saßen um den schön gedeckten Tisch, zupften die Artischocken-Blätter ab, tunkten sie in den großartigen Knoblauch-Dip und zutschelten sie aus. Das liebten sie alle drei.

Eigentlich hatte Marie gesagt, dass sie die Reise unternehmen wollte, um an einer italienischen Serie zu malen. Aber Jule konnte sich nicht erinnern, dass sie außer einigen Skizzen wirklich viel gemalt hatte in diesen Wochen. An was sie sich hingegen gut erinnern konnte, war, dass Thomas mit dem italienischen Nachbarmädchen angebandelt hatte. Und während der Weinbergbesitzer argwöhnisch darüber wachte, dass die Zwei nie allein waren, hatte Marie sehr bewusst manchmal weggesehen, wenn Thomas und seine bildhübsche Francesca aufs Zimmer verschwanden. Sie war nicht wie andere Mütter, die sich gleich Sorgen um die Zukunft gemacht hätten. Sie gönnte Thomas seine erste große Liebe von ganzem Herzen. Fast wehmütig hatte sie die beiden manchmal angesehen.

Jule nahm die wenigen Stücke vom Meißner Porzellan ihrer Großmutter, die noch heil geblieben waren, umwickelte sie mit Zeitungspapier und packte sie auch in die Kiste. Dann blickte sie auf. Thomas hatte gerade das letzte Gemälde ihrer Mutter sorgfältig mit Luftpapier verpackt. Allzu viele Bilder waren es nicht. Marie hatte immer verkauft. Nie teuer, sie gehörte nicht zu den ganz großen Malern, aber immerhin, der französische Kunsthändler nahm ihr fast alle Bilder ab, für seine Galerie in Paris, zu einem Preis, der sie zumindest leben ließ. Ihr schien das zu genügen.

»Thomas, wo sind eigentlich die blauen Bilder?«

Thomas sah sie verwundert an. »Stimmt. Die fehlen noch. Die müssen hier sein.«

Sie durchsuchten alle Räume, sie durchsuchten den Keller und sahen sich dann fragend an. Die blaue Reihe musste doch da sein. Es waren genau ein Dutzend in Blautönen gehaltene Werke, die die Lieblingsbilder ihrer Mutter gewesen waren. Sie hatte sie nicht einmal hergegeben, als der Kunsthändler ihr für eines eine Summe geboten hatte, die etwa ihrem Jahresverdienst entsprach. Alle zwölf aus der Serie hatte sie behalten und abwechselnd aufgehängt.

Und nun war kein Blaues mehr da.

»Das verstehe ich nicht. Marie hat sich doch von diesen Bildern nie trennen können. Dabei hat es Zeiten gegeben, da wäre ein verkauftes Bild nicht schlecht gewesen.«

»Du meinst, als Papas Praxis nicht so gut lief?«, fragte Thomas nach.

»Ja. Aber es kam nie für sie in Frage, die Bilder zu verkaufen!«, bekräftigte Jule. »Sie hing daran. Sie bedeuteten ihr mehr als alle ihre anderen Werke.«

»Jedenfalls haben wir jetzt über eine Stunde nach den Bildern gesucht. Sie sind zu groß, als dass sie noch unbemerkt in der Wohnung sein könnten«, stellte Thomas fest.

»Stimmt. Ich verstehe es nur einfach nicht. Sie hätte sich nie von diesen Bildern getrennt.«

Thomas zuckte mit den Schultern.

»Komm«, forderte er Jule auf, die wieder nachdenklich das weiße Kleid in der Hand hielt. »Also, das Bargeld teilen wir uns gleich. Die Konten werde ich auflösen und dir die Hälfte überweisen, nachdem wir das Ausräum-Unternehmen hier gezahlt haben. Das nimmst du.« Damit schob er ihr das Schmuckkästchen mit dem Schmuck zu.

»Aber dann möchte ich dir den Wert bezahlen«, erklärte Jule, die dennoch froh war, den Schmuck zu bekommen, es wäre schwer für sie gewesen, die Ketten ihrer Mutter an Susanne zu sehen.

»Ach was, das ist doch alles nicht viel wert. Das ist okay so.«

Jule nahm das Schmuckkästchen und stapelte es sorgfältig in der Kiste neben dem weißen Kleid.

»Jetzt haben wir es, oder?«, fragte Thomas. »Ich muss jetzt auch los.«

»Ja, ich glaube, wir haben alles. Geh ruhig schon. Ich laufe noch ein letztes Mal durch und verabschiede mich.«

Thomas verzog nicht einmal den Mund, obwohl er sonst so gerne die sentimentalen Anwandlungen seiner kleinen Schwester kommentierte.

Die Tür war kaum hinter Thomas ins Schloss gefallen, als Jule anfing zu weinen. Sie hatte die Tränen vorher noch zurückgehalten, aber sobald sie alleine war, flossen sie ungehindert. Langsam ging sie durch die Räume und fuhr dabei mit ihrer Hand über Möbel, Bilder und Gegenstände. Alles hier hatte ihre Mutter noch vor Kurzem berührt. Und jetzt war sie nicht mehr da. Mit einem Mal fühlte sie sich wie ein kleines, verlassenes Kind. Wohin sollte sie jetzt gehen, wenn sie Liebeskummer hatte, wenn sie alleine war, wenn sie eine Tasse Tee und ein wenig Zuspruch brauchte? Wer nahm jetzt den Platz neben ihr im Theater ein, wenn ein Freund gerade kurzfristig wieder mal kein Freund mehr war?

∼∼∼

Auch nach drei Gin-Tonic fühlte Jule sich noch genauso verlassen. Spontan war sie, nachdem sie eine Stunde später die Tür zur Wohnung ihrer Mutter sorgfältig abgeschlossen hatte, in ihre Lieblingsbar gegangen. Sie musste jetzt einfach unter Leuten sein, die Vorstellung, in ihre leere Wohnung zurückzukehren, hatte sie nicht wie sonst mit Vorfreude erfüllt, sondern sie zusammenzucken lassen. Sven, der Barkeeper, hatte bei der letzten Bestellung schon kritisch die Augenbraue hochgezogen.

»Sie hier?«, hörte Jule plötzlich eine Stimme hinter sich.

Irritiert sah sie den Mann an, der sich nun neben sie an die Bar gestellt hatte. Er kam ihr vage bekannt vor.

»Sie erinnern sich nicht mehr an mich?«

Jule kniff die Augen zu. Irgendwie schon, irgendwie nicht, nicht genau. Jedenfalls nicht jetzt. Das Einzige, was sie bemerkte, war, dass er ausgesprochen attraktiv aussah. Dunkle Haare, dunkle Augen, die sie sehr aufmerksam anblitzten.

»Ich war mal bei Ihnen in der Praxis.«

Ein Patient. Dann gleich wegsehen. Private Kontakte zu Patienten gingen gar nicht, das war immer höchst problematisch. Ihr Patient war er sicher nicht gewesen, daran hätte sie sich erinnern können, wahrscheinlich einer von den anderen Psychologen aus der Praxis.

»Wir haben zusammen gearbeitet.«

Doch einer ihrer Patienten? Sie musste deutlich zu viel getrunken haben.

»Sie haben mir die Räumlichkeiten und ihre Funktionen erklärt.«

Jule legte den Kopf schräg. Das war ihr jetzt alles irgendwie zu kompliziert. Aber er roch gut!

»Sie haben keine Ahnung, stimmt's?«

Jule konnte nur mit den Schultern zucken.

»Ich war der Architekt, der die Praxis umgebaut hat.«

Ja, jetzt kam eine Erinnerung. Der hatte ihr doch schon damals gefallen! Er hatte so ein nettes Lächeln. Genau so wie jetzt eben. Verschmitzt jungenhaft. Er hatte tatsächlich verstanden, auf was es bei Räumen ankam, in denen Psychologen mit ihren Patienten arbeiteten, und dies hervorragend in seinem Umbau umgesetzt.

»Ja! Doch! – Herr … Sie hatten so einen schönen, seltsamen Nachnamen. Italienisch oder so?«

»Ja. Leto. Ich heiße Benjamin Leto. In Italien gibt es tatsächlich viele Familien Leto.«

Ach ja, fiel Jule ein, Marlena hatte gerade noch über ihn geredet. Dass die Rechnung des Architekturbüros utopisch gewesen sei. Und dass ihr Mann, der Jurist war, Mittel und Wege finden würde, diese Rechnung nicht zu bezahlen. Jules Einwand, dass Marlena aber doch viele Zusatzwünsche gehabt hatte, hatte sie mit einem Handstreich fortgewischt.

Benjamin Letos dunkle Augen blitzten sie wieder an, und wie zufällig streifte seine Hand beim Gestikulieren ihren Oberarm. »Ihren Namen weiß ich noch: Frau Jansen. Nur den Vornamen haben Sie mir nie genannt.«

»Jule. Jule Jansen.«

»Ich würde Sie ja gerne auf etwas einladen, aber wie ich sehe, haben Sie bereits bestellt.« Sven räumte gerade ein Gin-Tonic- Glas fort und stellte das nächste hin.

Sie antwortete ihm nicht, sondern nahm einen großen Schluck Gin Tonic.

»Manchmal geht es also auch Psychologen nicht so gut, oder?« Wieder streifte seine Hand ihren Oberarm. Ein Prickeln durchfuhr sie.

»Yep.«

Weil sie nicht wusste, was sie tun sollte, kramte sie in ihrer Handtasche. Übersprunghandlung., kommentierte sie innerlich.

Dann zog sie den Autoschlüssel aus der Tasche und winkte dem Barkeeper: »Zahlen, bitte.«

»Sie fahren aber nicht mehr Auto jetzt, oder?«

»Doch. Ich brauche das Auto morgen früh.«

Jule sah genau, wie Sven und der Architekt Blicke wechselten. Vom Tresen nahm sie sich den roten Fransenschal, den sie sich heute zum schwarzen Kleid gegönnt hatte, und schlang ihn sich mit einer Geste um den Hals, die schwungvoll hätte sein sollen, ihr aber das Ende des Schals ins Gesicht schlagen ließ. Sie reichte Sven einen Schein hin. »Stimmt so.«

Verwundert stellte sie fest, dass er ihr dennoch zwei Scheine zurückgab. Er war ein guter Barkeeper. Sie hatte ihm wohl viel zu viel gegeben.

»Ich fahre Sie nach Hause.« Der Mann mit dem schönen Namen blickte ihr fest in die Augen.

Das war keine Frage, sondern eine Feststellung. Ein Befehl fast. Das durfte er nicht, fand sie, und schüttelte vehement den Kopf, was ihn nicht daran hinderte, ihr den Autoschlüssel sanft aus der Hand zu nehmen.

»Wo steht Ihr Auto? Ich fahre Sie damit nach Hause und Sie haben dann morgen früh Ihren Wagen vor der Tür.«

Jule beobachtete, wie der Barkeeper dem Mann zunickte. Das war eine Verschwörung. Und ging außerdem gar nicht. Sich nie von einem Fremden nach Hause fahren lassen. Niemals. Tabu. War er ein Fremder? Naja, eigentlich kannte sie ihn ja. Ob das als »Kennen« galt?

Sie hatte keine Ahnung, aber sie wusste selbst, dass sie nicht mehr fahren konnte. »Rechts auf der Seitenstraße. Grüner Fiat Panda.«

Als sie sich vom Barhocker erhob, schwankte die Welt etwas um sie herum. Ein schönes Gefühl, dachte sie, dann ließ sie sich mehr oder minder in den ihr angebotenen Arm von Benjamin Leto fallen und zum Auto bringen.

Sie war schon lange nicht mehr mit einem Mann Arm in Arm gegangen. Über ein Jahr nicht. Eigentlich wusste sie genau, wie lange: Vierzehn Monate war es her. Vierzehn Monate, seit Hannes ausgezogen war. In gegenseitigem Einverständnis, irgendwie, und doch auch nicht. Eher ging die Trennung von ihr aus. Zwei Psychologen in einer Wohnung, dieses permanente gegenseitige Analysieren, dieses ewig psychologisch korrekte ›Ich fühle aber ...‹-Sprechen, statt einmal richtig Schreien und Streiten. Unerträglich. Für beide. Nein, eher für Jule. Sie mochte dieses vorsichtige Herantasten nicht. Sie war lieber direkt und ehrlich, sagte ihren Patienten auch, wenn sie selbst verwirrt war oder keine

Lösung wusste. Hannes war immer so furchtbar korrekt, so wenig authentisch und geradeheraus. Sie hatte das einfach nicht mehr ausgehalten.

Obwohl es seitdem furchtbar leer in ihrer Wohnung war. Gerade jetzt hätte sie ihn gerne zu Hause gehabt. Jemand, der auf sie wartete, der sie trösten würde, ihr einen Tee machen, seinen Arm um sie legen. Man konnte gegen Hannes sagen, was man wollte, dass er langweilig war, manchmal überkorrekt, manchmal einfach nervig, aber zuverlässig war er immer gewesen, immer da, immer zu Hause, wenn sie kam. Ausgehen war nicht sein Ding. Eigentlich war er doch ein Fels-in-der-Brandung wie ihr Vater. Vielleicht war es falsch gewesen, sich von ihm zu trennen. Nur um jetzt alleine zu sein.

Der Mann neben ihr roch gut. Verdammt gut. Nach After-Shave und nach Mann. Sehr echt.

Vernünftig bleiben. Die Vernunft war im Gin verschwunden. Möglichst unauffällig schnupperte sie an ihm.

Er setzte sie in ihr Auto, und sie gab ihm ihre Adresse. Noch so etwas. Einem Fremdem die Adresse geben.

»Liebeskummer?«, fragte er bei einer roten Ampel.

Sie notierte zwar innerlich noch, dass dies eine viel zu private Frage für einen Fremden war. Aber es war wohl sowieso bereits alles egal.

»Nein, meine Mutter ist gestorben.«

»Oh, das tut mir leid.«

»Mir auch.« Und dann fing Jule an zu weinen wie ein Schlosshund. Laut und schluchzend.

Sie widersprach nicht, als er sie in ihrem Schwabinger Altbau-Mietshaus die Treppe hinauf zu ihrer Wohnung führte. Konnte sie auch gar nicht vor lauter Schluchzen. Sie widersprach auch nicht, als er ihr den Schlüssel aus der Hand nahm und die Tür aufsperrte und ihr öffnete. Sie stand weiterhin an die Flurwand gelehnt und heulte.

»Soll ich Ihnen vielleicht einen Tee machen?«, bot er zögernd an.

Sie nickte und tappte vor ihm in die Küche, wo sie auf das Bord deutete, auf dem Tee und Tassen standen, bevor sie sich auf einen der Stühle fallen ließ. Er griff nach ihrer Lieblingstasse, der mit dem Smiley darauf, als ob er es wüsste, und stellte sie ihr hin. Naja, war auch die vorderste, die auf dem Regal stand. Trotzdem ein Zeichen.

Nachdem das Wasser blubbernd gekocht hatte, füllte er zwei Tassen mit Teebeuteln und goss sie randvoll. Er trug Jeans und ein schwarzes Hemd, das locker über der Hose hing und an den Ärmeln einmal umgeschlagen war. Nicht, dass er Mister Superman gewesen wäre, aber er verbreitete eine angenehme Lässigkeit um sich. Anders als Hannes, der immer eine Strenge ausgestrahlt hatte, die sie dazu veranlasste, sich ständig zusammenzunehmen. Was jetzt, oder besser noch vor der Bar, vielleicht das Richtige gewesen wäre. Benjamin Leto ließ sie eher auseinanderfallen, ließ sie sich gehen. Jule fand »Fallenlassen« eine schöne Vorstellung, hatte es schon lange nicht mehr gemacht, naja, bis auf den Heulkrampf gerade.

Als er eine angebrochene Tüte mit Keksen sah, nahm er einen heraus und streckte ihn ihr hin: »Und es wird etwas dazu gegessen.«

Wie ein kleines Kind ließ Jule sich den Tee hinschieben und knabberte an dem Keks. Das tat gut.

Er setzte sich ihr gegenüber und nippte auch an seinem Tee.

»Darf ich fragen: Woran ist Ihre Mutter gestorben?«

»Krebs. Es ging ganz schnell. Sie hat die Diagnose wohl

vor einem Jahr bekommen. Aber uns, also mir und meinem Bruder, hat sie es erst vor ein paar Wochen gesagt.« Warum hatte sie ihnen das eigentlich nicht früher mitgeteilt, fragte Jule sich plötzlich. Teilte man so einen Schlag nicht gleich mit der Familie?

»Man ist nie alt genug, als dass einem der Tod der Eltern nicht den Boden unter den Füßen wegzieht«, sagte Benjamin Leto mitfühlend.

»Was ist mit Ihrem Vater?«

»Der ist drei Jahre zuvor gestorben. Schlaganfall.«

»Und jetzt fühlen Sie sich mit einem Mal sehr alleine.«

Sie grinste ihn an. »Sie könnten Psychologe werden.«

Er lachte. »Lieber nicht. Sich so viele krumme Geschichten anzuhören, da würde ich durchdrehen. Aber Ihnen macht Ihr Beruf Spaß, oder?«

Jule nickte. »Ja. Ich mache das wirklich gerne. Mich interessieren krumme Geschichten, und ich freue mich, wenn ich Menschen helfen kann, sich mit ihren krummen Wegen zu arrangieren.«

»Ja. Das merkt man Ihnen an.«

»Und Sie?«

»Ich mag meinen Beruf auch sehr gerne. Ich finde, in der Architektur verbindet sich Menschliches und Ästhetik, ich möchte Räume schaffen, in denen die Menschen so leben können, wie das für sie gut ist.«

Das klang schön, ihr gefiel seine Begeisterung.

Er erzählte von seinem Studium und welche Fragen ihn beschäftigt hatten, und mit einem Mal erinnerte sich Jule wieder an den Professor, der ihr klar gemacht hatte, dass sie Verhaltenstherapeutin werden wollte.

»Was genau ist Verhaltenstherapie?«, fragte Leto interessiert.

»Die klassische Psychoanalyse geht in die Vergangenheit des Patienten. In der Verhaltenstherapie geht man davon aus, dass jedes Verhalten erlernt wurde und somit auch wieder verlernt werden kann.« Jule trank einen Schluck Tee. »In meiner psychotherapeutischen Ausbildung nach dem Studium habe ich auch nach der klassischen Psychoanalyse therapiert. Aber ich finde den Ansatz der Verhaltenstherapie besser. Lösungsorientierter und einfach weniger darauf bedacht, zurückgewandt nach den Fehlern zu suchen.«

Leto nickte. »Stimmt. Das kann ich mir gut vorstellen.« Er dachte kurz nach. »Also kein Wühlen in den Fehlern der Vergangenheit. Nicht so wie nach Freud?«

Jule nickte. Anscheinend kannte er sich ein wenig aus.

Er fuhr fort: »Sie bringen Ihre Patienten eher dazu, sich zu überlegen, wie es besser gehen kann.«

»Ja, das wäre schön«, Jule sah ihm in die Augen, braune Augen, »so sollte es im Idealfall sein.«

»Und wie machen Sie das genau?«

»Zuerst bespreche ich mit den Patienten sehr klar die Therapieziele und die Behandlungsschritte. Der Patient soll sich persönlich als verantwortlich wahrnehmen. Ich versuche ihn genau in diese Eigenverantwortlichkeit zu führen.«

Jetzt bin ich in einem Fachgespräch über Verhaltenstherapie, dachte sie und schüttelte leicht den Kopf. Über die Probleme anderer konnte sie wunderbar reden, den meisten ihrer Patienten helfen. Aber sich selbst? Null.

Sie merkte, wie gerne sie sich mit Leto unterhielt. Lange habe ich keinen Mann mehr getroffen, der so interessiert war, schoss es ihr durch den Kopf.

»Für mich ist eigentlich das größte Problem, dass ich meine beruflichen Eindrücke nicht immer bei Arbeitsschluss ablegen kann. Man denkt darüber nach. Manchmal fällt mir beim Spaziergang noch eine Therapiemöglichkeit ein, oder ich grüble, was hinter einem Problem stecken könnte.«

»Und das …«, Leto streckte grinsend oberlehrerhaft den Zeigefinger in die Luft, »… führt zum Burn-out!«

Jule fing an zu lachen und konnte nicht mehr aufhören. Als ob sie mit diesem unbändigen Lachen alles abschütteln könnte. Dann erst erklärte sie dem etwas verunsicherten Leto: »Heute früh hatte ich so einen Patienten. Und wissen Sie, was ich gedacht habe? Dass ich mich genauso fühle wie er.«

Zögerlich fragte er: »Und warum finden Sie das jetzt so lustig?«

Ja, warum eigentlich?

»Weil es einerseits der größte Fehler ist, den man machen kann, sich mit einem Patienten zu identifizieren. Und weil es fast schon klischeehaft ist: der selbst eigentlich therapiebedürftige Therapeut.«

»Ihre Mutter ist gerade gestorben. Es braucht Zeit, um Trauer zu verarbeiten. Und wann wohl mehr als bei der eigenen Mutter?«

Er hatte so recht. Auch das kannte sie doch. Die berühmte Vier-Phasen-Theorie der Trauerbewältigung.

Und nun saß dieser Fremde vor ihr und erklärte ihr das alles. Wieder schossen ihr die Tränen in die Augen. Leto schaute erst etwas hilflos, dann legte er vorsichtig seinen Arm auf ihren und stand schließlich auf, um sie in die Arme zu nehmen.

Nachdem sie sich wieder beruhigt hatte, setzte er sich hin und reichte ihr ein Taschentuch.

»Sie sollten jetzt ins Bett gehen.« Er lächelte und stand

auf. Sie folgte ihm zur Haustür, wo er sich noch einmal umdrehte. »Auf Wiedersehen.«

Und dann küsste sie ihn. Sie schlang ihre Arme um seinen Hals und küsste ihn, vorsichtig und dann nicht mehr vorsichtig. Er roch so gut. Und er ließ sich nicht nur küssen, sondern küsste sie zurück, und seine Hände legten sich auf ihre Taille, bis er sie leicht zurückschob.

»Das ist keine gute Idee. Sie haben heute ganz schön viel getrunken.«

»Das ist die beste Idee, die ich seit langem hatte«, entschied sie und erstickte jedes weitere Wort mit einem Kuss.

Sanft öffnete sie ihre Lippen und ihre Zungen fanden sich.

Als sie sich liebten, zögerte auch er nicht mehr. Und wie er sie liebte. Seine Hände glitten über ihren Körper, suchten jede Kuhle, fanden jede empfindliche Stelle. Sie schloss die Augen und gab sich ganz ihren Gefühlen hin. Kein Platz für Reflexion, wie mit Hannes. Nur ein Hier und Jetzt und ein sehnsuchtsvolles Brennen in ihrem Körper. Das er stillte.

Irgendwann sagte sie in dieser Nacht zu ihm: »Ich habe das nur getan, weil du so gut riechst«, und er lachte leise.

3. Kapitel

Jule hatte die Augen noch geschlossen, sie sah das Tageslicht durch ihre fest zusammengedrückten Lider schimmern, der immer lauter werdende Wecker dröhnte dumpf in ihrem Kopf. Wenn sie sich umdrehte, würde ein Mann neben ihr im Bett liegen. Eigentlich ein Fremder.

Verdammt.

Aber ein attraktiver Mann, einer, mit dem sie eine genial schöne Nacht verbracht hatte. Sie entschied sich, sich zu freuen, öffnete die Augen und drehte sich um. Da lag niemand. Aber auf dem Nachtkästchen stand ein dampfender Kaffee. Daneben klebte ein Post-it:

Falls du die heutige Nacht bereust, musst du dich nicht mehr melden. Es tut mir leid – aber einer Frau wie dir zu widerstehen, liegt außerhalb meiner Möglichkeiten. Ich würde mich aber sehr freuen, wenn du mich anrufst!

Jule grinste. Sie sollte Reue empfinden. Hatte sie sich tatsächlich in betrunkenem Zustand auf eine Nacht mit einem nahezu Wildfremden eingelassen? Doch es stellte sich keine Reue ein. Stattdessen hatte sie dieses Dauerlächeln im Gesicht, das nicht mehr verschwinden wollte.

∿∿∿

»Ja«, nickte Jule, obwohl sie Schwierigkeiten hatte, sich auf ihre junge Patientin zu konzentrieren. Heute trug sie zum schwarzen Kleid eine gelbe Strumpfhose und einen ebenso sonnengelben Seidenschal – halb offizielle Trauerfarbe, halb eine lichtleuchtende Mariefarbe, hatte sie heute früh vor dem Spiegel entschieden.

Doch wenn sie jetzt auf ihren Schoß blickte, erinnerten sie ihre eigenen blassen Hände, die rechts und links auf den Lehnen um ihren schwarzen Rock lagen, immer wieder daran, wie der dunkle Sarg mit ihrer Mutter in die schneeweiße Erde versunken war.

Jule ermahnte sich selbst zu mehr Aufmerksamkeit auf ihre Patientin. Doch wenn sie hochsah und ihr Blick zum Fenster hinausflog, kamen Bilder der Nacht mit dem gut riechenden Mann in ihr hoch. Schöne, warme Bilder. Heiße Bilder.

Das war nicht gerade gut für ihre Konzentration auf die Siebzehnjährige, die vor ihr saß und von ihrem Leben erzählte. Ein Mädchen aus reichem Elternhaus, das offensichtlich, man musste nur ihren Arm ansehen, den die Ritzer übersähten, sehr unglücklich war. Da nützte kein Porsche, kein Schmuck.

In Jules eigener Jugend hatte Geld eine andere Bedeutung. Manchmal verdiente ihr Vater sehr gut mit seiner Praxis. Dann kauften sie Champagner, ihre Eltern setzten sich in den Garten und tranken dort ein Glas, während Thomas und sie aus einem Likörglas einen winzigen Schluck nehmen durften. Es wurden Doraden gegrillt, Shrimps und Filetstücke.

Manchmal war das Geld knapper, dann gab es Pfannkuchen und Armer Ritter. Ob Dorade oder Pfannkuchen, Marie war immer gleich gut gelaunt und summte beim Kochen. Einmal hatte Jule beobachtet, dass Papa in einer der schwierigen Zeiten zu ihr an den Herd kam, sie von hinten umarmte und flüsterte: »Mein Herz, es tut mir leid, dass es im Moment nicht zu mehr reicht.« Sie hatte sich umgedreht, seinen Kopf in ihre Hände genommen und gesagt: »Mein Mann, wenn ein Geldstück zu unserem Glück beitrüge, dann wäre unsere Familie eine Lüge.« Und dann küsste sie ihn sanft und zärtlich.

Jule hatte in der Tür gestanden und in diesem Moment gespürt, wie sehr sie ihre Eltern liebte. So wollte sie als Frau sein, und so einen wundervollen Mann wie Papa haben.

Als Jennifer die Tür hinter sich zuzog, musste Jule sich eingestehen, dass die heutige Stunde nicht ihre beste gewesen war. Fortschritte oder Erkenntnisse würde sie heute kaum in den Sitzungsbericht schreiben können. Wieder fragte Jule sich, ob sie sich nach dem Tod ihrer Mutter besser ein paar Tage Zeit hätte nehmen sollen.

Müde blickte sie um sich. Ein dunkler Sekretär, ein weißes Regal mit geschlossenen Türen, nicht zu viel Projektionsfläche für Patienten bieten. Zwei Sessel, dunkelblau. Nein, sie war nicht wie ihre Mutter. Sie lebte nicht losgelöst von allen Statussymbolen. Thomas war sicher noch extremer geworden. Frau, Haus, Kinder, Garten, Sicherheit, geregelte Arbeitszeiten und geregeltes Einkommen. Es war, als ob er das gegenteilige Leben ihrer eigenen Kindheit gesucht und gefunden hatte. Jule aber lebte in seltsamer Weise zwischendrin. Wahrscheinlich hätte sie durchaus gerne ein wenig mehr Sicherheit gehabt, ein geregelteres Leben, einen festen Partner. Hannes wäre so einer gewesen. Er hätte sie geheiratet, er wollte Kinder. Nicht dass er ihr schon mal einen

Heiratsantrag gemacht hätte, aber sie hatten es miteinander abgesprochen, dass sie das beide irgendwann mal so wollten. Es war ja noch Zeit. Obwohl doch auch bei Jule die innere Uhr zu ticken begann. Wieviel Zeit hatte sie denn noch mit fünfunddreißig? Hannes wäre die Sicherheit gewesen, das geregelte Leben, der feste, zuverlässige Partner.

Aber bei ihr funktionierte das alles nicht so richtig. Irgendwie hatte sie genau diese Sicherheit gescheut. Hatte sie Angst davor? Andererseits, so in den Tag hinein leben wie Marie konnte sie auch nicht. Außerdem hatte ihre Mutter das nur leben können, weil Papa für den sicheren Rahmen sorgte, wenn auch mal mehr und mal weniger. Mit einer anderen Frau, die das Geld nicht ausgegeben hätte, wenn es denn da war, hätte er sicher stabiler gelebt. Aber er liebte seine Frau über alles. Das wirklich Wesentliche in seinem Leben war Marie gewesen und dann die Kinder.

Ach Marie, dachte Jule, irgendwie hast du uns schon auch ein schweres Erbe mitgegeben. Wie soll man dir folgen? Wie dir nicht folgen? Hättest du uns nicht alles ein wenig leichter machen können?

Seltsam erschöpft lief Jule zur Toilette. Sie drehte den Wasserhahn auf und spritzte sich eiskaltes Wasser ins Gesicht. Ihre professionelle Distanz war verloren. Sie verwandte vielleicht mehr Aufmerksamkeit auf sich selbst als auf ihre Patienten. Das Wasser hatte auch ihre Haare nass gemacht. Ein prüfender Blick in den Spiegel zeigte ihr das eigene Gesicht mit dunklen Augenringen, verschmierter Wimperntusche und nassen Haaren. Ein Bild des Jammers. Sicherlich nicht das Bild einer souveränen Psychologin. Jule nahm sich ein Tuch und versuchte notdürftig, sich zu trocknen, als sie Schritte auf dem Gang hörte. Nein, keiner sollte sie so sehen. Sie sprang in eine Toilettenkabine hinein und verschloss die Tür.

»Nur eine Sekunde. Möchte schnell meinen Lippenstift nachziehen.«

»Ja, ich warte.«

Es waren Meike und Annegret, zwei Therapeutinnen.

»Hast du gehört, dass Marlena Jule am liebsten feuern würde?«

»Ja.«

»Hättest du das gedacht?«

»Warum nicht. Jule schickt ihre Patienten zu früh nach Hause. Marlena würde lieber noch mehr Folge-Therapiestunden sehen. Denkt halt nicht wirtschaftlich, unsere süße Jule.«

»Und die Pünktlichste ist sie auch nicht. Immer zu spät bei den Besprechungen.«

»Nur weil sie erfolgreich und beliebt bei den Patienten ist, glaubt sie, sie kann sich alles herausnehmen.«

»Würde schon die richtige treffen.«

Jule hörte das Schließen der Tür und setzte sich wie betäubt auf den geschlossenen Toilettensitz.

∿∿∿

Als sie ihre Wohnungstür aufschloss, hielt sie kurz inne. Gestern war sie mit Mr. »Riecht-gut« hier hineingegangen. Und das hatte sich ausgesprochen gut angefühlt.

Aber heute? Ein One-Night-Stand, Jule schüttelte über sich selbst den Kopf. Was dachte der wohl über sie? Naja, wahrscheinlich hatte er einfach gedacht, dass sie leicht zu haben wäre. War sie ja auch gewesen. Das war sonst wirklich nicht ihre Art. Fast schämte sie sich.

Jule schnupperte in der Luft und bildete sich ein, noch das Aftershave von Mr. Leto zu riechen. Benjamin. Sie sagte den noch ungewohnten Namen laut vor sich hin. Benny. Ben. Ja, Ben passte gut zu ihm. Und dabei breitete sich ein Lächeln auf ihrem Gesicht aus.

Im Bad band sie ihre schwarzen Haare zu einem Zopf zusammen und stellte sich unter die Dusche. Jetzt erst hatte sie das Gefühl, allen Restalkohol aus ihrem Körper heraus zu bekommen. Wo sie doch nicht mal viel vertrug. Ihrem Spiegelbild warf sie einen kritischen Blick zu. War gestern das Licht an oder aus gewesen? Sie konnte es nicht mit absoluter Sicherheit sagen. Frauen waren immer selbstkritisch gegenüber ihrem Körper, aber im Großen und Ganzen war Jule mit sich zufrieden. Vielleicht hätten es obenherum ein paar Zentimeter mehr, dafür um die Hüfte ein paar Zentimeter weniger sein können, aber nein, das war schon okay, Mr. Riecht-gut sollte eigentlich nichts gesehen haben, was ganz schrecklich war.

Und sie hatte diese zärtlichen Männerhände auf ihrem Körper einfach mal wieder sehr genossen. Sich getröstet hatte sie sich dabei auch.

Plötzlich erinnerte sie sich an die ekelhaften Konversation, die sie auf der Toilette mitgehört hatte. »Nicht wirtschaftlich bin ich, nicht pünktlich«, erinnerte Jule sich. Stimmte das tatsächlich? Beides wohl ein bisschen. Bei den Konferenzen war sie schon ab und an mal unpünktlich, weil sie eben eher eine Sitzung länger laufen ließ, wenn das nötig war. Und nicht wirtschaftlich war sie in dem Sinne, dass sie das tat, was für ihre Patienten das Richtige war.

Wollte Marlena sie wirklich kündigen? Bei dem Gedanken kam seltsamerweise keine wirkliche Panik bei ihr auf.

Eher etwas wie Beunruhigung, mit einer großen Prise Erleichterung.

Ihr Blick fiel auf den Umzugskarton. »Erinnerungskiste« hatte Thomas ihn genannt. Sie öffnete ihn und nahm den zuoberst liegenden Gegenstand heraus. Eine Tasse von Omas Meißner Porzellan. Sie betrachtete genau die fein gezeichneten Blumen in Rosé und Bleu mit den goldenen Girlanden darum.

An ihrem Frauenabend hatte Marie den Tisch mit diesem teuren Porzellan gedeckt. Der Frauenabend hatte lange nach dem Ligurien-Urlaub mit dem weißen Kleid stattgefunden. Aber er war so wichtig gewesen, wichtig für Jule, wichtig für das Verhältnis, das sie zu ihrer Mutter hatte. Jule wusste genau, dass sie Dreizehn gewesen war, als sie diesen riesigen Flecken Blut entdeckt hatte. Sie war zutiefst erschrocken, obwohl Marie ihr schon vorher gesagt hatte, dass die roten Tage kommen würden, dass sie damit zur Frau werden würde.

»Meine kleine Große«, Marie hatte Jule sanft und ernsthaft umarmt, »es erschreckt einen am Anfang furchtbar, aber es gehört zum Frausein dazu. Wir Frauen sind der Natur verbunden, viel enger als die Männer. Wir leben im Rhythmus der Natur und unseres eigenen Körpers. Und das ist schön.«

Jule kugelte eine Träne aus dem Auge, die Marie sanft fortwischte. Obwohl alles so schrecklich war, genoss Jule diese Aufmerksamkeit ihrer Mutter, die alle ihre Fragen in Ruhe beantwortete. Sie erinnerte sich, dass sie damals das Gefühl gehabt hatte, ihre Mutter spräche in einem anderen Ton als bisher mit ihr. Wie zu einer Erwachsenen. Wie von Frau zu Frau. Als es Abend wurde, wunderte sich Jule, dass

Papa und Thomas nicht da waren. »Die habe ich ins Kino geschickt«, erklärte Marie lächelnd.

»Heute ist nämlich unser erster Frauenabend!«

Es gab Jules Lieblingsessen: Pasta mit Basilikum-Pesto. Neben dem Wasserglas stand ein kleines Likörglas, in dem ein dunkelroter Wein funkelte.

»Meine Große, nun trinken wir auf dich.«

Zögernd griff Jule zu dem Glas und stieß mit ihrer Mutter an.

»Auf meine Tochter, die nun eine Frau ist«, hatte Marie gesagt. Sie hatten an diesem Abend geredet, gekichert, gelacht. Es war wundervoll. Ihr Frauenabend.

Jule drehte die Tasse in ihren Händen. Ob sie selbst mal so ein wunderbares Verhältnis zu ihrer Tochter haben würde? Dann schüttelte sie den Kopf, sie war nun wirklich weit davon entfernt, Mutter zu werden. Weder hatte sie einen Mann an ihrer Seite, noch wusste sie, wie der sein sollte. Nur bei einer Sache war sie sicher: Sie wollte keine lauwarmen Kompromisse eingehen, sie hatte bei ihren Eltern erlebt, was wahre Liebe ist. Es musste ja kein Prinz auf dem weißen Pferd sein, aber sie musste ihn bedingungslos lieben können, und genauso von ihm geliebt werden.

Jule zog Jogginghose und T-Shirt an, machte sich ein Käsebrot und setzte Teewasser auf.

Eigentlich wollte sie den Fernseher anschalten, als ihr Blick wieder auf den Karton fiel.

Sie zog ihn zum Sofa und holte erst die wenigen restlichen Stücke des Meißner Porzellans und dann weitere Gegenstände heraus. Das weiße Kleid. Warum nur war es ihr so wichtig? Sie würde es selbst nicht anziehen. Die Bücher.

Marie hatte sie auf einem besonderen Regal im Wohnzimmer stehen gehabt. Vorsichtig nahm Jule ein Buch nach dem anderen aus dem Karton. Es waren Bücher, die sie gerne gelesen hatte, oder Bücher, die persönliche Widmungen für sie enthielten, oder Erstausgaben, die sie meist zu Weihnachten geschenkt bekommen hatte. Papa hatte diese Bücher immer sehr sorgfältig ausgesucht und sich oft monatelang bemüht, sie bei Antiquariaten zu bekommen. Jule sah ihre Mutter vor sich, wie sie diese wertvollen antiquarischen Ausgaben unter dem Weihnachtsbaum immer sehr sorgfältig auspackte, erst den Einband genau betrachtete, dann den Inhalt durchblätterte und schließlich Papa einen Kuss gab und ihn liebevoll umarmte. Papa strahlte dann.

Jule blätterte in manche der Bücher hinein. Eines davon war das große illustrierte Märchenbuch, aus dem Marie Thomas und ihr so oft vorgelesen hatte.

Als sie alle Bücher in drei Stapel auf den Wohnzimmertisch gepackt hatte, fischte sie aus der Kiste einen von ihrer Mutter selbst bemalten Schuhkarton in verschiedenen wundervoll zart ineinander verlaufenden Blautönen von Azurblau bis zu einem Nachtblau. Jule öffnete den Deckel und sah, dass zwischen himmelblauen Trennblättern Fotos lagen. Obwohl sie müde war, konnte Jule nicht widerstehen und blätterte durch die Fotos. Kinderbilder von ihr und Thomas. Wieder einmal fiel ihr auf, wie unterschiedlich sie beide charakterlich und auch optisch waren. Thomas mit seinen blonden Haaren und dem breiten Gesicht, ganz wie Papa. Jule hatte das schmale Gesicht von Marie, ihre Haare waren sogar noch dunkler. Thomas wirkte schon im Sandkasten in sich ruhend, während Jules kleine Kinderaugen forschend in die Gegend sahen. Schon damals waren sie sehr verschieden.

Nach dem nächsten himmelblauen Trennblatt fand sie ein paar Fotos von dem gemeinsamen Amerika-Urlaub. Jule hatte den Eindruck, dass ob ihre Mutter in diesem blauen Schuhkarton die schönsten Erinnerungen gesammelt hatte. Papa war auf einen Kongress in Los Angeles eingeladen gewesen, was eine große Ehre für ihn bedeutete. Das war der Anlass, mit der ganzen Familie mit dem Wohnmobil drei Wochen durch die USA zu reisen. Für sie damals eine außergewöhnliche und besondere Reise, an die sie sich noch Jahre erinnert hatten. Thomas machte abends mit Papa Lagerfeuer an den Campingplätzen, sie grillten Steaks und sahen sich tagsüber die Naturparks mit ihren beeindruckenden Canyons an. Es war ein sehr harmonischer Familienurlaub gewesen. Sie hatten mit Papa lange Wanderungen durch die Nationalparks gemacht, einmal sogar einen Tagesausritt. Jule hatte plötzlich ein Bild vor Augen, wie Papa auf seinem langsamen und störrischen Pferd saß und spielerisch verzweifelt »Hüa, hüa« rief, während sein Pferd mal wieder stehen geblieben war, um an ein paar Gräsern zu knabbern. Thomas und sie hatten sich zu Papa umgedreht und gelacht, bis ihnen die Tränen in den Augen standen.

Obwohl, wie immer war Marie auch in diesem Urlaub nie ganz da. Sie saß auf einem Stuhl, sie genoss die Sonnenstrahlen, aber sie tobte nicht mit ihnen im Pool herum, sondern hatte den abwesenden Blick. Künstlerblick, hatte Jule später immer gedacht. Der Malerblick, der das Außen schon umwandelte in ein inneres Bild. Es war ein melancholischer Blick. Immer gewesen. Oder ein trauriger? Nein. Marie war eine Künstlerin. Papa nutzte dieses Wort gerne. »Meine Frau ist Künstlerin. Sie ist Malerin«, so stellte er sie oft vor. Er war stolz gewesen auf ihren Beruf, ihr Talent, ihre ungewöhnlichen und wunderbaren Fähigkeiten. Marie als die Besondere, die anders ist als andere Menschen, es sein darf, es sein muss, sie war Künstlerin. Ihre Mutter war nicht traurig, nur versunken, und manchmal gerade in dieser Versunkenheit so glücklich!

Eine Erinnerung schoss Jule durch den Kopf. Marie hatte getanzt. Immer. Wann immer, wo immer sie mochte.

Einmal war Jule in ihr Atelier mit den großen Fenstern, die Papa extra in dieses Zimmer eingebaut hatte, gekommen und hatte sie tanzen gesehen. Zu einer klassischen Musik wiegte sie sich in langsamem Rhythmus hin und her. Ihre Hände vollführten gleitende Bewegungen in alle Richtungen. Sie trug nur ein langes Hemd, wahrscheinlich von Papa, an diesem heißen Sommertag. Die Musik wurde sanft und ruhig, und mit den Armen umschlang sie sich selbst. Als ob sie von dem Mann träumte, der sie umfinge, der geliebte Mann, mit dem sie tanzte, sich im Tanz verband. Jule stand leise in der Tür und sah ihr zu. Wie konnte sie nur immer und in jedem Moment so glücklich sein? Andere Menschen waren doch manchmal außer sich, wütend, verzweifelt. Marie nicht, sie war immer im Augenblick oder im Augenblick ihres Traums. Damals hatte sie sich gewünscht auch einmal einen Mann zu finden, den sie so lieben könnte, dass sie sogar nach Jahren noch davon träumte, mit ihm zu tanzen. Aber, seltsam, eigentlich hatte Jule Papa noch nie tanzen gesehen.

Dann hatte Marie ihre Augen geöffnet, Jule gesehen, gelacht und sie an den Händen zu sich gezogen. Und dann tanzten sie und tanzten und tanzten.

Ihr melancholischer Blick, ihr Künstlerblick. Ihr abwesender Blick. Und plötzlich verfestigte sich der Gedanke in Jule: ihr trauriger Blick.

Ein weiteres Trennblatt, das letzte. Darunter waren drei Fotos. Das erste zeigte einen Mann in einem Café. Jule kannte ihn nicht. Mittelgroß, gut aussehend. Er trug ein schwarzes Jacket über einem lässig offen gelassenen weißen Hemd. Seine dunklen Augen blitzten in die Kamera. Auf dem nächsten Bild war der gleiche Mann, diesmal versunken in ein Buch blickend. Und auf dem dritten Foto noch einmal dieser Mann, in Badehose an einem felsigen Platz am Meer. Sie kannte diesen Felsbadeplatz.

4. Kapitel

Jule blickte aus dem Fenster ihrer Praxis. Unten lief eine Mutter mit einem kleinen Kind an der Hand die Straße entlang. Wie lange war es nun her, dass sie keine Mutter mehr hatte? Es fühlte sich irreal an.

Der Felsbadeplatz. Immer und immer wieder schob sich ihr das Bild vor Augen. Der Felsbadeplatz. Und was es bedeuten könnte. Oder auch nicht. An diesem Ort, den Jule kannte, so gut kannte, und sonst doch kaum jemand, ein Mann, ein Mann, der auf drei weiteren Fotos abgelichtet war, die Marie in ihrer Lieblingsfotokiste hatte. Sie verstrickte sich da in etwas, sie fantasierte, heute Abend würde sie es mit Thomas besprechen. Sie schob das Bild des Felsbadeplatzes von sich, das Bild des fremden Mannes.

Konnte es sein, dass ihre Mutter sich einfach aufgelöst hatte? Wohin? Verschwunden, fort. Niemals mehr zu erreichen.

Marie war oft nicht zu erreichen, und doch da gewesen. Könnte es nicht einfach weiterhin so sein?

Ein Klopfen riss Jule aus ihren Gedanken.

»Darf ich?«

Jule nickte und bat die Frau herein, die sich vorstellte als »Frau Lorenz, ich bin die Mutter von Jennifer«. Nach fast fünf Monaten Behandlung bekam sie jetzt zum ersten Mal jemanden von Jennifers Familie zu Gesicht. Dabei sah

sie nichts, was sie nicht erwartet hätte. Der große Brillant-
ring an der Hand der Frau erzählte von dem Reichtum dieser Familie. Der dunkelgraue Bleistiftrock, zusammen mit
Seidenbluse war exakt für dieses Ereignis gewählt. So ging
man zur Psychologin der Tochter. Stilsicher war diese Frau.
Für jeden Anlass hatte sie mit Sicherheit das perfekte Out-
fit: die große Robe für die Oper, das kleine Schwarze für die
Dinnerparty, das Sommerkleid für den Yachtausflug. Heute
also seriös. Mit Seidenblüschen.

Jule war sich nicht sicher, ob sie ihren eigenen Stil gefunden hatte oder einfach nur chaotisch war. Irgendwie
zweifelte sie in diesen Tagen ständig an sich selbst. Als ob
sie ihre Mutter zur Bestätigung brauchte, die sie auf die
Stirn geküsst hätte, ihr die Haarsträhne aus dem Gesicht
geschoben und gesagt: »Jule, du bist das hübscheste Mädchen auf der ganzen Welt. Und sicherlich auch auf dem
Mond!«

Frau Lorenz saß ihr gegenüber und hüstelte. War Jule
schon lange in Gedanken versunken?

»Ich möchte gerne von Ihnen wissen, wie Sie selbst Ihre
Tochter einschätzen.«

»Nun, Frau Jansen. Sie haben sie bereits oft gesehen. Jennifer ist labil. Sie ist uns gegenüber sehr launisch.« Frau Lorenz bearbeitete nervös ihre eigenen Finger.

»Was denken Sie, was Jennifer für Stabilität fehlt?«, fragte Jule.

Die stets hin und her huschenden Augen von Frau Lorenz blieben am Bild hinter Jule hängen. Es zeigte eine Hän-
gebrücke, die vom Betrachter aus über dunstiges Nichts an
ein anderes Ufer in einer amazonasähnlichen Landschaft
führte. Die meisten Patienten mochten es. Es zeigte den Weg
und das andere Ufer.

»Über sowas könnte ich nie laufen. Ich habe Höhenangst.«

Jule wiederholte ihre Frage nicht. Sie wusste genau, dass Frau Lorenz sie noch im Kopf hatte. Sie wartete.

»Jennifer war schon als Kind kompliziert, ein Schreikind. Ständig gab es Probleme mit ihr. Ich glaube, Jennifer ist … krank. Und ich kann ihr nicht helfen«, presste Frau Lorenz heraus.

»Jennifer geht es nicht gut, aber ich halte es für möglich, dass Sie ihr helfen können.«

Jetzt hätte eine normale Mutter aufgeblickt und Jule in die Augen gesehen. Frau Lorenz sah zum Fenster hinaus, nachdem ihre unruhigen Augen kurz hektisch geblinzelt hatten.

Marie, was hätte sie als Mutter in dieser Situation getan? Geweint? Gefragt, was sie tun könnte? Ach, Unsinn, undenkbar, es wäre nie soweit gekommen. Aus einem einzigen Grund: weil sie ihre Kinder über alles liebte. Über alles?

»Jennifer braucht ihre Zeit. Zeit und Zuwendung.« Was für ein blöder Satz. Den musste man doch einer normalen Mutter nicht sagen. Oder doch? Bei Marie war das so seltsam gewesen. Sie war gar nicht so viel da, sie war oft im Atelier oder mit den Gedanken so weit fort, dass sie über Dinge stolperte. Aber wenn Jule sie brauchte, dann war sie da, so präsent, als ob sie für nichts anderes im Leben geschaffen sei. Aber sonst? War ihre Mutter wirklich so viel besser als Jennifers Mutter? Hatte sie sich nicht immer zuerst um ihre Dinge gekümmert? Thomas und sie hatten Essen gemacht, manchmal die Wäsche gewaschen, manchmal gesaugt, wenn es gar zu dreckig wurde. Nur wenn es wirklich nötig war, war Marie da gewesen.

»Da ich weiß, dass das nicht einfach ist, möchte ich vorschlagen, dass Sie einen Nachmittag in der Woche als Mutter-Tochter-Tag festlegen und an diesem Tag etwas gemeinsam unternehmen.«

Frau Lorenz blickte so, als ob sie die Höchststrafe erhalten hätte.

»Meinen Sie, Sie können das schaffen?«, hakte Jule nach.

»Einen Mutter-Tochter-Tag.«

»Ja.« Jule wartete.

»Das klingt schön.«

Oh, das war positiver, als Jule es erwartet hatte. Jule sah diese magere Frau an und wusste plötzlich genau, dass Frau Lorenz selbst nie einen Mutter-Tochter-Tag gehabt hatte.

Sie hatte Mutter-Tochter-Tage gehabt, wundervolle. Und plötzlich drängten sich diese schrecklichen Gedanken zu einem Satz zusammen. Und dieser Mann am Felsbadeplatz, er musste auch Tage mit ihrer Mutter gehabt haben. Anders war es nicht zu erklären.

~~~

Als Jule an Thomas' Haustür klingelte, hörte sie drinnen bereits das lautstarke Gezanke von Lina und Niklas, allerdings noch übertönt von Bobbys tiefem Bellen, das mit ihrem Läuten eingesetzt hatte. Lina öffnete die Tür. »Hallo Tante Jule!«

»Hallo Lina.«

Die hatte sich bereits wieder weggedreht und rief zu Niklas. »Wenn du mir nicht sofort die Fernbedienung gibst, dann erzähl ich Tante Jule von deiner neuen Freundin – und die zerlegt dann dich und sie psychologisch!«

Die Drohung hatte ungeahnte Wirkung. Der sechzehnjährige Niklas kam mit erhobenen Händen in den Flur, spielte einen getroffenen Cowboy, der vom Schuss strauchelte und dann langsam zu Boden ging. Unten liegend und sterbend röchelnd reichte er Lina die Fernbedienung hin, die sie triumphierend annahm und damit ins Wohnzimmer lief.

Noch auf dem Flurboden liegend, jammerte er »Tante Jule, das bedeutet jetzt die nächste Stunde *Grey's Anatomy* ...« und damit tat er, als ob er mit einem letzten Todesseufzer verstarb.

»Echt hart. Dann musst du dich halt zu uns Erwachsenen setzen«, erklärte Jule und bot Niklas die Hand an, die er annahm und aufstand.

In dem Moment, als sie dies gesagt hatte, bedauerte sie es auch schon. Obwohl sie sonst sehr gerne ihren Neffen und ihre Nichte um sich hatte, wollte sie heute doch mit Thomas alleine reden. Am allerliebsten sogar ohne Susanne.

»Ne. Ich schau auf meinem Handy *Walking Dead*.«

»Oh, da halte ich aber *Grey's Anatomy* noch für sinnvoller. *Walking Dead*, das sind doch diese Zombie-Geschichten.«

»Jap!«, antwortete Niklas und verschwand mit zombieartigem Gestöhne nach oben. Obwohl Jule über diesen Abgang lächelte, war sie erleichtert, ihren Bruder vielleicht doch für sich alleine zu bekommen.

Nun kam auch Thomas in den Flur. »Hallo Schwesterherz«, sagte er und küsste sie auf die Wange, »komm rein«.

Sie legte ihren Mantel auf der Ablage ab und folgte ihrem Bruder in die Küche.

»Wir haben schon gegessen. Magst du noch etwas? Susanne macht dir bestimmt nochmal den Auflauf warm.«

Jule schüttelte den Kopf und hielt ihren Bruder am Arm fest, der sich gerade schon umdrehen und seine Frau rufen wollte.

»Ich würde gerne kurz mit dir alleine sprechen.«

Thomas sah sie fragend an: »Einen Rotwein?«

Jule nickte und beobachtete, wie er eine Flasche öffnete, zwei Gläser eingoss und sie an die Küchenbar stellte, wo Jule sich auf einen Barhocker gesetzt hatte.

»Ich habe etwas in Maries Sachen gefunden.«

»Bargeld?«

Typisch, dass er daran dachte, stellte Jule fest.

»Nein.«

Jule nahm einen Schluck. Der Wein floss dickflüssig am Glas herunter. Er schmeckte trocken und schwer. Ein guter Wein.

»Fotos.«

»Ach so.« Man konnte deutlich hören, dass Thomas Bargeld lieber gewesen wäre.

»Eine Schachtel Fotos. Besondere Erinnerungen. Unsere schönsten Urlaube. Kindheitsbilder von uns. Und dann das.«

Jule legte die drei Bilder auf die Theke. Thomas nahm sie und blätterte sie durch.

»Wer ist das?«

»Ich kenne ihn auch nicht. Ein Mann.«

»Ja und?« Thomas sah sie verständnislos an.

»Ein Mann, den wir nicht kennen. Aber schau mal, den Strand, den kennen wir.«

Statt der gleichen Erkenntnis wie ihr, breitete sich auf Thomas' Gesicht ein Lächeln aus. »Das ist der Steinstrand, der kleine, geheime, den man nur über die verwachsenen Wege finden konnte. Ja, wir haben ihn ›unseren Strand‹ ge-

nannt, es ist dieser felsige Badeplatz in den Cinque Terre.«
Thomas beugte sich verschwörerisch zu Jule und flüsterte:
»Soll ich dir was verraten, Schwesterherz – dort habe ich
meine Unschuld verloren. Und ich glaube, Francesca auch.«

Jule lachte. Aber Thomas lächelte so versunken und in-
nig, wie sie es schon lange nicht mehr bei ihm gesehen hatte.
»War's schön?«

Thomas dachte nach: »Wir haben es beide behauptet.
Aber ich glaube, wir waren alle beide viel zu aufgeregt. Immerhin, waren wir ineinander verliebt, also es war schon
irgendwie schön, aber irgendwie auch …« Er prustete und
schüttelte lachend den Kopf. »War dein erstes Mal wirklich
schön?«

Jule winkte ab und musste beschämt den Blick senken.
Über so etwas hatten sie und ihr Bruder noch nie geredet.
»Grau – en – haft«, gestand sie dann. »Ich habe mich dabei
gefragt: Und das soll jetzt alles sein, worüber so viel Tam-
tam gemacht wird … und ich habe mich gefragt, wann er
endlich fertig ist, denn ich musste nach Hause.«

»Na, ist doch gut, wenn man älter und erfahrener wird«,
brummte Thomas und tätschelte ihren Arm.

Jule blickte hoch und wusste im Moment der Stille, was
Thomas jetzt gerade fragen wollte, aber es nicht wagte.

»Nein, ich habe keinen Partner. Keinen Mann.« Sie zögerte nur kurz und fuhr dann mit einer kleinen, wegwerfen-
den Handbewegung fort: »Wenn du's genau wissen willst,
habe ich vor zwei Tagen einen Mann aus einer Bar abge-
schleppt. Und das war der erste seit vierzehn Monaten. –
Aber das war gut.« Jule war selbst überrascht, was sie ihrem
Bruder da erzählte.

»Und? Triffst du ihn wieder?«

»Unmöglich.«

»Warum? Kennst du seinen Namen nicht?«

»Doch.«

»Drogensüchtig? Müllfahrer? Oder auch Psychologe?«, versuchte Thomas sich scherzhaft in Erklärungen. »Jetzt weiß ich's: Patient!«

»Nein. Ich denke, es war nur, um mich von der Trauer über Mamas Tod abzulenken.«

»Ach so. Nichts Richtiges also.«

Jule nickte und nahm einen tiefen Schluck aus dem Weinglas.

Thomas prostete ihr zu, sie tranken und sahen beide in ihre Gläser.

»Irgendwie habe ich kein Glück mit den Männern«, seufzte Jule mehr zu sich selbst. Thomas blickte auf: »Doch, Jule, eigentlich schon, Hannes war ein Netter. Ich habe keine Ahnung, warum du dich von ihm getrennt hast.«

»Wir haben uns voneinander getrennt. In gegenseitigem Einverständnis!«, berichtigte Jule.

»Ach komm. Du hättest ihn auch behalten und Kinder kriegen können. Jule, du kneifst immer, wenn es ernst wird.«

Jule wagte ihrem Bruder kaum in die Augen zu sehen. Sonst war er nicht der Typ, der sich in ihr Privatleben einmischte. Wahrscheinlich hatte er das alles schon ausführlich mit Susanne besprochen und die hatte stirnrunzelnd festgestellt, dass Jule wohl nicht bereit war, die Verantwortung für eine feste Partnerschaft und Kinder zu übernehmen. Jule konnte sich genau Susannes verächtlichen Blick dabei vorstellen. Aber das stimmte doch gar nicht.

»Hannes war einfach nicht der Richtige für mich.«

Schon während sie das sagte, brach die Sicherheit in ihrer Stimme. Der Richtige, der Falsche. Sich einlassen auf jemanden, egal, was kommt, sich fallenlassen, sich hingeben, mit welchen Konsequenzen auch immer. Konnte sie das einfach nicht? Warum nicht? Weil sie eben klug und analytisch war. Oder einfach dumm und angstbesetzt? War Hannes der Richtige und sie nur irgendwie falsch? Weil ihr immer alles zu wenig war? Oder er der Falsche und sie richtig?

Fragend sah sie ihren Bruder an, der aber für seine Verhältnisse schon zu persönlich geworden war und nur mit den Schultern zuckte. Eher um abzulenken, widmete Thomas sich wieder den Fotos.

»Also, was ist jetzt damit?«

»Mensch, Thomas: Marie hat eine Erinnerungskiste mit allerliebsten Erinnerungsfotos – und darin sind drei Fotos von einem Mann, den wir nicht kennen. An unserem geheimen Strand, wo nie jemand war. In dem Urlaub, den wir ohne Papa verbracht haben.«

»Du willst damit sagen, dass …«

Jule seufzte: »Auch endlich kapiert.«

»Ach Quatsch. Vielleicht wollte sie nur den Badeplatz fotografieren.«

»Und auf dem zweiten Bild das Café. Und auf dem dritten das Buch«, spottete Jule.

Thomas nahm einen weiteren Schluck. »Jetzt mach doch kein Drama wegen irgendwelcher Fotos. Was soll das denn?«

»Oh, störe ich?« Susanne hatte die Küche betreten, und wie ertappt stoben die beiden Geschwister auseinander. Jule sammelte die drei Fotos zusammen und drehte sie um. Aus irgendeinem Grund wollte sie diese Sache nicht vor Susanne erörtern. Doch, eigentlich wusste sie genau, warum nicht. Susanne und Marie waren sich nie ganz grün, wahrscheinlich normal bei Schwiegermutter und -tochter. Susanne war so unfassbar praktisch in allen Dingen, und Jule hatte immer den Eindruck, dass sie auf Marie herabsah, die ihren Haushalt nicht immer im Griff gehabt hatte. Dabei akzeptierte Marie Susanne mit engelsgleicher Geduld und ließ sich sogar Plätzchenrezepte aufschreiben, die sie natürlich nie backte. Nein, Susanne sollte nicht noch einen Grund bekommen, um auf sie herabzusehen. Unauffällig wollte sie die Bilder in ihre Handtasche gleiten lassen, als ihr Blick nochmal auf das Foto fiel, auf dem der Mann im Café saß und ein Buch las. Das Buch hatte einen grauen Einband, und man konnte eine Illustration auf der einen Seite erkennen. Jule wurde plötzlich klar, dass sie das Buch kannte. Es war eines von jenen, die sie aus Maries Wohnung mitgenommen hatte.

Jule stockte nur kurz und schob die Fotos dann in die Tasche.

Für Thomas war das Ganze anscheinend sowieso kein Thema. Da brauchte sie ihm gar nicht erst von dem weinenden Mann auf dem Friedhof erzählen, er würde ihr auch das nicht glauben wollen.

5. Kapitel

Nach einigen weiteren Gläsern von dem guten Rotwein ihres Bruders ließ Jule ihre Klamotten nur noch auf den Boden fallen. Trotzdem konnte sie einfach nicht einschlafen. Zweifel an ihrer eigenen Vermutung beschlichen sie. Konnte es wirklich sein, dass ihre Mutter etwas mit einem anderen Mann gehabt hatte? Ihre Mutter, die doch mehr in der Welt der Kunst lebte als in der Wirklichkeit. Die Mühe hatte, manchmal in die Realität der eigenen Familie zurückzufinden. Konnte die einen anderen Mann bemerkt, gekannt, was auch immer haben? Und vor allem: Hätte ihre geliebte, ehrliche Mutter tatsächlich vor ihr ein Geheimnis haben können?

Immer war Jule diejenige in der Familie gewesen, die Marie ihre Abwesenheit am wenigsten übel genommen hatte. Wenn sie aber gegenüber einem Fremden vielleicht gar nicht abwesend, im Gegenteil, ganz da gewesen war? Die Vorstellung schmerzte, sie schmerzte heftig. Ihre Mutter, die vielleicht noch in einer anderen Welt gelebt hatte, wenn auch nur kurz, einer anderen Welt neben der Kunst, von der die Familie nichts gewusst hatte. Es schmerzte. Die Mutter, die ihr nun so furchtbar fehlte. Marie, diese zarte Gestalt, die oft in flatternde, pastellfarbenfrohe Kleider gekleidet war. Ätherisch war das richtige Wort, um sie zu beschreiben. Immer hatte Jule das fasziniert, aber plötzlich schien sie ihr ein klein wenig fremd.

Viele Stunden Schlaf hatte Jule nicht gefunden.

Nach dem Aufwachen blieb sie einfach im Bett liegen. Zuviele Gedanken schwirrten ihr im Kopf herum.

Jule war frisch verliebt gewesen, als sie Hannes ihre Familie beschrieben hatte. »Papa ist der Fels in der Brandung in unserer Familie. Absolut zuverlässig, sicher wie Stein. Ein Berg. Thomas ist wie Papa, steht mit beiden Beinen auf der Erde, hat sich eine superpraktische Frau gesucht und das Leben fest im Griff. Marie ist eine Fee. Durchscheinend und immer kurz über dem Boden fliegend, so dass die anderen annehmen, sie läuft, aber in Wirklichkeit fliegt sie natürlich die ganze Zeit. Aber sie strahlt immer Glück aus.«

»Und du?«, hatte Hannes gefragt.

Jule zögerte. »Ich habe von allen das Schwierige. Ich bin oft so chaotisch und nicht ganz da, wie meine Mutter, aber nicht so glücklich wie sie. Und habe die Sehnsucht nach Sicherheit wie Papa, kriege das aber auch nicht richtig hin.«

»Das wird schon noch«, hatte Hannes aufmunternd gemeint.

Und Jule wusste nicht genau, ob er meinte, dass sie so sicher wie Papa würde oder so glücklich wie ihre Mutter. Hannes hatte sie damals in den Arm genommen, und Jule war klar geworden, dass Hannes sie zu Sicherheit und Stabilität führen würde.

Plötzlich streifte sie ein seltsames Gefühl. Sie hatte so fest geglaubt, dass Marie immer glücklich war, so sehr in sich ruhte. Aber war das wirklich so gewesen, oder war sie nur in sich verschwunden? War sie wirklich glücklich gewesen?

Warum hatten sie und Thomas das alles mit sich machen lassen? Weil Marie diesen Blick hatte, wenn man ihr Atelier betrat. Der Blick, der schwer zu deuten war, so zerbrechlich. Man musste sie beschützen, Papa, Thomas und sie, man musste Marie einfach beschützen. Und dabei auch die eigenen Bedürfnisse zurückstellen. Was machte es schon aus, wenn Thomas und sie das Essen kochten? Marie war nicht immer belastbar. Wie hätte man sie da nach Essen fragen sollen? Man konnte sie fragen, ob sie auch etwas essen wollte, obwohl man die Antwort schon kannte. Dann konnte man nur noch die Tür schließen, und sie mit ihrem fragilen Blick alleine lassen. Diese seltsame Mischung aus gläsernem Schmerz und nur hauchzarter Kontrolle über sich selbst.

Ja, es war nicht immer nur der abwesende Blick, der Künstlerblick. Wieso hatte sie das als Kind nie gesehen? Oder nicht wahrhaben wollen? Nun gestand sie es sich ein. Es war ein trauriger Blick ihrer Mutter gewesen.

Und Papa, er hatte es auch gewusst. Wenn sie traurig war, fragte er, ob er ihr helfen könne, ob sie etwas brauche, ob er ihr etwas zu essen machen könne? Aber sie hatte nie etwas gewollt. Das waren dann die Tage und Abende zu dritt, Papa, Thomas und sie, alle taten, als ob alles völlig normal sei, sie spielten ein Brettspiel, sie aßen zu Abend. Unausgesprochen wohlwissend, dass Marie im Atelier war. Und traurig. Unendlich traurig. Unerreichbar traurig.

Jule stand aus dem Bett auf. Marie, hast du uns nie die Wahrheit gesagt? Marie, komm sofort her und sag mir, ob das Gefühl von damals oder jetzt richtig ist. Du kannst doch nicht einfach so gehen, und ich habe das Gefühl, ich kenne dich gar nicht mehr. Das Gefühl, das in Jule aufkam, war Wut.

Ein Mann auf ihrem Felsbadeplatz! Sie und Thomas hatten die Bademöglichkeit entdeckt, weil sie an den Steilklippen herumgeklettert waren. Als sie die Stelle ihrer Mutter gezeigt hatten, war auch sie begeistert von der wilden Schönheit dieses Ortes. Und sie wagte es, dorthin einen Mann mitzunehmen. Ein Stelldichein an ihrem geheimen Platz. Was für eine Gemeinheit, wie unmöglich, wie gefühllos, wie respektlos. Was war das für eine Mutter. Was nur war das für eine Ehefrau?

Gut, dass Wochenende war: Ausschlafen, Ruhe haben, keine Hektik. Jule räumte notdürftig auf, bevor sie sich einen Kaffee machte und dann den Bücherstapel aus der Umzugskiste holte und sich mit Kaffee und Büchern auf ihr Sofa setzte. Vielleicht täuschte sie sich ja. Aber sie musste nicht lange in den Büchern aus der Erinnerungskiste suchen, bis sie das Buch mit dem grauen Einband fand. Sie hatte es am Donnerstagabend kurz durchgeblättert, wegen der wunderschönen Illustrationen. Liebevoll gezeichnete Bilder, die umrahmt waren von jugendstilartigen Blumengirlanden. Sie zeigten die Liebenden. Denn das Buch war eine Sonderausgabe von *Romeo und Julia*. Jule blätterte die Seiten durch und betrachtete die Zeichnungen. Dann drehte sie das leinengebundene Buch um und las den Klappentext: »Wer kennt sie nicht: die Tragödie von Romeo und Julia ...«.

Auch vorne auf dem Einband prangte eine von diesen zauberhaften Darstellungen. Natürlich stand Romeo unten und blickte hoch zu Julia auf dem Balkon. Julia sah bildhübsch aus, mit dunklen Locken, die ein zartes, verliebtes Gesicht umflossen.

Jule seufzte. Wenn ihre Mutter wirklich ein Liebesgeheimnis hatte, sollte sie es ihr dann nicht einfach gönnen? Warum interessierte es sie so brennend? Es hatte etwas mit Italien zu tun, etwas war da gewesen, etwas, das sie davon abhielt, Thomas zu glauben.

Ob sie es nochmal lesen sollte? Romeo und Julia. Sie blätterte die erste Seite auf. Ihr Blick fiel auf eine Widmung, die sie bisher gar nicht gesehen hatte.

Für »Romeo«. Meinen Pensionsnachbar und Amoroso! Möge die Liebe in diesem Fall stärker als alles andere sein! Manarola, Horst Maria Brenninger

Manarola. Genau, so hieß dieses Fischerdorf in den Cinque Terre, wo sie so häufig mit ihren Eltern gewesen waren. Der Felsbadestrand, Thomas, der seine Unschuld verlor. Erinnerungsfetzen, ein Olivenhain. Marie. Und ein Mann. Erinnerung oder Fantasie? Jule wusste es nicht. Sie saß nun ganz aufrecht. *Warum willst du das wissen?* Weil ich es wissen will, antwortete sie sich selbst trotzig wie ein Kind und nahm das iPad vom Tisch. Horst Maria Brenninger – na, das war doch mal ein Name, den konnte es doch nicht so oft geben. Sie googelte und fand nur einen einzigen Eintrag: in Starnberg, mit Telefonnummer. Ein kurzer Blick auf die Uhr sagte ihr, dass es halb elf Uhr morgens war, eine gute Zeit, um anzurufen. Nicht nachdenken. Sie wählte die Nummer.

»Brenninger.« Es hatte keine zweimal geläutet.

»Jule Jansen. Herr Brenninger, es wird Sie wahrscheinlich sehr wundern, dass ich Sie anrufe.«

»Mich wundert fast nichts, solange Sie mir keine Staubsauger verkaufen wollen.« Seine Stimme klang sonor, gebildet und heiter.

Jule stockte. Was sollte sie ihm eigentlich sagen? Sie hatte sich das nicht vorher überlegt.

»Meine Mutter ist gerade gestorben. In ihrem Nachlass habe ich ein Buch gefunden. Und ein Bild. Und mir erscheint das wichtig.«

»Ist es ein Buch von mir?«

»Ach, Sie schreiben Bücher?«

»Aber nein.« Er lachte ein tiefes, sympathisches Lachen. »Ich verkaufe Bücher, antiquarische Bücher. Wie kommen Sie denn auf mich?«

»Im Buch steht eine Widmung. Von Ihnen. Und ich würde schrecklich gerne wissen, wem diese Widmung gilt.«

»Ach. Jetzt bin ich tatsächlich verwundert. Ja, lesen Sie mal vor.«

Jule nahm das Buch zur Hand und las ihm die wenigen Zeilen vor.

Brenninger antwortete nicht.

»Können Sie sich daran erinnern, wem Sie das geschrieben haben?«

»Und Sie sind die Tochter von wem?«

»Marie Jansen«

»Marie«, wiederholte die tiefe Stimme nun zögernd und nachdenklich.

»Sie können sich daran erinnern.« Es war mehr eine Feststellung als eine Frage.

»Und Ihr Name ist?«, fragte er nach einer weiteren Pause, als ob er Zeit zum Nachdenken bräuchte.

»Jule Jansen.«

»Jule Jansen«, wiederholte er, »ein Name mit einer Alliteration.«

»Können Sie sich daran erinnern?« Jule bemühte sich um einen weiterhin freundlichen Tonfall.

»Warum interessiert Sie denn gerade diese Widmung?«

Jule war sich sicher, dass er sich um Zeit bemühte. Sollte sie ihm die ganze Wahrheit sagen? Was war denn die ganze Wahrheit überhaupt?

»Es ist für mich wichtig.«

»Wissen Sie, ich habe da eine dunkle Ahnung. Aber ich müsste darüber nachdenken. Heute Nachmittag breche ich auf, in einen kleinen Urlaub, Italien. In einer Woche komme ich zurück. Hinterlassen Sie mir Ihre Telefonnummer, ich denke nach und rufe Sie dann bei meiner Rückkehr an.«

Überdeutlich. Er brauchte noch mehr Zeit. Warum? Worüber musste er nachdenken?

»Können Sie mir nicht wenigstens sagen, was für eine dunkle Ahnung Sie haben?«

»Meine Liebe, alte Herren sollten jungen Damen niemals dunkle Ahnungen vermitteln. Ich rufe Sie dann zurück.«

Jule seufzte. Was blieb ihr anderes übrig, als sich zu gedulden? Sie gab ihm ihre Nummer.

»Gut, Danke, Herr Brenninger. Auf Wiederhören.«

»Auf Wiederhören«, er zögerte, »Jule Jansen«.

Nachdenklich trank Jule einen Schluck Kaffee. Er hatte genau gewusst, wem er diese Widmung geschrieben hatte. Möglicherweise kam ihm der Name ihrer Mutter sehr wohl bekannt vor. Vielleicht wusste er etwas, war aber noch unschlüssig, ob er es ihr sagen sollte. Höchstwahrscheinlich würde er ihr nach seinem Urlaub gar nichts erzählen. Warum auch immer. Wie oft hatte sie das schon erlebt, dass sich ihre Patienten ihr erst dann öffneten, wenn sie auf ihrer Frage beharrte und ihnen nicht die Zeit ließ, nach Ausflüchten zu suchen. Dieser Brenninger wusste etwas über ihre Mutter! Etwas, das sie nicht wusste. Sie spürte das genau. Auf gar keinen Fall einen Zeitaufschub geben. Sie wollte es wissen, jetzt. Ihr Blick wanderte zum iPad. Da stand immer noch seine vollständige Adresse. Starnberg. Seestraße 57.

Wenn sie sich beeilte, war sie in fünfundvierzig Minuten

von ihrer Münchner Wohnung aus dort. Mit Stau ein bisschen länger. Sie schnappte sich ihre Jacke und lief los.

∿∿∿

Der Knall ging ihr durch Mark und Bein. Mist. Das war kein kleiner Auffahrunfall. Ja, sie war mit Schwung rückwärts aus dem Parkplatz herausgefahren. Nein, sie hatte vielleicht nicht genau genug die Kurve im Auge gehabt. Sie hatte es eilig. Verdammt. In ihrem rechten hinteren Kotflügel steckte jetzt ein schwarzer BMW. Auch das noch, bestimmt stieg gleich so ein geschniegelter Typ aus und beschimpfte sie. Mist.

Sie lief um ihr demoliertes Auto herum. Hinter der dunklen Frontscheibe saß der Fahrer, wahrscheinlich noch fassungslos. Oder er nahm Anlauf zur Beschimpfung. Sein Auto sah kaum verbeult aus, während der Hinterreifen ihres grünen Fiat Panda fast senkrecht zum Rest der Karosserie stand. Das war keine Kleinigkeit. Zumindest nicht bei ihrem Wagen. Konnte der Typ nicht wenigstens mal aussteigen? Oder war er bereits dabei, die Polizei anzurufen? Die Fahrertür öffnete sich in Zeitlupentempo. Ebenso langsam schob sich ein dunkler Kopf heraus.

Jule starrte fassungslos auf ihr Gegenüber: der »Riechtgut-Mann«. Auch das noch. Was machte der hier vor ihrer Haustür?

Langsam kam er auf sie zu und hob entschuldigend die Schultern.

»Sorry. Schon wieder ich.«

»Naja, ich muss mich wohl entschuldigen. War meine Schuld, ich habe nicht aufgepasst beim Ausparken.«

»Vielleicht hätte ich langsamer fahren müssen.«

Das war jetzt wirklich sehr nett von ihm. Aber natürlich Unsinn. Jule schüttelte den Kopf. »Können wir das ohne Polizei machen? – Ich sage meiner Versicherung auch gleich, dass ich die Schuld trage.«

»Oder jeder trägt seine Kosten. Wahrscheinlich habe ich eine Mitschuld.«

»Nein«, Jule winkte unwirsch ab. »Ich bin versichert.«

Sie musterte nochmal den schrägstehenden Reifen. »Damit kann ich bestimmt nicht weiter fahren.« Unwillkürlich entfuhr ihr ein Seufzer. »Und ich wollte dringend heute nach Starnberg.«

»Ich fahre dich. Schau mal, ich habe bestimmt eine Mitschuld.«

So eine blöde Situation. Aber sie musste nach Starnberg. Kein Aufschub.

Sie legte den Kopf schief. »Wenn ich's mir genau überlege, hast du schon eine Mitschuld.« Sie lachte. »Hast du denn Zeit?«

»Auch ich habe ein Wochenende«, erklärte er lächelnd. »Ich wollte dich gerade besuchen, und ich fahre dich sehr gerne nach Starnberg.«

»Ohne Hintergedanken?«

»Mit Hintergedanken«, er grinste, »aber auch einfach so.«

Nein, das ging doch schon wieder gar nicht. Ziemlich frech, das so einfach zuzugeben. Aber er hatte es nett-charmant gesagt, nicht aufdringlich. Und einfach wunderbar ehrlich.

»Okay.« Mit einem verzweifelten Blick sah sie auf ihren grünen Fiat Panda, »Ich werde meinen Kleinen wieder ein paar Zentimeter vorfahren, damit ich in der Parklücke drin stehe.«

Es knirschte gewaltig, als sie versuchte, zurück in den Parkplatz zu rangieren. Das tat der Achse sicherlich nicht gut. Aber wahrscheinlich machte das auch nichts mehr aus.

Dann ließ sie sich auf den noblen Ledersitz sinken, während er gerade Starnberg in sein Navi eingab und sie ihm noch den Straßennamen nannte.

Nachdem sie mit ihrer Werkstatt telefoniert und für Montag früh einen Termin vereinbart hatte, an dem jemand ihren Wagen abtransportierte – das würde teuer werden! –, wandte sie sich mit einem unauffälligen Seitenblick Ben zu. Jetzt saß sie schon wieder mit ihm im Auto. Ein Schnuppern verriet ihr, dass er immer noch gut roch. Verführerisch, nach Mann. Was hatte er eigentlich bei ihr vor der Haustür zu suchen? War er zufällig vorbeigefahren? Wollte er tatsächlich bei ihr vorbeikommen? Hoffentlich hatte er sich nicht in sie verknallt. Es war doch nur ein One-Night-Stand gewesen. Aber eigentlich wirkte er nicht so ernsthaft, sah nicht nach fester Beziehung aus, eher eben nach One-Night-Stand.

Sie zögerte kurz, um ihn nicht mit »Riecht-gut-Mann« anzusprechen. »Danke. Du hilfst mir jetzt schon zum zweiten Mal.«

»Das mache ich gerne, Jule.« Jetzt hatte er zum ersten Mal ihren Namen gesagt. Und zwar sehr liebevoll. Doch eher ernsthaft.

»Ich muss wirklich dringend nach Starnberg.«

»Ein beruflicher Termin?«

»Nein. Es hat eher mit meiner verstorbenen Mutter zu tun.«

»Eine Nachlassgeschichte?«

»Genau.« So konnte man das gut bezeichnen, fand Jule.

Er fuhr schnell, aber sicher. Mit ihrem kleinen Auto hätte die Strecke bestimmt mehr Zeit benötigt.

Eine schwere Stille hing zwischen ihnen. Meister des Small Talks waren sie wohl beide nicht. Jule kaute nachdenklich auf ihrer Unterlippe.

Die liebliche Stimme des Navis dirigierte sie auf die Autobahn: »Bitte rechts abbiegen.« Wäre eine Frau neben ihr, hätte sie ihren üblichen Spruch dazu gesagt: »Die zwei revolutionärsten Erfindungen, seit ich geboren wurde: das Navigationsgerät und die Flügelbinde!« Besser, sie sparte sich den Scherz bei ihm.

»Nicht auf der Unterlippe kauen – das hat meine Mutter schon immer gesagt«, meinte er bei einem Seitenblick.

Erschrocken blickte Jule auf. »Echt jetzt? – Als Psychologin fiele mir dazu einiges ein …«

»Aber es ist Wochenende«, lachte er.

Während der restlichen Fahrt sah Jule nach draußen und ließ die voralpine Landschaft an sich vorbeiziehen. Sie mochte den Weg von München in Richtung Süden. Nur wenige Kilometer hinter der Stadtgrenze konnte aller Stress von ihr abfallen. Die flache Landschaft, die bald den Blick auf die Berge freigab, ließ sie sofort aufatmen, und jeglicher Druck verschwand. Jule war früher oft hier entlang gefahren. Mit Hannes hatte sie regelmäßig Bergtouren unternommen. Eine Übernachtung auf einer Berghütte konnte einen so aus dem Alltagsstress herausholen wie eine ganze Urlaubswoche. Dort oben, selbst oder gerade wenn man in aller Kargheit in einem Matratzenlager übernachtete und früh in der Stille der Berge aufwachte, wurde einem klar, dass das Leben einfach schön war.

Die Liebe zu den Bergen hatte sie von ihrem Vater vermittelt bekommen. Jule musste lächeln, als sie daran dachte.

Oft war er ein Wochenende mit Thomas und ihr in die Berge gefahren. Sie waren gewandert, hatten auf einer Alm übernachtet. Manchmal waren sie auch mehrtägige Touren von Hütte zu Hütte gegangen. Das waren Papa-Kinder-Tage voller Freiheit, körperlicher Anstrengung und Natur. Marie waren die Touren meist zu viel. Sie nutzte die Zeit dann fürs Malen. In diesen Stunden der Bergwanderungen hatten sie viel miteinander geredet, all das aufgeholt, wozu es oft unter der Woche, weil Papa immer sehr lange arbeitete, nicht genug Zeit gab. Sie musste in sich hinein lächeln. Ihre Mutter hatte ihnen diese Zeit aus vollstem Herzen gegönnt. Wenn Jule es sich genau überlegte, konnte Marie sogar Glück aus diesem innigen Verhältnis zwischen Vater und Kindern ziehen. Ja, als ob es das wäre, was sie innerlich erfüllen konnte. Sogar mehr als das Glück, selbst mit ihrem Mann zusammen zu sein, mehr als ihr eigenes Glück.

Jule betrachtete die Wolken, die so tief über dem Land hingen, dass man meinte, mit dem Kopf daran anstoßen zu können.

Manchmal ging Marie auch auf Maltage. Sie fuhr in die Provence oder nach Italien. Sie brauchte diese Zeiten in der südeuropäischen Sonne. Wenn sie zurückkam, hatte sie Ölbilder mit dicken Orange- und Rottönen dabei, die die Farben des Landes auffingen und doch so offen waren, dass der Betrachter darin versinken konnte. Es waren besonders intensive, emotionale Bilder, die sie immer gut an den französischen Galeristen hatte verkaufen können. Plötzlich zuckte Jule zusammen. War sie vielleicht nicht immer allein gewesen während dieser Maltage? War sie nicht nur in der Kunstwelt, sondern auch in einer realen Welt, weitab von ihrer Familie? Wenn Marie nur noch da wäre, hätte Jule sie fragen können. Ganz freundlich, ohne Vorwurf. Und Marie hätte sicherlich mit ihrem lieben Gesichtsausdruck gelacht, alles erklären können und Jule dann lächelnd über die Haare gestrichen und schmunzelnd den Kopf ein wenig geschüttelt. Sicher.

Jule betrachtete die Silhouette der Berge. Sie hatte immer geglaubt, dass sie eine wundervolle Kindheit verbracht hatte, mit Eltern, die sie liebten und unterstützten. Eine heile Familie. Jetzt musste sie auf einmal zweifeln, ob das überhaupt stimmte. Wieder warf sie einen Blick auf Ben. Sie spürte eine seltsame Mischung aus Sehnsucht nach einer Beziehung, nach einer festen Partnerschaft und gleichzeitiger Angst davor. Eine Partnerschaft für immer, Kinder, eine Familie. Ob er der Richtige dafür sein konnte? Ob für Jule überhaupt jemand der Richtige dafür sein konnte?

Draußen blickten Kühe müde kauend in die Gegend. Jetzt war sie also wieder Beifahrer beim Riecht-gut-Mann. Die Welt zog an ihr vorbei. Wiesen, Häuser, Kühe, kleine Hügel, ein wenig Wald. Fuhr man im Auto, bekam man alles in abgehackten Kurzsequenzen zu sehen, wie in einem französischen Kunstfilm, fand sie immer. Voralpenlandschaft à la Chabrol, dachte Jule. Ihr gefiel es, dass Mr. Riecht-gut sie in aller Ruhe ihren Gedanken nachhängen ließ und sie nicht zu einer Konversation zwang. Das war schön. Selten konnte man mit Menschen gut schweigen.

〜〜〜

Als sie in Starnberg an Brenningers Adresse angekommen waren, standen sie vor einem alten bayerischen Häuschen. Hatte man soetwas von seinen Eltern geerbt, konnte man von Glück sprechen, es genießen oder für ein paar Millionen verkaufen. Wahrscheinlich hatte es sogar Seeblick.

»Ich laufe ein wenig am See entlang. Schickst du mir eine Nachricht, wenn du fertig bist?«, fragte Ben.

Jule nickte und speicherte seine Handynummer.

Als Horst Maria Brenninger ihr die Tür öffnete, zuckte sie nur etwas hilflos mit den Schultern, und er blickte sie kurz an.

»Sie sind Jule Jansen.«

Als ob er sie erwartet hätte.

Es war eine Feststellung, auf die sie nicht antworten musste.

»Nach unserem Telefonat hatte ich schon das Gefühl, Sie könnten womöglich kommen.« Er seufzte. »Na dann, kommen Sie herein.«

Bereits der Flur des alten Häuschens war vollgestellt mit Bücherregalen. Aber das Wohnzimmer quoll quasi über von Büchern, die nur noch in verqueren Stapeln in den Regalen Platz fanden.

Mit einer einladenden Handbewegung bot Brenninger Jule einen Stuhl an einem massiven Holztisch an und setzte sich ihr gegenüber. Er war nicht besonders groß und hatte ein kleines Bäuchlein, aber dennoch wirkte er trotz des mühsamen Gangs, Jule schätze ihn auf etwa 70, drahtig und energisch. Das machten wahrscheinlich mehr als sein alternder Körper seine Augen, die sie wach, intensiv, konzentriert und aufmerksam anblickten, als ob er ihr tief in die Seele schauen könnte. Er stützte seinen Kopf mit den etwas wilden grauen Haaren in die Hände und blickte ihr prüfend ins Gesicht.

»Was wollen Sie von mir wissen?«

»Diese Widmung, wem haben Sie die in das Buch geschrieben?«

Er sah sie zweifelnd an.

»Warum wollen Sie das so unbedingt wissen?«

Jule musste grinsen, denn das war doch eigentlich ihre Frage. Sie zögerte kurz, entschloss sich dann aber, ehrlich zu antworten.

»Ich vermute, meine Mutter hatte eine Affäre. Und es könnte mit Ihrer Widmung zu tun haben.«

Eine Zeit lang blickte Brenninger nachdenklich zum Fenster hinaus.

»Wenn es so wäre, täte es Ihnen gut, mehr davon zu erfahren? Oder weh?«

»Das kann ich Ihnen nicht genau sagen. Ich will es wissen, aber ich weiß selbst nicht warum.«

»Das ist ein guter Grund, es selbst nicht zu wissen, warum. Das kann ich verstehen«, schmunzelte er, »Sie sind ein Mädchen auf der Suche.«

Er zögerte, und seine Augen wanderten sich erinnernd nach oben.

»Ich bin Antiquar. Solche Menschen wie ich leben in den Büchern. Und wissen Sie, worum es einzig und alleine in allen Büchern geht?«

Jule schüttelte den Kopf.

»Um die Liebe. Um die ganz große Liebe.«

Er stand auf, holte eine Teekanne und zwei Tassen und goss Jule, ohne sie zu fragen, ein.

»Grüner Tee mit Ingwer. Beruhigend und anregend zugleich.«

Jule nickte und nahm einen Schluck. Die Wärme des Tees zusammen mit der leichten Schärfe des Ingwers waren eine wunderbare Geschmackszusammenstellung. Diesen Tee hätte ihre Mutter gemocht, sie hatte sich immer durch alle Teesorten durchprobiert. Sie hatte nur Tee getrunken, niemals Kaffee.

»Doch ich habe sie leider nie gefunden, nie. Immer gesucht. Aber keine Frau war so perfekt wie in den Büchern, konnte dieses absolute Gefühl in mir auslösen. Ich dachte dann, es gibt sie nicht, diese Liebe. Aber in diesem Sommer in Manarola habe ich sie gesehen. Die große Liebe. Auch wenn es nicht meine war. Es gab sie. Dann konnte ich für mich weiter suchen.«

Jule nippte an ihrem Tee, ihr Herz zog sich zusammen.

»Später habe ich verstanden, warum die große Liebe nicht zu mir kommt.«

Jule sah ihn fragend an.

»Zu mir hätte sie nie kommen können.«

Er trank auch einen Schluck und blickte nachdenklich zum Fenster hinaus, von wo man eine kleine Ecke des Starnberger Sees sehen konnte.

»Die ganz große Liebe entsteht nur, wo sie nicht entstehen darf. Sie ist wundervoll und grausam. Eine Tragödie. Und diese Liebe habe ich gesehen. Bei meinem Pensionsnachbar. Die große Liebe, das große Drama. Kleopatra und Antonius, Orpheus und Eurydike, Tristan und Isolde und natürlich: Romeo und Julia. In diesem Sommer habe ich nicht gelesen. Ich habe ihn beobachtet. Ihn begleitet. Ihn getröstet, was unmöglich war.«

»Wen?« In dem Moment, als sie es sagte, wusste sie, dass sie die Frage zu schnell gestellt hatte.

»Romeo.« Er lächelte sie an.

Ein Schweigen hing in der Luft, und Jule wusste, dass sie nicht weiter fragen musste. Sinnlos. Wann jemand bereit zu einer Antwort war, erspürte sie. Er war es nicht. Nicht jetzt.

»Wann erzählen Sie mir mehr?«

Er schien sie gar nicht zu hören, so sehr war er jetzt in Gedanken versunken.

»Dieser Sommer war mein schönster. Weil ich die große Liebe sehen konnte, in der Beobachtung von ihm und seiner großen Liebe habe ich sie erlebt. Und musste sie nicht selbst erleiden. Wir haben gemeinsam gefrühstückt in unserer Pension Sole Mare, oft zusammen zu Abend gegessen. Und er hat mir jeden Abend alles erzählt. Am Ende des Sommers wusste er, dass es zu Ende war. Und dass er gehen musste. Am letzten Abend haben wir beide uns besinnungslos betrunken. Als ich nachmittags aufwachte, war er verschwunden.«

Er stand auf und räumte die leeren Teetassen fort.

»Meine Liebe, ich muss jetzt los.«

Jule stand auf.

»Danke, Herr Brenninger.«

Zum Abschied strich er ihr sanft über die Wange.

Als sie bereits zwei Schritte gegangen war, rief er sie nochmal zurück. »Warten Sie! Jule Jansen, warten Sie bitte einen Moment.«

Er verschwand wieder in seinem Haus. Hätte er die Tür nicht offen stehen lassen, wäre Jule vielleicht bereits gegangen, denn er ließ sie mehrere Minuten warten. Jule blinzelte in die Sonne. Sie musste weiter suchen, sie würde weiter suchen. Was hatte dieses Buch mit ihrer Mutter zu tun? Irgendetwas hatte sie ihr vorenthalten. Sie musste wissen, ob es im Leben von Marie einen anderen Mann gegeben hatte. Einen anderen Mann als Papa.

Schließlich erschien Brenninger wieder und streckte ihr ein Buch entgegen.

»Es passt zu Ihnen.«

Jule nahm das Buch und sah ihn fragend an.

»Wissen Sie, ich suche immer nach dem richtigen Buch für

einen Menschen. Es gelingt nicht jedes Mal, aber manchmal. Es macht mich glücklich, wenn ich für einen Menschen das richtige Buch finde. Das hier passt zu Ihnen.«

Jule sah auf den Einband: Jack Kerouac – *Unterwegs*.

»*On The Road* heißt der Originaltitel«, erklärte Brenninger, »das passt natürlich besser. Ja, das ist Ihr Buch. Glaube ich zumindest. Wenn Sie merken, dass es es ist, lassen Sie es mich wissen!«

Er hob die Hand und verschwand ohne ein weiteres Wort wieder in seinem Haus. Jule zuckte mit den Schultern, wandte sich um und lief mit langsamen Schritten zum See. Was genau hatte sie aus diesem Gespräch mitgenommen? Erstmal hatte sie einen vielleicht etwas schrulligen, aber auf jeden Fall sehr klugen Mann kennengelernt, den sie auf den ersten Blick ins Herz geschlossen hatte. Und für den es ihr furchtbar leid tat, dass er immer die große Liebe gesucht und nicht gefunden hatte. Kurz schweiften ihre Gedanken zu Hannes ab. Die große Liebe? Irgendwie nicht ganz. Aber Brenninger hatte sich da wohl auch zu sehr auf seine Bücher verlassen, die bei der großen Liebe immer kurz vor dem Weg in den Alltag endeten. Vielleicht hatte er zuviel geträumt, sich zu viel vom Leben erwartet. Das Leben war eben kein Liebesroman.

Was hatte er ihr überhaupt verraten? Dass neben ihm in Manarola ein Mann gewohnt hatte, der seine große Liebe gefunden hatte. Und dem hatte er die Widmung ins Buch geschrieben. *Romeo und Julia* endete ja nun dramatisch. Sie hatten es im Englischunterricht gelesen. Ihre Lehrerin war völlig euphorisiert von diesem Buch, so dass die ganze Klasse immer grinsen musste, wenn sie sich jede Stunde in Zitaten verzettelte: »So wilde Freude nimmt ein wildes Ende. Und stirbt im höchsten Sieg, wie Feuer und Pulver im Kusse sich verzehrt.« Jule erinnerte sich an dieses Zitat noch. Damals hatte das wahrscheinlich kein Schüler richtig verstanden, Jule jedenfalls nicht.

Der liebenswerte Antiquar hatte also die große Liebe seines Nachbars verfolgt, die aber wohl nicht gut enden konnte. »Die ganz große Liebe entsteht nur, wo sie nicht entstehen darf«, hatte er gesagt. Aber sie wusste immer noch nicht, warum Marie dieses Buch hatte. Auch wenn sie das vermutete, hatte Brenninger ebenso wenig zugegeben, dass er ihre Mutter kannte, noch dass sie an dem Liebesdrama beteiligt gewesen sein könnte. Trotzdem hatte ihre Mutter dieses Buch, und das musste einen Grund haben.

Jule musste Ben keine Nachricht schicken. Als sie ein paar Schritte am Ufer entlang ging, sah sie ihn am Wasser stehen.

Sie hielt einen Moment inne, um ihn in aller Ruhe zu beobachten. 1,90 Meter groß, eher feingliedrig als breitschultrig, gutaussehend, ohne extrem aufzufallen. Er mochte sie, da war sie sich sicher. Und sie selbst? Sie wusste es nicht. Er war so anders als Hannes. Anders als ihre früheren Freunde, die immer sehr zuverlässig und solide gewesen waren und mit denen sie sich zu irgend einem Zeitpunkt immer gelangweilt hatte. Ben dagegen wirkte so leicht. Vielleicht leichfertig? Jedenfalls hatte er nicht gezögert, mit ihr in der ersten Nacht zu schlafen, kaum jedenfalls.

Als sie ihm bis auf ein paar Schritte nahegekommen war, drehte er sich um, als ob er ihre Anwesenheit gespürt hätte.

»Erfolgreich?«

»Eher nein. Oder doch. Ich habe eine schöne Geschichte gehört. Und obwohl mein Gesprächspartner mir eigentlich nichts sagen wollte, habe ich doch etwas erfahren.«

»Komm«, sagte Ben. »Zieh deine Schuhe aus.«

Jule sah ihn fragend an.

»Da unten am See ist eine Wiese, die ist so weich wie Samt.«

»Und so feucht wie ein Schwamm und so nasskalt wie eine Qualle«, grinste Jule. »Es ist Februar!«

»Fast März. Fast Frühlingsanfang. Und vor allem, es ist egal. Es ist schön weich und schön feucht und schön kalt.«

»Du bist verrückt.«

»Ja. Gerne!« Er lachte sie an. »Komm, stell dich nicht an. Zieh die Schuhe aus!«

Sie tat es und stellte jetzt erst fest, dass er bereits barfuß war. Wie ein kleines Kind ließ sie sich von Ben an der Hand nehmen und rannte hinter ihm zum See, bis zu der Wiese, die bereits kurz vor dem Wasser war.

»Schließ die Augen.«

Sie tat es. Nun führte er sie langsam einige Schritte.

»Was fühlst du?«

»Es ist feucht und kalt. Aber so weich, dass der Boden einsinkt und sanft die Füße umschließt. Dass einen das Gras kitzelt und streichelt. Dass die Kühle einen ganz da und wach sein lässt. Dass ich spüre, wie ich lebe.«

Stille, die sich ausdehnte, während Jule weiterhin ihre Augen geschlossen hielt. Ben nahm nun auch ihre andere Hand. »Jule, das hätte ich so nicht beschreiben können. Das war wundervoll.«

Jule öffnete die Augen. »So etwas hat meine Mutter immer mit uns gemacht. Sie hat uns etwas spüren, fühlen, aufnehmen und beschreiben lassen.«

Dann schloss sie die Augen wieder und gab sich noch einmal dem Gefühl des Grases unter ihren Füßen hin, das sie gleichzeitig trug und schweben ließ.

»Wenn du jetzt noch weiter deine Augen geschlossen

hältst, werde ich dich küssen, ich kann einfach nicht anders. «

Sie bewegte sich nicht und spürte sanft, leise und liebevoll seine Lippen auf ihren.

Später saßen sie mit wundervoll nasskalten Füßen auf ein paar Steinen am Ufer und blickten auf den See. Über ihr rauschten einige Enten, die den See anflogen und mit einem leisen Platschen auf dem Wasser landeten. Jule wunderte sich immer über Tiere, die in zwei Elementen lebten. Meist bewegten sie sich nur in einem Bereich elegant, so wie Robben oder Pinguine, die an Land seltsam unpassend wirkten. Enten aber sahen im Flug elegant und auf dem Wasser würdevoll aus, fand Jule.

Sie war auch so ein Zwei-Elemente-Mensch. Sie suchte Sicherheit, wie Papa sie ausstrahlte. Und das Verrückte wie jenes Leben von Marie. Und wie anscheinend auch das von Ben, der sie mit nackten Füßen über das kalte Gras führte. Es verunsicherte sie, dass Ben nicht die Sicherheit von Papa verbreitete, sondern jenes Gefühlvolle und doch immer Instabile von Marie. Hatte sie nicht selbst den Kopf zu sehr in den Wolken, um solche Züge bei einem Partner ertragen zu können?

Durch und durch war sie in zwei Elementen wie diese Enten, mal bei ihren Gefühlen und Entscheidungen hier, mal dort. So war es auch auf der Fahrt hierher gewesen, als sie sich das Gespräch mit Brenninger vorgestellt hatte. Einerseits hatte sie Angst vor der Wahrheit gehabt. Davor, dass ein wildfremder Mann ihr etwas über ihre Mutter sagen könnte, das vielleicht ihr Bild für immer zerstören würde. Angst, etwas zu erfahren, zu dem sie die Sicht ihrer Mutter nie mehr würde erfahren können. Andererseits wollte sie es doch wissen. Weil sie es ahnte. Weil sie die Unsicherheit sonst immer quälen würde. Und weil sie zur Ruhe kommen wollte.

Sie seufzte leise auf.

Dann sah sie Ben an. »Ich weiß, dass meine Mutter ein Geheimnis in dem italienischen Dorf Manarola hat. Und ich weiß, dass ich dorthin muss.«

～～～

Am Abend zuvor hatte Ben sie in ein Restaurant mit Blick auf den Starnberger See geführt, wo sie einen köstlichen Fisch aßen. Als sie das Restaurant verließen, hatte er gefragt: »Noch einen kleinen Spaziergang?«

Er führte sie einen Weg zur Sankt Josefs Kirche hinauf. Als sie um die kleine Kirche herumliefen, erklärte er ihr etwas zum Baustil des Rokoko.

»Das ist doch aber immer so schrecklich verschnörkelt«, wandte Jule ein.

»Da hast du recht«, gab er zu. »Was mir das Rokoko so sympathisch macht, ist die Abkehr von der zwanghaften Symmetrie des Barock. Die Menschen wollten einfach spielen, sich erfreuen an Formen und Farben. Das mag ich.«

Plötzlich zeigte er nach oben. »Sieh nur – ein Rotmilan. Ist das nicht schön! So majestätisch!«

Nachdem sie dem Vogel nachgeschaut hatten, der sich mit kräftigen Flügelschwingen entfernte, gingen sie wieder hinunter zur Seepromenade. Als sie auf den Weg, der am See entlang führte, traten, erzitterte sie kurz, weil ein kalter Wind über den See genau in ihr Gesicht blies.

Er drehte sich zu ihr um, unterbrach seine Erklärungen und lief zu ihr zurück, als er ihr Frieren bemerkte. Nahe blieb er vor ihr stehen. So nahe, fühlte sie, ungewiss was jetzt geschehen würde. Schweigend bewegten sich seine Hände zu ihrem Gesicht, ergriffen die Kapuze ihrer Jacke und zogen sie ihr sanft und liebevoll über die Haare. Sie sah ihm in die Augen, während er die Knöpfe der Kapuze suchte und schloss. Noch ein fürsorgliches Zurechtrücken, um den kalten Seewind von ihr abzuhalten, dann lächelte er sie an und trat einen prüfenden Schritt zurück.

Ihr würde kein Windstoß mehr etwas anhaben können.

Nach nur wenigen Schritten drehte Ben sich wieder zu ihr um. Und dann küsste er sie, sanft und nur vorsichtig begehrlich. In einer Umarmung, aus der sie sich nicht mehr lösen konnten, spürten sie beide, dass sie mehr voneinander haben wollten, unbedingt. »Bevor ich auf dem Seeweg über dich herfalle, wollen wir uns ein Zimmer im Hotel nehmen? Es ist doch Wochenende«, fragte er vorsichtig.

Jule nickte.

Diese Nacht hatten sie sich geliebt wie in einem unendlichen Rausch. Sie hatten den Körper des anderen getrunken.

Jule zeichnete mit ihren Fingerspitzen die Adern an Bens Unterarm nach.

»Erzähl mir von dir.«

Die Sonne ging gerade auf, und sie waren scheinbar im gleichen Moment aufgewacht.

»Ich habe früh mein eigenes Geld verdient.«

»Wie hast du dein erstes eigenes Geld verdient?«, fragte sie nach, sie lauschte gerne seiner Stimme, aber genauso gerne ertastete sie mit ihren Fingern seinen Körper. Er roch so gut.

»Als Kellner.« Ben lachte, und Jule blickte kurz erstaunt in seine braunen Augen. Seine Lachfalten sagten ihr, dass er gerne auch die lustigen Seiten des Lebens sah.

»Zuerst war ich grottenschlecht.«

Nun fuhren ihre Finger seine etwas wilden Augenbrauen nach.

»Ich konnte mir die Bestellungen nicht merken. Die wollten mich fast schon rausschmeißen. Aber dann ...«

»... hast du sie mit deinem Charme um den Finger gewickelt«, vollendete Jule seinen Satz und grinste ihn lachend an.

»Nein, gar nicht, dann habe ich angefangen, mit den Leuten zu spielen.«

Jule hielt in ihren Bewegungen inne. »Wie das denn?« Nun versuchte sie, sich doch auf seine Worte zu konzentrieren. Wobei sie immer wieder davon abgelenkt wurde, dass sie mit ihren Fingern den Lachfältchen nachspüren wollte.

»Da war zum Beispiel ein Mann, der kam jeden Mittag, aß immer die teuersten Sachen von der Speisekarte und gab mir keinen Cent Trinkgeld.«

»Und dann warst du besonders freundlich zu ihm?«

»Nein! Er wollte immer eine Quittung. Und ich habe angefangen, die Quittung höher auszustellen, als es die eigentliche Rechnung war.«

Jule sah ihn verständnislos an.

»Naja, die Quittung hat er schon angenommen ... und irgendwann hat er auch angefangen, mir Trinkgeld zu geben.« Ben grinste vor sich hin. Langsam verstand Jule. Klar, der Mann reichte die höhere Quittung ein, also musste auch Trinkgeld rausspringen.

»Clever. Ein bisschen frech!« Jule grübelte in sich hinein. Schon sehr frech. Eigentlich so etwas wie eine clevere Erpressung. Eine Manipulation. Oder nur ein Angebot?

»Bald habe ich mir dann alles besser gemerkt.«

»Wie denn?«

»Ich habe mir zum Beispiel die Gesichter zur Bierbestellung eingeprägt. Bald konnte ich mir locker zehn Bestellungen merken.«

»Das könnte ich nie.«

»Man muss nur wollen.«

Jule küsste die Kuhle oberhalb des Schlüsselbeins. Warum gefiel ihr dieser Mann so? Es war diese Mischung aus Frechheit und Ehrlichkeit. Sie mochte ihn wirklich.

Und dass er redete und redete, war nur ein Zeichen dafür, dass er nervös war. Ungeübt in Dates. Jule fand das schön. Während er sprach, konnte sie sich entspannen. Sie war nämlich auch ungeübt in Dates und mindestens so aufgeregt wie er.

»Weißt du, was das Verrückteste war, das mir je beim Kellnern passiert ist?«

Jule legte sich in seinen Arm: »Erzähl.«

»Ich habe ein Tablett mit den Fingern nach oben jongliert. Jemand hat mich angerempelt und ich kam ins Straucheln. Teller und Tassen sind stehen geblieben, aber eine Wasserflasche flog vom Tablett und einer Frau genau in den Rücken-Ausschnitt. Die Flasche war offen …«

Jule lachte: »Nein!«

»Doch«, Ben strahlte wie ein kleiner Junge. »Widerspricht jeglicher Wahrscheinlichkeit, ich weiß. War aber so.«

»Und dann rastete sie aus?«

»Nein. Ich war fix und fertig, aber sie lachte.«

Jule grinste: »Wahrscheinlich hat sie dir in deine braunen Augen gesehen und gefragt, ob du sie ›trockenlegen‹ kannst.«

»Nein«, schmunzelte Ben zurück, »ich war ein braver Kellner.«

»So wie ein braver Frauen-von-Bars-nach-Hause-Bringer ...«

Ben wandte sich zu ihr und strich ihr eine Haarsträhne aus dem Gesicht.

»Das wollte ich wirklich nicht an diesem Abend. Wirklich nicht.«

»Ich weiß, Ben, ich weiß. Ich wollte es aber! Und wie!«
Sie zog ihn zu sich.

»Naja. Ich wollte es dann schon auch«, murmelte er zwischen zwei Küssen.

»Da bin ich aber sehr erleichtert,« Jule blinzelte in die Morgensonne. »Und, Mr. ›Riecht-gut‹, ich will Sie schon wieder.«

Er lachte und begann Zentimeter für Zentimeter ihren Hals abwärts zu küssen. Jule schloss die Augen und überließ sich seinen Küssen.

Er liebte sie, wie sie schon seit langem nicht mehr geliebt worden war. Sanft und stürmisch und ausdauernd. Er spürte in ihren Körper und schien genau zu wissen, was sie gerade wollte. Und sie gab sich ihm bewusst und gerne hin.

So hatten Hannes und sie sich nie geliebt. Meist gibt es einen, der mehr liebt, und einen, der weniger liebt. Nur ganz selten finden sich zwei zusammen, die genauso lieben. Das ist das große Glück. Oder es gibt etwas, das sie hindert, zusammen zu kommen. Ihr großes Glück war bisher noch nicht aufgetaucht. Mama und Papa hatten das große Glück gehabt. Das zumindest hatte sie jahrzehntelang geglaubt.

Erschöpft und glücklich lag Jule neben Ben. Wie eine Katze rollte sie sich in seinem Arm zusammen, und ihre dahin fließenden Gedanken lösten sich im Nichts des puren Wohlgefühls auf.

Er murmelte in ihre Haare hinein: »Du bist genau mein

Typ. Das wusste ich vom ersten Augenblick an, als ich dich gesehen habe. In dich hätte ich mich auch schon mit sechzehn verknallt. Und dann mit dir auf der Klassenfahrt geknutscht.«

Jule lachte. Sie kuschelte sich noch näher an ihn und fragte: »Wie warst du, als du ein Junge warst?«

Ben lachte: »Ich wollte schon immer Motorrad fahren. Seit ich denken kann. Ich hatte so ein kleines Spielzeug-Motorrad. Das war mein Ein und Alles.«

»Und?«

»Ich habe jetzt ein Motorrad. Und fahre sehr viel.«

»Oh wie schön! Nimmst du mich mal mit?«

Er küsste ihren Hals. »Wenn du deine Beine so eng an mir hättest, und deine Arme um mich geschlungen … dann kämen wir nicht weit.«

Jule lachte. »Was wolltest du noch, als du klein warst?«

Ben dachte ein paar Momente lang nach.

»Ich wusste schon früh, was ich wollte.«

»Was denn?«

»Jemand werden, der erfolgreich war und Einfluss hatte.«

»Ich dachte, dich interessiert deine Architektur?«

»Ja, aber ich wollte etwas bewegen, wirken. Etwas der Nachwelt geben. Und in meinem Bereich gut sein und Erfolg haben.«

»Bekommst du immer, was du willst?«

Er zuckte lässig mit den Schultern: »Meistens.«

Jule fragte nochmal nach. »Du wolltest Erfolg. Also Geld?«

»Nein, nicht unbedingt.« Er legte sich auf seinen abgewinkelten Arm und dachte kurz nach, während er mit seiner Hand langsam über ihre Brüste strich. »Ich wollte Macht.«

Jule blickte auf. »Macht. Du meine Güte. Das klingt nach Anakin Skywalker.«

Er lachte. »Naja, es muss doch nicht die ›dunkle Seite der Macht‹ sein – könnte auch die gute sein, und ich Luke Skywalker …«

»Macht klingt für mich immer danach, leicht auf die dunkle Seite zu rutschen.« Kurz runzelte Jule missfallend die Stirn, bevor sie sich dann wieder seinen wandernden Händen überließ.

6. Kapitel

Jule lag im Bett. Es war Montagmorgen, und sie hätte längst aufgestanden sein müssen. Aber zum ersten Mal in ihrem Berufsleben hatte sie keine Lust, zur Arbeit zu gehen.

Kaum hatte sie die Praxis betreten, rief ihre Chefin sie zu sich. Was war jetzt schon wieder? Marlena wurde im Moment wegen jeder Kleinigkeit sauer. Es lag wohl daran, dass die neu bezogenen Praxisräume Unsummen verschlangen und bisher nur unwesentlich mehr Patienten gekommen waren. Während in den alten Räumen, in denen jeder Psychologe sich mit einem anderen das Zimmer teilen und dementsprechend die Termine absprechen musste, die Praxis finanziell gut dagestanden hatte, knirschte es im Moment. Keine Ahnung, wie lange Marlena sich das leisten konnte.

»Bitte setz dich«, sagte Marlena, ohne ihr dabei wirklich in die Augen zu sehen. Stattdessen warf sie einen eher vernichtenden Blick auf Jules türkise Bluse zur schwarzen Lederhose. – Marlena war eher der Blümchen-Sommerkleid-Typ. Lauter Ich-bin-offen-und-freundlich-Kleidungsstücke, von denen Jule kein einziges in ihrem Kleiderschrank hatte.

»Ich habe heute früh einen Anruf bekommen.«

Jule sah sie fragend an.

»Frau Lorenz.«

Jetzt zuckte Jule innerlich zusammen, versuchte aber, sich nichts anmerken zu lassen.

»Du kannst dir vorstellen, was sie wollte.«

Eigentlich nicht.

»Die Tochter will nicht mehr in unsere Praxis.«

Jule runzelte die Stirn. Jennifer wollte nicht mehr zu ihr?

»Kannst du mir erklären, warum?«

Jule zuckte mit den Achseln und schüttelte den Kopf.

»Die Tochter sagt, du hättest gar kein echtes Interesse an ihr.«

Noch fester auf die Lippen beißen.

In Jule stritten ihre Gefühle. Ja, sie war Jennifer gegenüber in der letzten Sitzung nicht aufmerksam genug gewesen. Aber etwas gefiel Jule bei der Sache nicht. Erst kam die Mutter zum Gespräch, und danach wollte Jennifer angeblich nicht mehr kommen.

Und dennoch: Sie war in der letzten Stunde nicht ganz konzentriert gewesen. Und das durfte nicht sein. Niemals.

»Wenn sie das möchte, muss man das wohl akzeptieren.«

»Muss man das wohl akzeptieren? Eine Patientin zu verlieren, mit, ich habe nachgesehen, noch sechsunddreißig bereits bewilligten Therapiestunden. Ganz zu schweigen davon, dass damit die Therapie nicht beendet wäre.«

»Manchmal brechen Patienten eben ab. Das ist doch nicht das erste Mal.«

»Aber das erste Mal, dass ich den Eindruck habe, dass die Psychologin daran nicht unschuldig war.« Sie blickte Jule an. »Habe ich recht?«

Vielleicht war sie Jennifer gegenüber zu wenig achtsam und zu ihrer Mutter zu fordernd gewesen. Sicher lag es auch an ihr.

»Ich habe einen Langzeitpatienten verloren. In meiner Situation«, fügte Marlena hinzu. »Weißt du eigentlich, was das bedeutet?«

Eine tödliche Stille hing in der Luft.

»Das tut mir leid.«

»Und jetzt gerade rief mich auch noch der Architekt unserer Praxis an. Er will dich sprechen. Ich habe mit diesem Architekturbüro eine riesige finanzielle Auseinandersetzung, und du verbandelst dich wie auch immer mit dem. Hast du ihm irgendwelche Details verraten?«

Jule kam vor Verblüffung nicht einmal dazu, zu antworten. Sie war müde. Sie war traurig. Sie war erschöpft.

»Marlena. Ich glaube, ich brauche eine Auszeit.«

Marlena starrte sie an. »Das ist jetzt nicht dein Ernst.«

»Doch, entschuldige, aber wenn ich jetzt nicht die Reißleine ziehe, passieren mir vielleicht noch gravierendere Fehler.«

»Jule, du weißt, dass deine Patienten auf dich fixiert sind. Ich kann denen nicht nächste Woche jemand anderen vor die Nase setzten. Eigentlich finde ich das unerhört. Ich bitte dich um ein Gespräch, erwarte mehr Einsicht und Konzentration auf die Arbeit, und du bist so verantwortungslos, dass du glaubst, du kannst hier alles einfach mal so hinschmeißen.«

»Es tut mir leid, Marlena. Aber ich brauche eine Auszeit. Jetzt.«

»Jule, ich empfinde dich als unverschämt! Natürlich gibt es keine Auszeit von heute auf morgen!«

Plötzlich wurde sie ganz ruhig und klar. Es reichte, es reichte jetzt einfach. »Lass dich nie klein machen, niemals!« Das hatte Marie immer zu ihr gesagt. »Lass dich nicht klein machen. Du bist großartig!« Marlena würde sie immer klein machen. Ob wegen nicht gegossener Blumen oder wegen des Therapieabbruchs eines Patienten. Und das wollte sie nicht mehr.

»Dann kündige ich eben.« So sicher war sie sich lange nicht mehr bei etwas gewesen.

»Kündigungsfrist sind drei Monate«, keifte Marlena.

Dann sprang sie auf, rannte zur Tür und schrie: »Ich lass mich doch nicht mit dir auf so eine Diskussion ein – du bist ja nicht zurechnungsfähig!«

Jule blieb ruhig sitzen und schwieg. Sie musste nicht nachdenken. Es würde sicher kein Problem werden, dass ein Arzt ihr Arbeitsunfähigkeit bescheinigte.

Leise zog sie Praxistür hinter sich zu, als sie ging.

ᖰᖰᖰ

Der Stau, in dem sie stand, schien ihr bereits unendlich lang. Vor und hinter ihr eine endlose Blechlawine. Ausweglos. Bei einem zufälligen Blick in den Rückspiegel sah sie den Motorradfahrer, der sich durch die Blechlawine schlängelte. Wie gebannt beobachtete sie seine Schleifen um die Autos herum und starrte ihn an. Als er direkt neben ihr hielt, klappte er sein Visier hoch und grinste: »Komm, steig auf.«

Sie öffnete die Autotür und sprang hinter ihm aufs Motorrad, ohne auch nur die Tür hinter sich zu schließen.

»Nach Manarola«, rief sie ihm zu. Mühelos schlängelten sie sich durch die parkenden Autos hindurch, ihr weiter, schwarzer Rock flatterte im Fahrtwind, und durch ihre weiße Bluse spürte sie die beruhigend kühle Luft. ›Glückstrunken‹.

Selbst als sie aufwachte, fühlte Jule noch den Fahrtwind und diese ›Glückstrunkenheit‹. Sie setzte sich auf und versuchte im ersten Moment, dieses Gefühl aus dem Traum festzuhalten. ›Glückstrunken‹, was für ein herrliches Traumwort. Dann schüttelte sie den Kopf. So ein Unsinn! Sie hatte ihren kleinen, süßen Panda da einfach im Stau stehen lassen. So ein Unsinn. So ein blöder Traum!

Nach dem Frühstück musste sie nochmal kurz vor sich hinlächeln. ›Nach Manarola‹.

Sie duschte und mit den Wassertropfen flossen die letzten Reste des Traums davon. Gut so. Sie stellte die Dusche auf eiskalt und ließ das Wasser auf ihren Rücken prasseln. Das war die Realität. Erst als sie die hämmernde Kälte kaum noch aushalten konnte, schaltete sie das Wasser ab.

Nur kurz überflog sie die zehn Nachrichten von Ben. Warum nur hatte er bei ihr in der Praxis anrufen müssen? Das hatte den Streit mit Marlena eskalieren lassen. Sie ärgerte sich über ihn. Egal, ob es Absicht oder nur Leichfertigkeit war, es war unmöglich gewesen. Sie brauchte gerade keine Liebelei, sie brauchte Ruhe, um sich zu sortieren. Dann tippte sie: »Bei mir ist gerade zu viel los. Ich brauche gerade etwas Ruhe. Bitte akzeptiere das.«

Sie hatte keine Ahnung, wie sie diesen Tag hinter sich gebracht hatte. Tranceartig. Das war ihr absolutes Unglücksjahr. Der Freund fort. Sie saß in der zu großen gemeinsamen Wohnung. Die Mutter gestorben, noch dazu vielleicht mit Geheimnissen, die sie für undenkbar gehalten hätte. Und jetzt arbeitslos. Dabei ging ihr Bankkonto am Monatsende immer gerade so auf. Bisher hatte sie sich darüber keine allzu großen Sorgen gemacht, aber jetzt? Das würde kaum ein paar Monate gut gehen.

∿ ∿ ∿

»Zwei Caipirinhas.«

»Zwei? Erwartest du den netten Typen von letzter Woche?« Sven grinste sie breit an.

»Tue ich nicht. Zwei für mich. Und das ist erst der Anfang.«

»Hej, das ist doch sonst nicht deine Art!« Nun sah Sven sie verwundert und vorwurfsvoll an. »Ich dachte, letzte Woche wäre der Frusttag gewesen. Und ich hätt' dir die Lösung für alle Probleme mit nach Hause geschickt. Ich kenn mich aus. Der war dein Typ!«

»Lieber Sven, du kennst dich überhaupt nicht aus. Den habe ich nur nach Hause genommen, um mich kurzfristig abzulenken.«

Sven zog die Augenbrauen zusammen, schob ihr zwei Caipirinhas hin und erklärte: »Dann gehen die aufs Haus. Aber denk mal dabei nach, ob das stimmt. Ich kenne ihn. Und ich kenne dich. Und du bist im Moment so, als ob du nicht du wärst.«

Jule zuckte mit den Schultern. Sie war auch nicht mehr sie selbst. Aber das Letzte, was sie jetzt brauchte, war ein Mann, mit dem sie sich vielleicht nur vom Alleinsein ablenken wollte. Sie musste sich erstmal Klarheit über die ihr fremd gewordene Frau verschaffen, die doch gerade noch ihre Mutter gewesen war.

Zwischen jedem Caipirinha bekam sie etwa zwei Anrufe und drei SMS von Ben. »Ich denk an dich«, »Wo bist du?«, »Was ist los?«

Vergiss es, Ben Leto, Anakin Skywalker, vergiss es! Jule legte ihren Kopf in die Hände. Das brauche ich jetzt wirklich nicht. Einen Typen, der mindestens so verrückt wie Marie ist, und bestimmt kein bisschen verlässlich. Danke. Nein. Keine Liebelei. Kein Liebeskummer. Keine Verletzung.

Von Hyperstabil-Hannes zu Hyperinstabil-Ben, sie fiel einfach immer wieder von einem Extrem ins andere. Sie war eben doch eine Ente, aber eine total tollpatschige, eher ein Albatross, der auf die Nase fiel.

7. Kapitel

Obwohl sie es kaum geschafft hatte, aufzustehen, war sie die eine Station zur nächsten Apotheke gefahren. Ohne Aspirin würde heute gar nichts mehr gehen. Auf dem Weg nach Hause klingelte ihr Handy in der S-Bahn. Trotz des missbilligenden Blicks der Oma neben ihr holte Jule das Telefon aus ihrer Tasche. Was war das überhaupt für ein Naserümpfen von der alten Dame? Sie lebten doch nicht mehr im Neunzehnten Jahrhundert. Jeder telefonierte öffentlich. Mit einem verachtenden Blick zurück nahm sie das Gespräch an. Besser wäre es gewesen, es sein zu lassen, stellte sie wenige Augenblicke später fest. Es war die Autowerkstatt, die ihr die Reparaturkosten mitteilen wollte. Allein das Abschleppen einige hundert Euro. Eine neue Achse. Das Einrichten der Räder. Fast zweitausend Euro. War ihr kleiner Grüner das überhaupt noch wert? Keine Ahnung. Aber das Abschleppen musste sie in jedem Fall bezahlen. Und für ein neues Auto reichte es im Moment bestimmt nicht.

Plötzlich bekam sie Panik. Was, wenn sie keinen neuen Job finden würde? Ihre Wohnung könnte sie nicht mehr lange halten. Fast ein Jahr hatte sie gebraucht, bis sie nach dem Studium einen Platz in einer Therapiepraxis bekommen hatte. Es war nicht einfach, als Psychologin eine Stelle zu bekommen. Geschweige denn in einer guten Praxis. Sie hatte alles falsch gemacht, Grenzen überschritten. Die Verzweiflung kroch in ihr hoch.

Erst als die Oma von gegenüber ihr ein Taschentuch reichte, wurde Jule klar, dass ihr die Tränen über die Wangen rannen. Immerhin ein Papiertaschentuch. Bei dem antiquierten Blick von vorhin hätte es auch ein Stofftaschentuch sein können

»Liebeskummer geht vorbei, Kleines.«

Jule sah die Frau mit großen Augen an.

∿∿∿

Als es an der Tür klingelte, zuckte Jule zusammen. Wer konnte das sein? Es war bereits nach acht, und sie steckte schon in der Jogginghose. Auch wenn mittlerweile die Kopfschmerzen abgeklungen waren. Zuerst sprach sie in die Gegensprechanlage, doch da hörte sie bereits das Klopfen an der Haustür. Ein Blick durch den Spion zeigte ihr, wer da direkt vor der Tür stand. Jule lehnte sich mit einem Seufzer an die Wand. Auch das noch. Aber Hannes hatte sie mit Sicherheit schon gehört. Sie würde ihm öffnen müssen.

»Hallo Jule.«

»Hallo Hannes.«

Er blieb vor der Tür stehen, bis sie eine vorsichtig einladende Geste machte. »Möchtest du hereinkommen?«

Er nickte und sie ließ ihn herein.

Was wollte er von ihr?

Im Wohnzimmer sah er sich prüfend um, als ob er feststellen wollte, was sich seit seinem Fortgehen verändert hatte.

»Kann ich einen Tee haben?«

Jule zuckte mit den Schultern und begann Wasser aufzusetzen. Sie holte einen Früchtetee heraus. Es war noch der Rest seines Tees, und sie goss ihm damit eine Tasse auf. Sie bevorzugte Pfefferminztee. Oder grünen.

»Wie geht es dir, Jule?«

Jules Augen wanderten nach oben. Sollte sie ihm jetzt sagen, wie schlecht es ihr ging. Einsam. Gekündigt. Finanziell am Ende.

»Ich habe zufällig Thomas getroffen und von ihm gehört, dass eure Mutter gestorben ist.« Hannes fand ihre Mutter immer sehr amüsant, ein psychologisch interessant zu beobachtender Mensch. Hatte Marie ihn eigentlich gemocht? Jule war sich da plötzlich gar nicht mehr so sicher.

»Wie geht es dir damit?«

»Hannes, bitte keine Psychologenfragen!« Es ging da weiter zwischen ihnen, wo es aufgehört hatte.

»Ich meinte es ganz echt. Ist es schlimm für dich?«

»Ja. Sehr.«

»Obwohl du es schon seit einigen Monaten wusstest.«

»Ja, Hannes, dennoch.«

Hannes Augen wanderten wieder im Zimmer umher.

»Du hast alle Bilder abgehängt.«

Das hatte sie. Er hatte einen eher getragenen Geschmack. Ein Bild war ein Miró-Druck mit goldenem Rahmen gewesen. Ein anderes Bild zeigte ein pointillistisch gemaltes Haus im Wald. Da sie alle Bilder gemeinsam gekauft hatten, hatte er sie ihr gelassen. Aber bereits in der ersten Woche nach seinem Auszug hatte sie sie abgehängt. Es kam ihr plötzlich nicht mehr so vor, als ob die Bilder auch ihre gewesen wären.

»Willst du sie haben? Sie stehen im Keller.«

»Nein«, antwortete er, um dann vorsichtig nachzuschieben, »naja, bevor du sie wegschmeißt, lieber doch.«

Sein Blick wanderte zu einem Bild, das sie stattdessen aufgehängt hatte. Es war eines ihrer Mutter, das eine Szene am Meer zeigte. Immer schon war es eines ihrer Lieblingsbilder gewesen, aber Hannes hatte es einmal als etwas zu kitschig bezeichnet. Deswegen hatte sie es in der gemeinsamen Wohnung dann nicht mehr aufgehängt. Erst als er gegangen war.

Zum ersten Mal seit langem sah Jule es sich bewusst an. Trotz der idyllischen Szenerie war es nicht kitschig. Marie hatte nie kitschig gemalt. Entweder abstrakt oder wie in diesem Fall gebrochen realistisch. Mit einer expressionistisch ausdrucksstarken Verwendung der Farben. Über dem Meer ging die Sonne unter. Aber zwischen den Orangetönen des Sonnenuntergangs hatte Marie silberne, schwarze und lila Schattierungen eingeflochten, die der Szenerie etwas Surreales gaben. Jegliche Scheinidylle wurde dadurch aus dem Bild genommen. Plötzlich nahm Jule zwei Punkte am Strand wahr, die in ihren müden Augen nun zu zwei Liebenden verschwammen. Wäre es Manarola, könnten es Thomas und Francesca sein, schoss es ihr durch den Kopf. Oder zwei andere Liebenden. Aber vermutlich hatte Marie es in Frankreich gemalt. Ihre blauen Bilder waren in Manarola entstanden, die in den Rot-Braun-Orange-Tönen und den Ockerbrüchen im Roussillon in der Provence.

»Es passt eigentlich gut hier herein, das Bild.«

Was war das? Ein positiver Kommentar von Hannes zu dem kritisierten Bild? Sollte das ein Friedensangebot sein? Ein Kompromiss?

»Bist du gekommen, um nach dem Tod meiner Mutter nach mir zu sehen?«

Vage hob Hannes die Schultern.

Jule sah ihn fragend an. »Oder willst du noch etwas aus der Wohnung?«

Er schüttelte den Kopf.

»Jule. Es lebt sich scheiße ohne dich.«

Oh, das war gar kein Psychologenslang. Nichts mit »ich fühle ...«. Das kam mal direkt und ehrlich heraus. Zum ersten Mal seit langem berührten sie seine Worte.

»Was ... was soll ich jetzt dazu sagen?«

»Jule, ich dachte, das geht nicht mit uns. Also, dass ich nicht mit dir leben kann. Aber es geht auch nicht ohne dich.«

Verwundert blickte Jule ihn an. Darauf wäre sie wirklich nicht gekommen, dass er ihr so etwas sagen würde. Sie hatten sich beide so vernünftig und in gegenseitigem Einverständnis voneinander getrennt. Naja, eigentlich stimmte das nicht. Jule hatte Hannes klar gemacht, dass es besser für sie beide wäre, wenn jeder seine eigenen Wege ginge. Wahrscheinlich hätte sie sich auch von ihm getrennt, wenn er nicht eingewilligt hätte. Sie wollte es ihm nur leichter machen. Hatte er sich vielleicht gar nicht von ihr trennen wollen?

Natürlich fühlte sie sich manchmal einsam. Natürlich war es blöd, immer alleine auf Partys zu gehen, wo alle anderen als Paare ankamen. In solchen Momenten hatte sie Hannes schon vermisst, aber eigentlich doch nicht ihn, sondern eben jemanden an ihrer Seite. Jule war irritiert.

»Hattest du nicht eine neue Freundin? Jemand hat mir sowas erzählt.«

»Ja. Kurzfristig. Sie war Tierarzthelferin. Hat mir jeden Tag von den Tieren aus der Praxis erzählt. Wie man Hunde einschläfert. Und Katzen am besten festhält. Und woran man erkennt, dass ein Chamäleon altersschwach ist.«

Jule musste grinsen bei seinem verzweifelt-desinteressierten Ton, in dem er diese Tiergeschichten vortrug. War wohl nicht sein Thema gewesen.

Sie hätte es interessant gefunden. Spannend, eine andere Welt. Aber sie mochte Tiere auch – im Gegensatz zu Hannes, dem es vor jedem Felltier aus Hygienegründen grauste, und vor jedem Tier ohne Fell aus ästhetischen Gründen. Jule hätte gerne einen Hund gehabt, aber im Moment hätte sie dafür einfach keine Zeit. Wahrscheinlich hätte sie Hannes' Tierarzthelferin gemocht, sich gerne mit ihr über ihre Arbeit unterhalten. Seltsam, dass sie keinerlei Eifersucht empfand.

»Mir waren es zu viele Gespräche über Tiere«, sagte Hannes, als hätte er Jules Gedanken erraten können.

»Naja, wir haben immer zuviel über Menschen gesprochen«, gestand er dann lächelnd zu.

Soviel Einsicht hatte er all die Jahre vorher nicht gezeigt.

Es wurde ein netter Abend. Sie redeten, umschifften beide bewusst alle schwierigen Themen und sprachen über Freunde, Politisches und ihre letzten Konzertbesuche.

Als es nach zehn war, meinte Hannes. »Es ist jetzt deine Bettgehzeit.«

Jule nickte. So war es. Er kannte sie ja. Selten blieb sie zu lange auf, erst recht nicht, wenn sie am nächsten Tag arbeiten musste.

»Ich geh dann mal langsam«, meinte er, erhob sich aber nicht von seinem Stuhl. »Weißt du, das mit der Tierarzthelferin. Sie hat mir gut getan. Es war ein warmes Gefühl, aber kein heißes. Verstehst du?«

Jule zuckte etwas hilflos mit den Schultern. Mit Hannes hatte sie immer ein warmes Gefühl verbunden, aber eben nur ein warmes. Mit Ben war es heiß gewesen.

»Vielleicht können wir mal zusammen abends weggehen?«

»Vielleicht«, antwortete Jule, stand auf und begleitete ihn zur Haustür. Offensichtlich wussten beide nicht, wie sie sich voneinander verabschieden sollten. Schließlich gab Jule ihm rechts und links auf die Wange ein Küsschen. »Bis dann mal.«

Er zögerte, als ob er noch etwas sagen wollte, brach dann aber ab.

»Bis dann mal.«

Kopfschüttelnd zog Jule die Tür hinter ihm zu.

∿∿∿

Jule wachte auf, ohne Wecker und dennoch zur gleichen Zeit wie immer, dann fiel ihr ein, dass sie heute nicht zur Arbeit gehen müsse. Nur gleich noch zu ihrem Hausarzt für die Arbeitsunfähigkeitsbescheinigung. Eigentlich sollte sie aufstehen. ›Ben‹, lag ihr stattdessen auf der Zunge, ›Ben‹. Und gleichzeitig sah sie sein Bild vor sich. Blitzlichtartig erinnerte sie sich an die Adern auf seinem Unterarm, die sie so mochte. Die kleinen Hände für diesen großen Mann, die braunen Augen, die unter den wilden Augenbrauen lächelten. Als sie merkte, dass sogar ihr Körper auf die Erinnerung reagierte, schüttelte sie energisch den Kopf. Genug geträumt. Anakin Skywalker. Ich verliebe mich einfach immer in die Falschen. Entweder zu nett oder zu wenig nett. Warum musste immer alles so kompliziert sein?

Egal, sie würde jetzt einkaufen gehen, das hatte sie seit ewigen Zeiten nicht mehr getan. In Schwabinger Boutiquen nach hübschen Kleidern suchen, irgendwo einen Happen essen, einfach mal einen ganzen Tag an sich vorbei ziehen lassen.

Nein, Unsinn, wer weiß, wie lange ihr Geld noch reichen würde. Arbeitslose sollten nicht shoppen gehen.

Stattdessen lief sie kilometerlang an der Isar entlang. Verlor sich im Blick in das reißende Wasser, floss mit dahin, die Wirbel der Wellen in sich spürend. Obwohl sie schon länger als zwei Stunden unterwegs war, hatte sie immer noch keine Lust nach Hause zu gehen, dort war es so einsam. Eigentlich mochte sie es, sich auf die Couch zu fläzen, einen Tee zu trinken, ein gutes Buch zu lesen. Wenn sie mal nicht alleine sein wollte, war sie zu ihrer Mutter gegangen. Bei ihrer Mutter konnte sie ihr Herz ausschütten, Marie konnte so zuhören, dass einem dann entweder das Problem selbst nicht mehr so groß vorkam, oder dass plötzlich die Lösung auf der Hand lag. Dann strich sie ihr über den Kopf. Manchmal war es eine tröstende Geste, manchmal eine lächelnde, die sagte, nun, meine Kleine, so schlimm ist das doch alles gar nicht, und manchmal einfach nur eine unendlich liebevolle.

Vor allem aber konnte man bei ihr schweigen, ohne alleine zu sein. Dann setzte Marie sich an die Staffelei, Jule verzog sich in den Sessel dahinter, beobachtete, wie ihre Mutter mit dieser unglaublichen Sorgfalt Farben mischte – ein Braun, ein Hauch Blau dazu, ein Grau zum Mattieren und ein Schimmer Orange, so dass jedes Mal neue Farbtöne entstanden, die in ihrer Intensität einen in die Farbe hineinzogen. Für ein Grau verwendete sie beispielsweise nie eine fertige Farbe.

»Schwarz und Weiß gemischt ist ein ›neutrales Grau‹, ein seelenloses Grau, man darf es nie verwenden, der Betrachter könnte es kaum aushalten«, sagte Marie. Grau entstand bei ihr aus den verschiedensten Farbtönen, zum Beispiel aus Blau und Orange, oder aus Gelb und Violett. »Das sind komplementäre Farben. Farben voller Seele und Tiefe, Farben, die neue, sehr unterschiedliche Welten erschaffen, je nachdem, welche Menge du von welcher Farbe nimmst«, hatte sie Jule erklärt, die die Farbenlehre bereits vor dem Zählen bis zehn beherrscht hatte. »Aus der Farbe erst entsteht die Form, mein Kleines. Die Farbe gibt sie vor. Die Formen sind der Körper eines Bildes. Die Farbe aber ist dessen Seele.«

Jule hatte das schon früh verstanden. Aber nie selbst begonnen zu malen, auch als Kind nicht. Das war zu eindeutig das Feld von Marie. Während ihre Mutter sich der Seele der Farben zugewandt hatte, begann Jule, sich für die Seelen der Menschen zu interessieren. Marie beim Malen und besonders beim Farbenmischen zuzusehen, war wie Meditieren. Manchmal schlief Jule dabei ein. Wenn sie aufwachte, hatte ihre Mutter ihr die karamellfarbene Wolldecke über die Beine gelegt. Dann streckte und reckte Jule sich und hatte das Gefühl, die Welt sei wieder in Ordnung.

Das fehlte ihr so sehr. Jetzt gab es keinen Sessel mehr, in dem sie mit dem Geruch von Ölfarben einschlafen konnte, kein Schlaf mehr unter der Decke, die die Sorgen vertrieb, kein Aufwachen, bei dem ihre Mutter sie mit einem Tee wieder in ein vielversprechendes Leben führte. Du hast mich nicht darauf vorbereitet, alleine zu sein, Mama.

Die Isar streckte sich weiter vor ihr aus. Nur ab und zu begegneten ihr Menschen. Frauen mit Kindern an der Hand. Junge Männer mit Bierflaschen in den Händen, auch wenn es zum Grillen, wie es im Sommer hier überall getan wurde, noch zu kalt war. Ein Hund mit auf und ab schlappenden Ohren raste an ihr vorbei und sprang ins kalte Wasser. Nach einer genüsslichen Runde kam er heraus, schüttelte sich und lief dann seinem Herrchen nach, der schon weiter spaziert war. Lebensfreude, Zufriedenheit, Lachen um sie herum. Nur sie fühlte sich fremd.

Hatte Marie jemals geweint? Traurig geblickt, ja, aber sie konnte sich nicht erinnern, sie jemals weinen gesehen zu haben. Aber es gab doch kein Leben ohne heulendes Elend, aus welchem Grund auch immer. Hatte Papa sie dann getröstet? Und als Papa gestorben war, wer dann?

Er jetzt fiel ihr auf, wie wenig ihre Mutter über sich gesprochen hatte. Mal über eine Ausstellung, ein neues Motiv, Blumen für den Balkon, aber nicht über sie selbst. Marie hatte einfach keine Sorgen, hatte Jule immer gedacht. Kinder waren auch nicht dazu da, ihren Eltern die Sorgen abzunehmen. In Gedanken versunken lief sie in ein nahe gelegenes Café, bestellte sich einen Cappuccino und ein Croissant. Ab nächster Woche würde sie sich bewerben müssen. Ein grauenhafter Gedanke.

Sie öffnete ihre Handtasche, zog das Buch heraus, das Brenninger ihr gegeben hatte, und las die ersten Seiten.

Sal Paradise hieß die Hauptfigur. Jule verdrehte die Augen. Offensichtlicher ging's ja wohl nicht. Musste man seine Hauptfigur gleich Mr. Paradise nennen? Dieser Sal Paradise freundete sich mit Dean Moherty an, einem Herumtreiber, der gerade aus einer Besserungsanstalt kam. Fasziniert begann Jule zu lesen und den beiden seltsamen Figuren auf ihrem Trip durch Amerika zu folgen. An einem Satz blieb sie hängen: »*denn die einzigen Menschen sind für mich die Verrückten, die verrückt sind aufs Leben, verrückt aufs Reden, verrückt auf Erlösung, voll Gier auf alles zugleich, die Leute, die niemals gähnen oder alltägliche Dinge sagen, sondern brennen, brennen, brennen wie phantastische gelbe Wunderkerzen und wie Feuerräder unter den Sternen explodieren*«

Jule blickte auf. War das schön! Wann hatte sie das letzte Mal gebrannt? Die Antwort war einfach, sie kannte sie sofort. In der Nacht mit Ben hatte sie gebrannt, durch und durch. Feuerräder waren unter den Sternen explodiert. Sie musste nur daran denken, und ihr Körper begann zu brennen.

Sie klappte das Buch zu und trank ihren mittlerweile dritten Cappuccino aus. In den letzten Jahren mit Hannes waren weit und breit keine Feuerräder am Himmel zu sehen gewesen. Allerdings hatte sie einen sicheren Job und eine bezahlbare Wohnung. Und jetzt – kaum brannte mal ein Feuerrad in ihr durch, steckte sie bis zum Hals im Schlamassel. Vielleicht war die Sehnsucht nach den Feuerrädern doch nicht das Richtige für sie. Eigentlich konnte man richtig wütend werden. Immer diese Bücher, da wollten alle brennen und niemals etwas Alltägliches sagen. So ein Quatsch. Ging eben nur in Büchern. Und solche Typen starben selbst in Büchern meist zum Schluss. Oder sie liefen in den Sonnenuntergang hinein. Im echten Leben sagte man eben etwas Alltägliches. So etwas wie ›Möchtest du dein Ei weich oder hart gekocht?‹, ›Wann kommst du nach Hause?‹, ›Kannst du noch den Müll runterbringen?‹. Dafür verbrannte man sich dann aber auch nicht.

Warum hatte Brenninger ihr ausgerechnet dieses Buch mitgegeben? Glaube er etwa, sie sei der Typ, der alles hinter sich ließ und auf die Reise ging? Nein, das war sie nun wirklich nicht. Einfach losziehen, irgendwohin trampen – wie Mr. Paradise. Bestimmt nicht. Obwohl die Sehnsucht schon da war, loszuziehen, sich treiben zu lassen, ungeplant die Dinge geschehen zu lassen. Und das Leben mal wieder intensiv zu spüren. Die Psychologin in ihr zog die Augenbraue hoch. Wunschträume, die jeder Mensch in sich hat – und die kaum einer je lebt.

Plötzlich setzte sie sich gerade auf.

Manarola. Natürlich, das war es. Sie würde fahren. Einfach so, ohne nachzudenken. Nichts hielt sie hier.

Genau. Danke, Jack Kerouac, dachte sie und nickte dem Buch zu.

8. Kapitel

Als das Telefon klingelte, kam Jule gerade aus der Dusche. Schnell wickelte sie das große Handtuch um sich und lief ins Wohnzimmer. In ihrer Eile stieß sie sich den kleinen Zeh am Couchtisch an, was höllisch weh tat. Statt mit ›Jule Jansen‹ meldete sie sich mit einem Schmerzensschrei.

»Das klingt ganz nach meiner Schwester«, sagte relativ gelassen Thomas durch den Hörer. »Soll ich den Notarzt rufen oder die Polizei, weil ein Mörder in deiner Wohnung ist?«

Jule stockte vor lauter Schmerz immer noch der Atem, so dass sie ihm nicht antwortete.

»Lass mich raten. Du bist in aller Eile zum Telefon gehetzt und hast dir dabei den Fuß angeschlagen.«

Langsam ging der Schmerz in ein Pulsieren über.

»Du bist echt der blödeste Bruder, den man jemandem wünschen kann.«

»Genau solche Komplimente bin ich von dir gewohnt!«

Jule atmete stoßweise aus und ein.

»Habe ich also recht?«, fragte Thomas nochmal nach. Fast klang doch ein vorsichtig mitleidiger Ton mit. Aber er kannte sie eben. Jule stieß sich oft und gerne in Hektik irgendwo an. Hätte sie das blöde Telefon doch einfach klingeln lassen. Es gab doch Anrufbeantworter. Aber es war schön, die Stimme ihres Bruders zu hören.

»Fiesester Bruder aller Zeiten, was willst du?«

»Julchen, ich habe jetzt die Abrechnung von allen Konten und der Versicherung, abzüglich der Beerdigung und der ausstehenden Monatsmieten für die Wohnung gemacht. Du weißt, Papas Praxis lief nicht gut in letzter Zeit, und Marie war dann nicht mehr sparsam, sie haben nie viel auf die hohe Kante gelegt.«

Bei ihrem Glück müsste sie jetzt wohl noch etwas draufzahlen.

»Für jeden von uns sind es, wenn man die Kosten für die Beerdigung und ein paar andere Sachen noch abzieht, knappe zehntausend Euro.«

Zusammen mit dem Telefonhörer ließ Jule sich zu Boden gleiten und rieb den schmerzenden kleinen Zeh.

Zehntausend Euro. Das war definitiv mehr, als sie erwartet hatte. Das sollte für ein paar Monate reichen. Vielleicht. Je nachdem, wie viele Caféaufenthalte sie sich so gönnen würde …

»Lebst du noch?«, fragte Thomas in ihr Schweigen nach.

»Ja«, stöhnte Jule und rieb sich nochmal den Zeh, »wann überweist du mir das Geld?«

»In den nächsten Tagen. Das klingt ja, als ob du es dringend brauchst. Ist alles okay bei dir?«

Jule zögerte kurz, hatte aber überhaupt keine Lust auf kluge Ratschläge oder Mitleid oder gar Hilfsangebote von ihrem Bruder.

»Alles okay.«

Als sie aufgelegt hatte, saß sie noch immer auf dem Flurboden. Der kleine Zeh begann langsam anzuschwellen. Sie konnte förmlich sehen, wie er sich mit rotem Blut füllte, das in den nächsten Tagen über Lila zu Blassgrün die schönsten Farben hervorbringen würde.

Zehntausend Euro. Das war doch genau das, was sie jetzt

brauchte. Luft zum Atmen. Einfach losfahren. Nach Manarola. Damit war es möglich, in dieses andere Leben ihrer Mutter zu fahren. Dorthin, wo sie immer allein gewesen war. Endlich herauszufinden, was es mit der Widmung und den Fotos auf sich hatte, und ihre Mutter neu kennenzulernen. Marie, die nie über sich gesprochen hatte. Und sie selbst, die plötzlich das Gefühl hatte, sie hätte ihre Mutter viel besser kennenlernen müssen, sie hätte sie fragen sollen, nach ihrem Leben, nach ihren Sorgen. Und nun war es zu spät.

Nein, es war nicht zu spät. Es gab einen Horst Maria Brenninger, der etwas über sie wusste. Es gab diesen magischen Ort Manarola, an dem Marie das weiße Kleid angehabt hatte, an dem es den Mann an ihrem Felsbadeplatz gegeben hatte und diese verschwommene Erinnerung an den Olivenhain.

9. Kapitel

»Warum wolltest du mich denn jetzt sprechen?«, fragte Jule.

Sie zog die Beine auf die Couch und schlang ihre Arme um sie. Bei ihrem Bruder durfte sie so lümmeln. Und Niklas lag wenige Meter weiter auf dem Teppich vor dem Kamin. Hören konnte er sie allerdings nicht, denn aus seinen Kopfhörern drang so laute Musik, dass Jule und Thomas problemlos mithören konnten. Ein Wunder, wenn Kinder die Pubertät ohne Hörschaden überlebten.

»Ich habe in den Unterlagen noch etwas gefunden. Das wollte ich dir zeigen.«

Er schob ihr einen Kaufvertrag hin.

»Marie hat die blaue Serie verkauft. An ihre Agentur. Jetzt halt dich fest. Für einen symbolischen Kaufpreis von einem Euro!«

Jule blickte ungläubig auf. »Sie hat die blaue Serie verkauft? Für quasi nichts?«

Thomas nickte. »Ich versteh das auch nicht. Es gibt hier eine Klausel, dass die Agentur die Bilder wie mündlich besprochen treuhänderisch verwalten und weitergeben soll. Es steht nicht drin, an wen.«

Jule versuchte, das alles langsam zu verdauen. Ihre Mutter hatte die blaue Serie geliebt. Es waren abstrakte, wundervoll vielschichtige und tiefsinnige Bilder gewesen. Bilder zum Versinken. Jeder, der zu ihr kam, hätte sie ihr gerne abgekauft. Das war für sie immer undenkbar gewesen. Mit den blauen Bildern waren sie und Thomas groß geworden. Je nach Maries Laune hing ein anderes an der Wand. Auch wenn sie alle blau waren, so strömte das eine Lust und Lebensfreude aus, ein anderes fragendes Zweifeln und wieder eines bleierne, alles verschlingende Traurigkeit. Marie hätte die Bilder nie verkauft.

Aber sie hatte sie mit diesem Vertrag hergegeben.

»Wann?«

Thomas tippte auf das Datum des Vertrags. »Etwa ein halbes Jahr vor ihrem Tod. Da wusste sie, dass sie sterben würde.«

»Und sie wollte sie jemandem geben«, stellte Jule fest. »Jemand anderem als uns.«

Thomas sah sie an und schüttelte den Kopf: »Kannst du dir das vorstellen?«

»Nein.« Dann zögerte Jule und sagte zweifelnd: »Jedenfalls wäre das sehr enttäuschend.«

»Wer sollte ihr so viel bedeuten, dass Marie ihm die blaue Reihe geben würde? Das ist doch unvorstellbar«, erklärte Thomas überzeugt.

Wenn es so wäre, dann jemand, der ihr mehr bedeutete, als ihre eigenen Kinder, dachte Jule. Allein der Gedanke tat weh, und ihr stiegen Tränen in die Augen. Das hatte sie doch nicht machen können. Wieder mischte sich Wut in ihre Trauer – ein explosives Gemisch. Ihr Blick wanderte über den Vertragstext. Es war wie ein weiteres Puzzleteil, das noch lange kein Bild ergab. Aber es war das Puzzle von Maries Leben. Und wenn Jule es zusammensetzen könnte, dann würde sie darauf etwas sehen, das sie noch nicht kannte. Wer war diese Frau gewesen? Nicht die liebevolle Mutter, die ätherische Künstlerin, sondern die Frau, die Fotos von anderen Männern hatte, die vertragliche Vereinbarungen zum Verkauf ihrer Bilder traf. Thomas' Stimme holte sie aus ihrem Gefühlschaos.

»Also, ich frage mich, ob wir diesen Vertrag rückgängig machen können. Dass die Bilder viel mehr wert sind, könnten wir beweisen. Man könnte argumentieren, dass Marie kurz vor dem Tod stand und nicht mehr zurechnungsfähig war.« Thomas sah Jule zögernd an. Für ihn war das hier offenbar an erster Stelle eine Frage des Geldes.

»Aber sie war zurechnungsfähig. Anscheinend wollte sie das«, wandte Jule ein.

Hilflos zuckte Thomas mit den Schultern.

Mit seiner gerade brechenden, halb Kinder-, halb Männerstimme begann Niklas nun auch noch, ziemlich falsch zu seiner Musik mitzusingen. Normalerweise hätte Jule darüber gelacht. Aber das eben Gehörte wirkte in ihr nach. Sie beobachtete, wie der große Bernhardiner Bobby ins Wohnzimmer hereintappte, sich bedächtig umsah, als ob er die seltsame Stimmung auch wahrnahm, und sich dann zu Jules Füßen niederlegte, wo er ein paar Speicheltropfen fallen ließ, als ob er sagen wollte ›Regt euch bloß nicht über sowas auf‹.

»Wenn er dich vollsabbert, schick ihn fort.«

Jule schüttelte den Kopf. Bobby hatte schon immer eine beruhigende Wirkung auf sie gehabt. Sollte er sie ruhig vollsabbern.

»Ich mache dir einen Vorschlag«, Thomas hatte nun wieder seinen sachlichen Berufs-Ton drauf, »ich rufe bei der Agentur an, versuche herauszubekommen, an wen die Bilder gingen und was das soll. Wenn sie es nicht sagen wollen, drohe ich mit einer Klage. Das wird sie schon gesprächig machen.«

Jule nickte abwesend und kraulte Bobby den Kopf, worauf er genüsslich noch mehr sabberte.

»Thomas, ich fahre morgen nach Manarola.«

»Was tust du?« Thomas blickte sie an, als ob sie etwas gesagt hätte, das weitaus verwunderlicher als die Entdeckung mit den Bildern war.

»Ich brauche etwas Abstand. Ich hatte einfach plötzlich die Idee, dorthin zu fahren. Ich habe gekündigt.«

Thomas sah sie kurz erstarrt an, dann stand er auf und lief zu ihr. Etwas unbeholfen, weil er das noch nicht allzu oft getan hatte, nahm er sie in den Arm und setzte sich dann zu ihr auf die Couch. »Du meine Güte, warum hast du denn gekündigt?«

»Weil ich im Moment nicht in der Lage bin, meine Arbeit verantwortlich auszuführen. Und weil meine Chefin mir nicht freigeben will.«

Thomas stöhnte auf. »Komm, du machst jetzt eine Pause und findest dann einen neuen Job.«

Jetzt seufzte Jule. »Aber nicht so schnell.«

Es gab nicht viele Stellen für Psychologen. Thomas wusste das auch, er hatte miterlebt, wie lange sie nach einer Stelle in einer guten Praxis gesucht hatte.

~~~

Als sie die Haustür hinter sich geschlossen hatte, stand Bobby neben ihr, der noch eine nächtliche Runde in den Garten gehen durfte. Sie beugte sich zu ihm und streichelte ihn, worauf er sich mit all seinem Gewicht gegen ihre Beine drängte. Als ob Bobbys Treuherzigkeit eine Schranke geöffnet hätte, begannen bei Jule schon wieder die Tränen zu kullern. Sie weinte um eine verlorene Mutter, die jemand anderem ihre liebsten Bilder schenkte, sie weinte um einen verlorenen Job und die große Frage, wie es nun weitergehen sollte. Sie weinte um einen Mann, dem sie sich bedenkenlos hingegeben hatte. Vor allem aber weinte sie um sich selbst, weil sie so furchtbar alleine war und das Gefühl hatte, so werde es auch immer bleiben. Die große Liebe – eine große Illusion. Stabilität wie bei Hannes wurde ihr zu langweilig, an die große, verrückte Liebte glaubte sie nicht. Seit wann eigentlich? Doch nicht erst, seit sie das Foto vom Mann auf dem Felsbadeplatz gesehen hatte?

»Ich muss jetzt gehen«, seufzte sie zu Bobby und lief auf die Straße.

Sie sah sich nicht einmal um und hatte bereits den ersten Schritt auf die Straße gesetzt, als sie tränenblind ein heranfahrendes Auto erst zu spät bemerkte. Beim Versuch, schnell wieder einen Schritt zurück zu machen, stolperte sie über die Bordsteinkante und stürzte auf den Gehweg. Völlig verdattert lag Jule auf dem Bordstein und rappelte sich nur mühsam hoch.

Verflixt nochmal, sie war wirklich Misses Chaos. Konnte sie nicht einmal etwas ruhig und vernünftig tun? Mühsam begutachtete sie das blutende Knie und ihre aufgeschürften Hände. Aber sie konnte alles noch bewegen. Auch wenn ihre Hüfte und ihr Oberschenkel, auf den sie mit voller Wucht gestürzt war, höllisch schmerzte. Sie schaffte es kaum aufzustehen. Jetzt weinte sie über ihre eigene Tollpatschigkeit.

10. Kapitel

Ihren kleinen grünen Fiat hatte sie von der Werkstatt abgeholt und nun mit ihrem Koffer bepackt. Heute Morgen hatte sie sich drei Stunden an den Schreibtisch gesetzt, ihre alten Bewerbungsunterlagen herausgesucht, erneuert und an fünf Stellen geschrieben, die sie im Internet entdeckt hatte. Zwei Bewerbungen an kleine, psychologische Praxen weit außerhalb von München. Falls sie diese Stellen bekäme, müsste sie umziehen oder jeden Tag zwei bis drei Stunden pendeln. Beides eine scheußliche Vorstellung. Eine Stelle in der Kinderpsychiatrie. Das wäre interessant, aber sie wusste, dass man sich bei der therapeutischen Arbeit mit Kindern kaum noch von der Arbeit lösen konnte. Jedenfalls um einiges schwieriger als bei Therapien mit Erwachsenen. Wahrscheinlich hatte sie dafür aber zuwenig Erfahrung. Eine Stelle in ihrem ehemaligen Institut für Aus- und Weiterbildung. Ihr war nicht klar, welche Position es hier zu besetzen gab. Und eine Stelle in einer Schönheitsklinik. Warum die dort einen Psychologen brauchten, war ihr schleierhaft. Wieviele Bewerbungen hatte sie beim letzten Mal geschrieben? 50, 100? Unzählige. Das war erst der allererste, mühsame Anfang der Suche. Egal, Hauptsache nicht mehr unter Marlena arbeiten.

Die Umschläge hatte sie soeben in den Briefkasten an der Ecke eingeworfen. Doch jetzt stand sie zweifelnd vor dem Auto und fragte sich, ob sie ihr Vorhaben wohl wieder absagen musste. Sie konnte jetzt schon kaum ihr Bein abwinkeln. Nach Manarola waren es sieben Stunden Autofahrt, im besten Fall. Ihr rechtes Bein schmerzte fürchterlich. Über Nacht hatten sich vom Knie aufwärts dicke Hämatome gebildet und aus ihrem Oberschenkel einen elefantenhaften Baumstamm gemacht. Ihre rechte Hüfte hatte die Farbe einer reifen Pflaume. Jede Bewegung schmerzte. Sie könnte auch morgen fahren, aber ob die Schmerzen bis dahin weniger würden, bezweifelte sie. Jule machte einen Schritt auf den Panda zu. Der Schritt schmerzte. Sie seufzte, öffnete die Wagentür und versuchte, sich ins Auto zu setzen. Beim Abknicken der Hüfte stöhnte sie laut auf und ließ sich dann auf den Sitz fallen. Ein Schmerz durchfuhr ihre Hüfte.

Das würde sie nicht schaffen, keine sieben Stunden Autofahrt, mit diesem Bein auf dem Gaspedal. Verzweifelt ließ sie ihren Kopf auf das Lenkrad sinken. Warum nur ging gerade einfach alles schief.

»Jule?«

Sie sah nicht auf. Sie kannte seine Stimme. Anakin Skywalker. Verdammt, warum musste er jedes Mal auftauchen, wenn sie total verzweifelte?

»Jule, alles okay?«

»Zisch ab.«

»Jule, was ist denn los?«

Jule blickte auf, die Hände am Lenkrad.

»Meine Mutter ist tot. Mein Freund ist weg. Ich habe meinen Job hingeschmissen. Ich bin mit einem Fast-Fremden in der ersten Nacht ins Bett gesprungen.«

Einige Momente war nichts außer Totenstille zu spüren. Wahrscheinlich nur Bruchteile einer Sekunde. Aber gefühlte Stunden. Als ob ein See mit Eis zufrieren würde. Zack. Geschlossene Eisdecke. Ben, der sich vorher zu ihr ins Auto gebeugt hatte, richtete sich auf.

»Okay.« Er sah ihr direkt in die Augen. Der See zwischen ihnen. »Wenn das so ist, dann befreie ich dich von meinem Anblick.«

Sie blickte nur noch seinem starren Rücken hinterher, der sich Schritt für Schritt von ihr entfernte.

Und dann brach der See auf und stürzte aus ihren Augen heraus. Scheiße, so viel wie in den letzten Tagen hatte sie die letzten Jahre nicht geweint.

TEIL II

BLAU

Manarola, Italien

11. Kapitel

Erschrocken fuhr sie auf. Etwas hatte ihren Oberarm gerammt.

»Entschuldigung. Oh Gott, das tut mir leid.« Noch schlaftrunken sah Jule in das hornbebrillte Gesicht einer Frau. Beim Versuch, ihren gewaltigen braunen Koffer ins Gepäcknetz des Abteils zu hieven, war er wohl wieder halb heruntergefallen und genau auf die schlafende Jule. Wer bitte hatte heutzutage auch so einen riesigen Koffer? Und braun noch dazu. Kein Mensch hatte heute noch einen braunen Koffer.

»Habe ich Ihnen weh getan?« Hinter der Hornbrille blitzten kleine grüne Augen verzweifelt auf.

»Geht schon«, beruhigte Jule sie und half ihr, den enormen Koffer hoch zu heben. Jule setzte sich wieder, wobei der Gürtel ihres Trenchcoats auf den Boden fiel. Beim Umdrehen tappte die Hornbebrillte genau auf den Gürtel und zog damit Jule fast vom Sitz herunter. Mit letzter Kraft hielt sie sich an der Hüfte der Frau fest.

Bemüht höflich wiegelte Jule die Entschuldigungsversuche der Frau ab und setzte sich mühsam wieder auf ihren Platz.

»Sowas passiert mir immer. Tut mir leid. Es ist meine erste Reise seit langem. Die Cinque Terre zu sehen – das ist ein Wunsch von mir, seit ich fünfzehn bin. Aber ich reise nicht viel. Ich bin Bibliothekarin.«

Jule musterte die Frau ihr gegenüber. Bibliothekarin, das passte. Irgendwie süß, bestimmt eine Nette. Aber sicher auch etwas weltfremd und verschroben. Sie trug einen gerade über dem Knie endenden, dunkelgrünen Wollrock und darunter etwas zu kräftige, in lila Strumpfhosen verpackte Beine. Vermutlich glaubte sie dabei, besonders schick angezogen zu sein, fast schon künstlerisch. – Bereit für Italien. Jule musste lächeln. Wenn sie auch für ihre Figur etwas unglücklich angezogen war, immerhin in Farben, besser jedenfalls als die grauen Anzugträger, die vorher noch ihr gegenüber gesessen hatten.

Graue Anzugträger. Jule blickte durch das Fenster und ließ ihre Gedanken schweifen. Bei Momo waren die grauen Männer die Zeitdiebe. Statt das Leben zu genießen, impften sie den Menschen ein, immer mehr Zeit einsparen zu müssen. Doch diese gesparte Zeit verpaffte im Zigarrenrauch der grauen Männer. Draußen flog die Welt an ihr vorbei. Die Wolken rissen gerade ein wenig auf und boten einen Ausblick auf den blauen Himmel. Genieß doch lieber den blauen Himmel und sieh nicht ständig auf die grauen Wolken.

Jules Gedanken flogen zu der gemeinsamen Fahrt nach Manarola. Auch wenn Marie in Manarola das weiße Kleid trug, im Zug hatte sie die blaue Seidenhose an. Jule erinnerte sich plötzlich daran, weil die weite Hose beim Einsteigen im Wind flatterte und in den Sonnenstrahlen überirdisch schimmerte. Wie ein Feenkleid, hatte sie damals gedacht, als sie hinter ihr eingestiegen war und ein Hauch des Stoffes an ihre Hand geweht war. In solchen Momenten hatte sie sich als kleines Mädchen gefragt, ob Marie nicht tatsächlich eine Fee sei und dieses Geheimnis nur nicht verraten dürfe.

Plötzlich tauchte ein anderer Gedanke auf. Hatte sie sich in diesem Urlaub nicht aus Freude auf den Sommer so hübsch gemacht, sondern aus Freude auf jemanden anderen? Auf den Mann vom Bild, auf den gut aussehenden Mann im schwarzen Jacket? Ein klammes Gefühl stieg in ihr auf, das sich ausbreitete, bis sie es benennen konnte: Es war Wut. Jule zuckte erschrocken zusammen, als ihr dies klar wurde. Sie hatte früher niemals, kein einziges Mal in ihrem ganzen Leben, auf ihre Mutter solch eine Wut gespürt. Und sie wollte das auch nicht, Wut auf Marie, Wut auf eine Fee. Das ging doch nicht.

Die Lila-Strumpfhosen-Biblitohekarin blickte immer wieder zu ihr hin, als ob sie Anlauf nehmen wollte für ein weiteres Gespräch, doch Jule war zu sehr mit den eigenen Gedanken und Gefühlen beschäftigt, um sich auf Unterhaltungen über die Cinque Terre einzulassen. Noch eine Stunde, dann würde sie dort sein. Wie diese Bibliothekarin ihr gegenüber. Jule hatte nichts gebucht, aber jetzt, Anfang März, sollte das kein Problem werden. Ob sie die Villa von früher wohl wiederfinden würde? Es war viele Jahre lang her, dass sie dort gewesen war. Aber sie hatte noch eine ungefähre Vorstellung von dem kleinen malerischen Örtchen. Die Villa war etwa auf halber Höhe zwischen Berg und dem kleinen Hafen an der Steilküste gelegen. Da müsste sie doch ein Zimmer mieten können. In ihrem Kopf sah sie noch genau das gelbe Haus mit einer kleinen, zur Küste ausgerichteten Terrasse. Sie glaubte, sie könnte es wiederfinden.

Jule blickte aus dem Fenster. Das Wetter hier würde milder sein als in Deutschland. Mittelmeerklima. Nicht warm wie im Sommer, aber auch nicht eiseskalt wie in Deutschland. Große Teile der letzten Strecke führten den Zug durch Tunnel, aber dazwischen sah Jule immer wieder wundervolle Ausblicke aufs Meer. Sie liebte das Meer, es versprach Freiheit und Weite.

Dieses Blau, es war Maries Lieblingsfarbe. »Keine Farbe hat mehr unterschiedliche Ausprägungen als Blau«, erklärte sie Jule. »Das leichte, wolkige, schwebende Blau, Puderblau, Babyblau, Pariser Blau, Himmelsblau, dann Kornblumenblau, Delftblau, Saphirblau, Ultramarinblau und das wunderwundervolle Azurblau. Ich glaube, das ist meine Lieblingsfarbe. Azurblau. Dazu das königliche Blau, das Navyblau, und vor allem all die Türkistöne. Weißt du, Jule, alle Braun-Schattierungen sind die von Menschen und Tieren, Grün-Schattierungen die von Pflanzen, Blau-Schattierungen aber die von Meer und Himmel, von Tiefe und Höhe, gleichzeitig und sich wechselseitig bedingend. Blau ist die Farbe der Sehnsucht. Das Blau ist zum Träumen, mit Blau kann man alles träumen. Denn neben den großen bekannten Blautönen gibt es unzählige namenlose Nuancierungen, immer neue Träume.«

Jule wusste noch genau, dass sie im Atelier vor einem der blauen Bilder getanden hatte, als Marie ihr dies erklärte. »Weißt du, Leonardo da Vinci mochte das Blau, denke ich, ebenso wie ich. Er sagte, es sei ohne Materie, ohne Bodenhaftung, verstehst du, es sei eine Mischung aus dem Sonnenlicht – Gelb ist die Konträrfarbe zu Blau – und der ›Schwärze der Weltfinsternis‹. Das hat er gesagt. Und ich glaube, er hat recht.« Dann lächelte Marie. »Nur hat Leonardo da Vinci sich nie getraut, ein Bild nur in Blau zu malen. – Ich schon!« Die kleine Jule hatte keine Ahnung, wer Leonardo da Vinci war, aber sie hatte sich mit ihrer Mutter darüber gefreut, dass sie sich offensichtlich mehr traute als der. Und die »Schwärze der Weltfinsternis« war ihr noch lange nachgegangen. Was war das? Das Dunkle in der Nacht, wenn sie solche Angst bekam, dass sie nach ihrer Mutter rief? Oder war es noch schlimmer? Konnte es schlimmer sein?

»Pscht«, sagte Marie dann, wenn sie an ihr Bett kam, »Pscht, Julchen, ist ja alles gut, nur ein Traum.« Und manchmal nahm sie sie dann mit in das große weiche Bett und legte sie zwischen Papa und Mama unter die angewärmten Decken.

Jule konnte sich so genau an all diese Worte ihrer Mutter erinnern. »Goethe nannte nur zwei ›reine Farben‹: Gelb, an der Grenze zum Licht und dagegen: Blau, an der Grenze zur Dunkelheit«. Marie hatte in Blau geträumt. Ganz sicher.

Den Weg zur Pension fand Jule wie ein Schlafwandler. Der Ort schien ihr immer noch genauso verzaubert wie damals. Nirgendwo hatte sie wundervollere Farbtöne gesehen als bei diesen bunten Häusern hier, die wie Spielzeughäuser eng aneinander gebaut ihre Farbenpracht darboten: gelbe Häuser, ockerrote, leicht rosafarbene, orangene und verstreut ein paar himmelblaue. Als ob die Stadt einer wunderschönen Kinderzeichnung nachgebaut worden wäre.

Von der Bahnstation folgte sie dem langen Tunnel hindurch, der sie direkt auf die Haupstraße entließ. Kurz blieb sie stehen, reckte ihre Nase in die Luft und sog den Duft von lauer Sonne, Meer und Salzluft ein. Wie wundervoll. Sie wusste noch genau, wie gerne sie als Kind immer hier gewesen war. Eine Welle von Wärme überflutete sie. Noch einen Schritt ging sie weiter in die Mitte der kleinen Straße und drehte sich bergab. Da war es, das gewaltige, dunkelblaue Meer. Ringsherum die Weinberge, die unten in die schroffen grauen Steilküsten mündeten. Eine Landschaft, die seltsam schön und zugleich rau und hart war, wie die Steinfelsen, die spitz ins Meer mündeten.

Von der Hauptstraße aus lief sie einige abzweigende Gassen bis zur Pension, als ob sie wie damals ein Kind war, das spielerisch die wenigen, steilen Wege von der Villa hinunter zum Meer, zum Restaurant und zum Bahnhof immer wieder gelaufen war und in sich aufgesogen hatte.

Nur dass ihr nun die Wege kürzer erschienen als damals. Tatsächlich gab es immer noch die hübsche, kleine, scheinbar in den Fels hinein gebaute Villa, in der sie damals untergekommen waren. Vor der Tür blühte ein wundervoller violetter Bougainvillea-Strauch. Selbst die Inhaberin war noch dieselbe. Sie begrüßte sie, offensichtlich froh darüber, dass in der Nebensaison überhaupt ein Gast kam.

»Ich war früher immer im Sommer in Manarola.« Jule lächelte die Frau an. »Und einmal haben wir sogar bei Ihnen gewohnt.«

»*Davvero?*«, rief die Frau aus. »*Meraviglioso!*«

»Mit meiner Mutter und meinem Bruder. Meine Mutter war Malerin, sie hat hier gemalt.«

»*Una pittore?*«

»Si«, nickte Jule. Natürlich konnte sich die Frau nicht an sie erinnern.

»Ah!« Es war ein Aufschrei. »*Suo fratello*«, sie machte ein schwer zu deutendes, wildes Zeichen mit ihren Armen, »*con la piccola* Francesca!«

Jule freute sich, dass sie sich nach so langer Zeit noch erinnern konnte. Entschuldigend zuckte sie mit den Schultern. Wahrscheinlich war damals das ganze Dorf in Aufruhr gewesen, die junge Francesca in einer Liaison mit dem deutschen Jungen sehen zu müssen.

Außerdem waren sie oft in Manarola gewesen, alle Sommerurlaube führten sie hierher, denn Marie liebte die Farben der Küste. Nur dieses eine Mal waren sie ohne Papa gefahren.

Die Frau überzog sie mit einem Schwall italienischer Worte, die Jule nicht verstehen konnte, die aber nicht unfreundlich waren, so dass sie hoffte, dass niemand hier im Dorf von Francescas verlorener Unschuld wusste. Nachdem die Frau sie einfach an ihren großen Busen gedrückt hatte, als ob sie eine alte Bekannte wäre, sich vorgestellt hatte mit ›*Sono Carla, Carla Sorrentino*‹, fragte sie »*Come sta?* Wie geht es Ihrer *mamma?*«

»Sie ist gestorben, gerade erst.«

Nun warf die Frau ihre Arme in die Höhe, drückte Jule, dass sie kaum noch atmen konnte, jammerte auf Italienisch, Jule konnte nur »*la bella pittore, la meravigliosa signora!*« verstehen. Dann wischte sie sich eine Träne aus den Augen und hieß Jule sich einen Moment gedulden.

Diese Frau hatte ihre Mutter doch kaum gekannt, und dennoch konnte sie jammern, körperlich trauern und laut weinen. Italienisch? Warum konnte sie das nicht? Nur leise geweint hatte sie bei der Beerdigung, nur leise. Würde es ihr helfen, zu schreien, zu jammern, laut zu weinen? Ob sie das hier mal ausprobieren sollte? Alleine, hier zwischen den Klippen. Könnte sie so etwas?

Jule wartete auf der Terrasse, während die Frau das Zimmer fertigmachte, das auf keinen Gast gewartet hatte. Es war angenehm, über fünfzehn Grad, und die Sonne schien mild auf das Meer hinunter. Ja, es war ein verzauberter Ort. Als ob die Zeit hier stehen geblieben und zur Ruhe gekommen war. Jule wusste, dass es genau die richtige Entscheidung gewesen war, hierher zu kommen. Was auch immer passieren würde, was auch immer sie finden würde. Oder auch nicht.

Als sie ein Poltern hörte, trat sie instinktiv einen Schritt zurück. Das war auch richtig so, denn im nächsten Moment kam die Bibliothekarin den Weg entlang, mühsam ihren großen, alten, braunen Koffer tragend, den sie ab und an mit einem Poltern abstellte. Auf ihre Frage noch im Zug, wo sie denn unterkomme, hatte Jule ausweichend geantwortet, sie wollte lieber allein sein. Aber ein Schritt war offensichtlich zu wenig gewesen. Winkend begrüßte die Bibliothekarin sie, als wäre sie einer alten Bekannten begegnet. »Ach, Sie haben eine hübsche Pension gefunden! Haben die hier vielleicht noch ein Zimmer frei?« Die Pensionsinhaberin war soeben hinter ihr auf die Terrasse getreten und antwortete mit einem begeisterten »Si! Si!« Wahrscheinlich war mit diesen zwei Frauen ihr Winterumsatz gerettet. Jule seufzte.

Marie

An Romans Blick erkannte Marie, dass er gemerkt hatte, wie sehr sie sich langweilte. Das sollte nicht sein. Sofort richtete sie lächelnd ihre Augen auf den Arzt, den Roman zusammen mit seiner Frau eingeladen hatte und der seit mittlerweile zehn Minuten über seine Aktien sprach, wie man sie verwaltete, welche er empfehlen würde, mit welchen er die größten Gewinne erzielt hatte. Sie war wohl kurz mit ihren Gedanken abgedriftet. »Wirklich?«, sagte sie nun in einem möglichst bewundernden Tonfall in eine der kurzen Redepausen des Mannes, dessen Namen sie sogar vergessen hatte. Offensichtlich erfreut blickte er sie an und erklärte ihr nun begeistert weitere Details. Roman sah sie zweifelnd an.

Marie war froh, als sie den Hauptgang auftragen konnte und so ein paar ruhige Minuten in der Küche erhielt. Betont langsam goss sie die Soße in die Sauciere. Sie konzentrierte sich auf das Sandbraun der Soße und die winzigen creme-farbenen Sahneschlieren, die sich beim Umgießen wie sanfte Wellen in einem Fluss zogen. Diese Farbe müsste sie mal für einen schlammtragenden, überschäumenden Fluss an einem dunklen Herbsttag verwenden. Eine dunkle, düstere, wilde Farbe. Sie prägte sich den Farbton ein. Die Sauciere war gefüllt. Sie atmete ein und brachte die Soße auf den Wohnzimmertisch.

»Kann ich Ihnen helfen?«, fragte die unscheinbare, mausgrau gekleidete Frau des Arztes mit einer seltsam gebrochenen Stimme. Marie hätte dem lächelnd zustimmen und mit ihr während des Aufschneidens des Bratens einen fröhlichen Frauen-Smalltalk halten sollen.

»Ach, vielen Dank, kein Problem, ich bin so gut wie fertig.«

Sie brauchte die wenigen ruhigen Minuten in der Küche. Sich konzentrieren auf das Rosarot im Inneren des Roastbeefs, auf das Schwarzbraun der Kruste. Farben aufnehmen, Formen sehen, versinken darin. Kurz das Schweigen spüren. Dann könnte sie wieder hinausgehen und dem unendlichen Monolog über Aktienkurse scheinbar interessiert folgen.

Als sie alles aufgetragen hatte, war der Arzt bei seinen Herzoperationen. Er war einer der anerkanntesten Herzspezialisten der Umgebung. Roman sah sie fast flehend an. Und tatsächlich hatten die Berichte des Arztes über die Operationen am offenen Herzen durchaus faszinierende Momente. Auch wenn er verwundert war, als Marie ihn fragte, wie ein Herz genau aussehe, wie innen, wie außen, wo in diesem Muskel es schlage, wo der Rhythmus beginne. Ziehe es sich zusammen oder poche es? Wie lange schlage ein Herz noch, wenn der Mensch an einem Hirnschlag stirbt. Wie lange schlage ein Herz, wenn man es aus einem Körper nehme? Vor allem aber, welche Farbe hätte es? Offensichtlich war er irritiert von diesen Fragestellungen, diesen Gedankengängen einer Frau, bemühte sich aber, wenn auch stirnrunzelnd, um möglichst genaue Antworten. Auf Maries Frage nach den Farben antwortete er nur: »Rot« und zuckte dann irritiert mit den Schultern. Welche genauere Farbe, darauf hatte er wohl noch nie geachtet, oder er konnte die Nuancen von Weiß-Rosé bis Rubinrot einfach weder unterscheiden noch benennen.

Frau Mausgrau sagte gar nichts mehr. Das hatte sie aber auch zuvor kaum. Ihr Blick war pikiert.

»Das war interessant«, erklärte Marie ihrem Mann, als die beiden gegangen waren. »Operationen am offenen Herzen, ist das nicht faszinierend?«

»Ja, natürlich«, antwortete Roman, »deswegen fand ich ihn doch beeindruckend und wollte ihn einladen.« Er zögerte. »Aber außer seiner Arbeit hatte er nicht so viel Spannendes zu erzählen. Und seine Frau erst recht nicht. Du hast dich ein wenig gelangweilt, oder? Und du hast dich dennoch sehr bemüht.«

»Ach was«, wehrte Marie ab, hauchte ihm einen Kuss auf die Wange und wandte sich dem Abwasch zu.

Sie brauchte nicht hinzusehen, um zu wissen, dass er traurig aus der Küche ging.

12. Kapitel

Beim Auspacken ihres Koffers hatte Jule das Gefühl anzukommen. Sie hatte all jene Kleidung zusammengepackt, die ihr in ihrem vorwiegend schwarzen Kleiderschrank irgendwie italienisch erschienen. Das dunkelblaue Wickelkleid, die bunte Tunika, die tulpengelbe, enge Hose, die weiße Bluse mit dem schicken, hohen Stehkragen und den roten Poncho. Marie wäre begeistert gewesen, wenn sie diesen Koffer gesehen hätte. Fast schon Marie-Farben. Sie nahm das blaue Wickelkleid und musste lächeln: blau – blauer. Jule hängte es an den dunklen Eichenschrank, der hier wohl schon seit Jahren stand. Sie glaubte sich sogar zu erinnern, dass sie ihn damals bereits wahrgenommen hatte, weil er oben so schön geschwungene Holzschnitzereien in Rosettenform hatte. Sie blickte sich im Zimmer um. Das schwere Bett mit der bunten italienischen Überdecke. Die Fenster von roten Gardinen umrahmt. Ein kleiner Teppich am Fußende. Doch, wahrscheinlich sah es hier ähnlich wie damals aus.

Ihr Blick fiel wieder auf den dunkelbraunen Schrank, vor dem das blaue Kleid wie ein Stück Himmel im Dunkeln wirkte. Was hatte Marie noch über da Vinci und seine Auffassung von Blau gesagt? Jule musste sich konzentrieren, aber sie glaubte es noch ungefähr zu wissen. Er hatte erklärt, dass die Farbe Blau nicht materiell sei, sondern immateriell, metaphysisch. Ihre Mutter hatte dann lange versucht, ihr zu erklären, was ›metaphysisch‹ bedeutet. Das war Blau: Metaphysik. Hat Marie eine unsterbliche Seele? Jule wünschte es so sehr. Und sie sah plötzlich eine Art blaues Gewebe vor sich – so musste die Seele von Marie sein. Jule lächelte. Blau – Blauer – Marie. Ja, das blaue war das richtige Kleid für Manarola. Sie nahm es vom Kleiderschrank, zog es an und schlang sich den langen, weiß-blau gestreiften Schal um den Hals. Ein Blick in den Spiegel zeigte ihr, dass sie gut aussah. Fast verwundert stellte sie fest, dass sie hübsch war; beinahe italienisch sah sie aus, mit ihren dunklen Haaren und dem schmalen Schal um den Hals. Sanft nahm sie das weiße Kleid von Marie aus dem Koffer. Ohne dass sie hätte erklären können, warum, hatte sie es eingepackt. Nun schmiegte sie es an ihre Wange und glaubte sogar noch den Hauch eines Geruches ihrer Mutter wahrnehmen zu können. Sie drückte das Kleid an sich und tanzte mit ihm durch das Zimmer. Genau so hatte Mama damals mit ihr getanzt. Marie in diesem weißen Kleid in Manarola, auf einem kleinen Fest unten auf der Terrasse über dem kleinen Hafen. Jule hatte ihre schmalen Kinderhändchen in die Hände ihrer Mutter gelegt, und die hatten sie umhergewirbelt. Italienisches Stimmengewirr und Gitarrenklänge. Marie hatte so strahlend gelacht. Und immer wieder in die Menschenmenge geblickt, als ob sie etwas oder jemanden suchte. Seufzend hängt Jule das weiße Kleid sorgfältig auf einen Bügel, den sie an der Vorhangstange einhängt. »Mama, so bist du bei mir. Mit mir, in Manarola!« Das Kleid wehte im Wind, der durch das halb geöffnete Fenster eindrang, als ob es ihr zuwinken wollte. »Jetzt gehen wir das Dorf erkunden, nicht wahr, Marie!«, lächelte Jule dem Kleid zu. Fast konnte sie spüren, wie ihre Mutter sich lachend bei ihr eingehakt hätte und so etwas gesagt hätte:

»Wir zwei wunderhübsche Signoras wollen sehen, was Manarola uns zu bieten hat!«

Jule lief die enge Straße zum Meer hinunter. Mit jedem
Schritt fiel ein Berg Sorgen von ihr ab. Rechts und links
von ihr ragten die schmalen, bunten Häuser in die Höhe.
Die Balkone mit ihren schmiedeeisernen Geländern beug-
ten sich oben in die Straßen hinein. Jeder von ihnen hätte,
so pittoresk, wie er war, ein Shakespearescher Julia-Balkon
sein können. Ihre Gedanken flogen zu Ben. Ben, der schuld
war, dass sie arbeitslos war. Naja, eigentlich doch nicht.
Höchstens hatte er einen kleinen Baustein dazu gegeben.
Sie war es doch selbst gewesen, die es gewollt hatte, die die
Entscheidung getroffen hatte. Hatte sie ihm nicht Unrecht
getan? Die Schuld ihm zugeschoben, obwohl es nicht seine
war? Aber es blieb dabei, er war ein leichtfertiger Mann. Sie
wollte keinen leichtfertigen Mann. Ach, Ben. Seine braunen
Augen. Die nackten Füße auf dem Gras. Seine Begeisterung
wie die eines kleinen Jungen. Ihre Begeisterung, ihre Lebensfreude, ihre Lust, die er geweckt hatte. Ben.

Obwohl es mittlerweile Abend war, genügte der Poncho
über dem Kleid, um sie warm zu halten. Von weit oben bis
hinunter ans Meer standen Seite an Seite die Schifferboote. Da es keinen großen Hafen und kaum Platz unten am
Meer gab, mussten die Fischer jeden Abend ihre Boote auf
das kleine Sträßchen bringen, das durch Manarola führte.
Der Weg wurde dadurch noch kleiner und dennoch auch
noch malerischer mit den ebenfalls bunten Booten. An der
Mole angekommen, roch sie die salzige Meerluft und beobachtete, wie die Wellen sich an der Hafenmauer brachen.
Hinter ihr schienen sich die mehrstöckigen, dünnen Häuser an den Berg anzulehnen. Ein alter Turm strahlte die Sicherheit eines kleinen wehrhaften Städtchens aus. In unend-

licher Weite lag das Meer vor ihr. Schon als Kind hatte sie immer gedacht, das Meer in Manarola sei das größte der Welt. Der Blick konnte seitlich und nach vorne schweifen und bot nichts anderes als spiegelnde Wasserfläche. Bis die Erde sich krümmte, dachte Jule, und ein Menschenblick es nicht mehr begleiten kann. Aber das Meer fließt ungehindert weiter.

Sie setzte die wenigen Schritte fort, bis sie direkt am Wasser stand. Sie versank im Anblick des Meeres, sie roch die salzhaltige Luft und spürte den leichten Sprühregen der Gischt, die gegen die Hafenmauer prallte, auf ihren Armen. Sie genoss die Weite des Meeres und das Gefühl von Freiheit, das es ihr vermittelte. Tief atmete sie ein. Die Boote im Hafen spiegelten sich auf der Oberfläche des Meeres, wenn gerade keine Welle heranrollte. Als Kind hatte sie hier alleine herumlaufen dürfen, in ihrer Erinnerung war es die große Freiheit gewesen. Als ob Marie in diesem Urlaub losgelassen hätte und ihr und Thomas mehr Freiraum gegeben hätte. Jule erinnerte sich, an der Hafenmole entlanggeschlendert zu sein. Sie hatte mit den Fischern gesprochen. Wahrscheinlich mit Händen und Füßen, mit Blicken und Gesten. Sie hatten ihr die Fische gezeigt, die sie gefangen hatten. Ja, sie war von Fischerkahn zu Fischerkahn geklettert und hatte alles genauestens inspiziert. Am Nachmittag kamen die Frauen der Fischer und flickten die Löcher in den Netzen. Auch dabei hatte sie mitgeholfen. Wo war in dieser Zeit eigentlich Marie? Irgendwie erschien sie Jule immer etwas distanziert gewesen zu sein. So als ob sie zwar hin und wieder einen Blick auf ihre zwei Kinder geworfen hätte, aber doch oft nicht da war, nicht ganz da. Wo aber war sie? Plötzlich hatte Jule ein Bild vor Augen, von sich als Kind. Sie war genau hier unten am Hafen gewesen, wahrscheinlich in einem Fischerkahn, und hatte nach oben zu den Felsen und Häusern geblickt. Und dort war ihre Mutter hinter der schmiedeeisernen Balkonbrüstung eines blauen Hauses gestanden und hatte, als sie Jules Blick aufgefangen hatte, einen Schritt zurück in die Terrassentür gemacht. Marie im weißen Kleid. Das weiße Kleid war auf der blauen Häuserwand wie eine Silhouette klar zu erkennen gewesen.

Als Jule aufblickte, sah sie das blaue Haus mit dem verschnörkelten Balkon davor. Es gab hier viele rote, gelbe, rosafarbene und orangene Häuser. Aber nur sehr selten dieses Blaugrau. Noch einmal zog sie tief die Meeresluft ein, drehte sich um und lief den Berg hinauf. Zum blauen Haus. Zögernd blieb sie dann davor stehen. »Pension Sole Mare« stand auf einem Schild. Und jetzt? Was sollte sie tun? Ohne genau zu wissen, was sie gleich sagen sollte, klingelte sie an der Tür. Ein Mann öffnete. »Si?«, fragte er. Als sie nicht antwortete, schob er nach: »Volete una camera? Suchen Sie ein Zimmer?« Jule schüttelte den Kopf, blieb aber einfach weiter stehen.

»Ah, Sie wollen zu Signor Brenninger?«, fragte der Italiener dann.

Verblüfft riss Jule die Augen auf. Noch bevor sie etwas sagen konnte, drehte der Padrone sich um und rief: »Signor Brenninger, c'è un ospite per Lei«. Jule sah, wie Horst Maria Brenninger aus einer Tür kam, die Augen gegen das von außen einfallende Licht zukniff und dann aufseufzte, als er erkannte, wer seine ›ospite‹ war.

»Jule Jansen«, er kam bis zur Tür, »das hätte ich mir ja denken können. Sie sind also hierher gekommen. Wie haben Sie mich gefunden?«

Jule zuckte mit den Schultern und starrte den alten Mann an.

»*Per favore, un vino rosso et qualcosa da mangiare*«, bat Brenninger freundlich den Padrone und winkte Jule herein.

Vom Flur aus gingen mehrere Türen ab. In eine ließ Brenninger sie eintreten. Dahinter verbarg sich ein kleines Pensionszimmer mit getrenntem Ess- und Schlafbereich. Jule setzte sich an den Tisch mit dem gehäkelten roten Deckchen darauf. Es war italienisch-gemütlich. Ein wenig altbacken mit den schweren Vorhängen und den dicken Teppichen. Aber so wie ein italienisches Pensionszimmer in einer gehobenen italienischen Pension auszusehen hatte. Brenninger hatte einen Balkon mit fantastischem Ausblick hinaus aufs Meer. Ein ebensolcher Balkon wie der, von dem ihre Mutter ins Zimmer zurückgetreten war.

Jule hatte kaum Zeit, diesen Gedanken zu verfolgen, denn der Padrone hatte das Zimmer betreten und stellte nun zwei Weingläser und einen Krug mit Rotwein auf den Tisch. Gleich hinter ihm kam die Hausherrin mit einem Tablett mit Schinken, Käse, Oliven, Brot und etwas Schwertfisch. Wahrscheinlich hatte sie bereits Brenningers Essen vorbereitet gehabt und nun schnell noch einen Teller und ein Glas hinzugefügt. Dazu sprach sie so schnell italienisch, dass Jule nicht mehr mitkam. Aber es war klar, dass sie Brenninger versicherte, noch mehr Essen zu bringen, falls er etwas benötigte. Er bedankte sich in nahezu akzentfreiem Italienisch und, die beiden verließen das Zimmer. Brenninger goss den dunklen Rotwein in die Gläser und reichte ihr eines davon.

»Zum Wohl, Jule Jansen, Salute!«, sagte er, nahm einen Schluck und betrachtete sie dann in aller Ruhe.

»Sie sind den weiten Weg gekommen, nur um zu wissen, ob Ihre Mutter einen Romeo hatte.«

»Anscheinend«, lächelte Jule. »Vielleicht auch, um sie hier noch ein wenig zu spüren.«

»Sie sind wahrlich die Tochter von Marie!«, stellte Brenninger lächelnd fest. »Wenn sie sich etwas in den Kopf gesetzt hatte, dann konnte sie nichts und niemand davon abbringen. Wenn etwas ihre Leidenschaft gepackt hatte, dann stob sie wie ein brennder Wirbelwind darauf zu.«

So hätte Jule ihre Mutter nie beschrieben. Ja, wenn sie plötzlich etwas sah, das sie zeichnen wollte, dann konnte nichts sie davon abbringen, ihre Kohlestifte und die Buntstifte, die sie immer bei sich trug, ebenso wie den kleinen Block mit dem feinen Zeichenpapier, auszupacken und es zu skizzieren. Jule liebte dieses Papier. Manchmal durfte sie mit dem Finger darüber streichen, wenn Marie noch den Gegenstand beobachte, der ihre Faszination gewonnen hatte. Das Skizzenpapier war glatt und dennoch strukturiert. Jule zeichnete nicht darauf, konnte sie doch nie an das heranreichten, was ihre Mutter auf dieses Papier zauberte. Manchmal aber faltete sie damit, anfangs Schiffchen, Hüte oder Portemonnaies, später auch einen Schwan, einen Vogel oder Weihnachtssterne. Ihre Mutter bewunderte ihre Faltkunst sehr.

In dieser Zeit, wenn Marie skizzierte, mussten sie als Kinder eben zehn Minuten warten. Wenn es dann zu spät zum Einkaufen war, machte es ihrer Mutter nichts aus, denn sie war fröhlich, etwas Schönes, ein Detail, ein Gesicht, eine Farbe für ihre Bilder eingefangen zu haben. Statt in den Supermarkt gingen sie einfach in das nächste Restaurant und aßen dort, wenn nichts Essbares mehr im Haus war. Aber das war doch eher eine stille, innere Begeisterung, die ihr das glückliche, sanfte Lächeln auf die Lippen zauberte. Keine laut-verrückte Leidenschaft. Ihre Mutter – ein stobender Wirbelsturm. Feuer. Das musste eine andere Frau gewesen sein.

Jule trank einen langen Schluck. Der Rotwein schmeckte herrlich. Nicht zu leicht, nicht zu schwer, mit einem wundervollen Brombeeraroma.

»Haben Sie den Kerouac schon gelesen?«

»Die ersten hundert Seiten.«

»Und? Ist es Ihr Buch?« Interessiert beobachtete er sie und lud sie mit einer Geste ein, sich vom Essen zu nehmen.

Jule nahm eine Scheibe Weißbrot und aß eine Olive, bevor sie antwortete. »Ich weiß es noch nicht. Eigentlich bin ich niemand, der einfach auf und davon geht.«

»Aber Sie sind jetzt hier«, stellte Brenninger fest. »Wie Ihre Mutter damals.«

»Das stimmt.« Sie trampte nicht durch Amerika. Aber sie saß jetzt hier, bald ohne Job übrigens, in Italien am Meer. Was noch vor einer Woche undenkbar gewesen wäre.

»Ihre Mutter liebte die dunklen.« Brenninger deutete auf die dunkelroten Oliven, die zusammen mit grünen in einem kleinen Keramikschälchen lagen.

Darüber war Jule noch verwunderter als über die Worte zuvor. Ja, sie hatte Marie beim Oliven essen gesehen. Aber sie hätte nicht zu sagen vermocht, ob sie grüne oder lila Oliven bevorzugte. Und dieser Mann hier ihr gegenüber behauptete, es zu wissen.

Sie aßen schweigend die italienischen Köstlichkeiten und blickten dabei beide hinaus aufs Meer. Was wusste er noch über ihre Mutter, das sie nicht wusste, fragte sich Jule.

»Wer so weit reist, hat Antworten verdient«, entschied Brenninger, als er den letzten Bissen des Schinkens aufgegessen hatte.

Jule setzte sich gerade hin und hörte aufmerksam zu.

»Ich habe Ihre Mutter als Suchende und Zweifelnde erlebt. Ein wenig wie Sie jetzt.«

Jule war irritiert. War sie eine Suchende und Zweifelnde? Wahrscheinlich schon. Sie beobachtete den alten Mann, der langsam eine Olive aß und ihren Geschmack sichtlich genoss. Er ließ seine Worte wirken, als ob er wusste, dass Jule Zeit brauchte, um darüber nachzudenken.

»Ja, auch ein wenig verzweifelt«, fügte er dann hinzu und blickte aus dem Fenster hinaus. »Verzeihen Sie, wenn ich Sie einfach interpretiere. Ich lese Sie wie eine Figur in meinen Romanen. Und beginne dann, für mich die Figur zu sehen, zu erfühlen. Im Normalfall bin ich alleine mit meinen Romanfiguren, und sie können mir in meinen Interpretationen nicht widersprechen. Sie dürfen das aber natürlich, wenn Sie möchten. Entschuldigen Sie einen eigenbrötlerischen alten Mann, der oft zu viel alleine ist.«

Jule zuckte mit den Schultern. Wahrscheinlich hatte er recht, zumindest in Bezug auf sie.

»Ja, aber was hat meine Mutter denn gesucht, woran gezweifelt, woran war sie verzweifelt?«

Wieder nahm Brenninger einen Bissen, wobei er das Stück Brot und den Schinken getrennt aß.

»Sie war eine Künstlerin. Künstlerseelen sind nicht ruhig, sie suchen permanent, sie zweifeln permanent.«

Er reichte ihr den Teller mit dem Schinken hin. »Sie müssen ihn unbedingt probieren. So zart, dass er fast auf der Zunge schmilzt.«

Er lehnte sich in seinem Sessel zurück. »Ein einfacher Mensch findet sich zurecht im Leben. Richtet sich sein Leben möglichst so ein, wie er es mag, hat nicht zu hohe Ziele, und gibt sich damit zufrieden.« Er schüttelte den Kopf. »Eine Künstlerseele kann das nicht. Ab und zu sieht und fühlt sie das Überirdische, das dann in ihre Werke einfließt. Und auf der Suche nach diesem Großen ist sie dann auch im normalen Leben. Dort aber sind diese Momente nur höchst selten zu finden. Und deswegen zweifelt der Künstler am Leben, sucht und sucht, und verzweifelt manchmal auch.«

Mit einem Seufzen hob er seine Arme. »Nennen Sie mir den Künstler, der glücklich ist. Ausschweifend vielleicht, wie Hemingway, wie Picasso, wie Baudelaire, wie Gauguin, Schriftsteller und Maler, die alle doch nur tranken, um ihrer permanenten Melancholie zu entfliehen. Die Künstler, sie haben eine große Gabe, und verzweifeln gerade an dieser selbst.«

Jule nahm einen Schluck von dem dunklen Wein. »Sie können also nicht glücklich sein, die Künstler.«

Jule verstand. Und wollte es doch nicht wahrhaben. Marie war doch einfach ihre Mutter, eine Frau, keine Frida Kahlo, keine Camille Claudel. Die allerdings zu Lebzeiten auch weder weltberühmt noch reich gewesen waren, gestand Jule sich ein. Marie war eine Frau, ein normaler Mensch, der aß und schlief und arbeitete, eben künstlerisch. Weder trank sie Alkohol noch nahm sie Drogen, sie trieb sich nicht in Cafés und Kneipen herum, sie war nicht wahnsinnig. Ein ganz normaler Mensch.

Nach einem Klopfen und dem freundlichen »Herein« von Brenninger, streckte eine Frau den Kopf hinein. »Ich habe noch ein kleines Stück Lasagne für Sie beide.«

Ohne auf ein Einverständnis zu warten, kam sie ins Zimmer und stellte zwei Teller auf den Tisch. »*Buon appetito*!«

»Deswegen kann mein Bäuchlein auch nicht dünner werden. Ich bin einfach viel zu häufig in Italien«, schmunzelte Brenninger. »Gibt es ein Land, das in dieser Vielfalt mehr gutes Essen zu bieten hat?«

»Nein, ich glaube nicht.« Jule lächelte. Auch wenn sie von griechischer Moussaka über japanische Sushi bis hin zu indischem Curry fast alle internationalen Gerichte mochte, war ihr doch auch das italienische Essen das Allerliebste. Schweigend aßen sie die köstliche Lasagne.

»Aber sie hatte Papa. Den sie liebte. Und uns Kinder. Die sie liebte.«

»Oh ja!«, gestand Brenninger zu. »Marie war sicherlich so glücklich, wie eine Künstlerin nur sein kann. Weil sie diese Familie hatte.

Jule aß nachdenklich den letzten Bissen ihrer Lasagne.

»Und das geht eben nicht ohne die dunklen Seiten.« Horst Maria Brenninger legte ihr die Hand auf den Arm. »Sie müssen suchen, die Künstler. Und manchmal Dinge tun, die sie den kurzfristigen Rausch erleben lassen, der sie weiterleben lässt. Sie müssen es tun.«

Marie hatte gesucht, gezweifelt. Natürlich hatte Brenninger recht, eigentlich hatte sie das auch immer gewusst. Wenn Marie nicht immer für sie da gewesen war, verzeihten alle ihr das, weil sie wussten, dass sie traurig, auch verzweifelt war. Das stimmte einfach. Manchmal war sie fort. Körperlich oder geistig. Künstler brauchen Freiheit. Aber suchte Marie vielleicht nicht nur nach Unabhängigkeit und Freiräumen, sondern auch nach dem, was Brenninger den Rausch nannte. Liebe, Sex?

Im Zug hatte sie noch diese Wut auf ihre Mutter gespürt. Wut auf die Mutter, die nicht immer für sie da war. Eine Spur Verständnis war nun auch in ihr, für die Künstlerin, für die schon.

»Und dann ist etwas passiert, was sonst fast nie geschieht«, fuhr der Antiquar fort, als erzählte er aus einem seiner Bücher. »Sie hat es gefunden. Den Rausch. Das überirdische Gefühl, das alles sprengt. Das Absolute. Im Leben.«

Jule blickte über das Meer. Für die Künstlerin ja, aber für die Mutter hatte sie kein Verständnis. Sie war eben nicht nur Künstlerin, sondern auch Ehefrau, auch Mutter. Und da hatte sie oft genug versagt. Wenn sie nur noch könnte, dann würde sie ihr bitter sagen: »Und dein Rausch war nicht nur überirdisch.« Sie spürte eine Hand auf ihrer Schulter.

»Jule Jansen. Das hier ist der beste Rotwein von Manarola, ein Sciacchetrà. Den nehmen Sie jetzt mit nach Hause, trinken mindestens zwei Gläser, bevor Sie sich ins Bett legen. Morgen um zehn Uhr hole ich sie ab. Wir werden einen Morgenspaziergang machen, und ich zeige Ihnen, wo man den besten Espresso mit der wundervollsten Aussicht trinken kann. Und dann werden wir reden.«

Jule nickte einfach nur und nahm die Flasche Rotwein. Morgen. Morgen war auch ein Tag.

Zur Verabschiedung umarmte Brenninger sie. Es fühlte sich wie eine väterliche Umarmung an. Wie ihr Papa sie umarmt hätte, wenn er von der Situation erfahren hätte. Jule kämpfte mit den Tränen. Jetzt musste sie sich schon von einem Fremden umarmen lassen. Kein Papa mehr da, keine Mama, kein Mann. Sie wandte sich ab.

Marie

Marie lief durch den Wald. Manchmal musste sie allein sein. Wenn sie so ihn so vermisste, dass sie nicht einmal mehr malen konnte. Wenn sie merkte, dass sie den Kindern nicht mehr gerecht wurde. Dann musste sie gehen. Wenigstens für eine Zeit lang. Der Wald war gut dafür. Heute aber regnete es, was sie keine Sekunde abgehalten hatte. Es war der frühe Abend eines furchtbar heißen Sommertages. Und obwohl der Regen nur so herunterprasselte, konnte er die warme Schwüle noch immer nicht fortspülen.

Sie dachte an das Atelier in München, in dem sie einige ihrer Werke ausgestellt hatte. Niemals vergaß sie den Moment, als er zur Tür hereinkam. Zuerst hatte er sie gar nicht bemerkt, und aus einem Grund, den sie nachher nie erklären konnte, war sie nicht wie auf jeden anderen Kunden zugelaufen, sondern war leise in ihrer Ecke stehen geblieben und hatte ihn beobachtet. Vielleicht weil er nicht wie normale Kunden in einer schlendernden Belanglosigkeit an den Bildern vorbeilief. Sein Blick schweifte einmal über die Wände, ohne sie in der dunklen Tür zum hinteren Raum zu bemerken. Und dann wieder zurück, bevor er zielgerichtet auf eines ihrer Bilder zulief. Es war eines aus Manarola. Genau drei Meter stellte er sich vor das Bild, und Jule wusste, dass dies exakt der richtige Abstand war, um ihr Gemälde sowohl in seiner Gesamtheit wie in den Details zu erfassen. Er war groß und hager. Ein schöner Mann. Aber was sie wirklich faszinierte, war sein Gesicht. Er hatte seine Augen leicht zusammengezogen, und es schien ihr, als ob er jeden ihrer Pinselstriche mit seinen Blicken nachfuhr. Dabei spiegelte sich in seinem Gesicht gleichzeitig höchste, distanziert abschätzende Konzentration und ein verwundert emotionaler Blick. Plötzlich änderten sich seine Gesichtszüge, wurden weicher, und er schien im Bild zu verschwinden. In diesem Moment war sie verloren. Ein Mann, der nicht nur äußerlich so schön war, sondern auch innen. Der ihre Bilder betrachten konnte, mit Sicherheit mit einem professionellen Blick, und dann darin verschwinden. Sie wollte nur noch eines, seine Augen sehen. Leise trat sie einen Schritt vor, und er wandte sich sofort um, obwohl er die Bewegung mehr erspürt als wirklich gesehen haben konnte.

»Wer hat dieses Bild gemalt?«

Sie ging auf ihn zu, bis sie nahe vor ihm stand, ein wenig zu nahe. Aber sie sah seine Augen, braune Augen, die sie nun erst zu erfassen schienen und die ebenfalls in ihre sahen, als ob er nun in ihren Augen genauso versinken wollte wie gerade in ihrem Bild.

»Ich«, hatte sie gesagt.

Ihr Gesicht war nass vor Regen, die Haare, das Sommerkleid mit den großen bunten Blüten darauf klebte an ihrem Körper. Zuerst lief sie schnell, doch dann konnte sie ihre Schritte langsamer werden lassen. Ihre Gedanken schweifen lassen, in die Sehnsucht hinein, die alles zerfressende Sehnsucht, das schwarze Loch in ihr, das sich nicht füllen ließ. Und das es doch zu verbergen galt, denn keiner ihrer Familie konnte etwas dafür, nur sie selbst war schuld. Und der Fluch der Familie, der auf ihr lastete. Der Schleier, der sie alle ab und an überwarf und drückte oder erdrückte. Ihre Urgroßmutter hatte es getan, sich gelöst vom Schleier und der Welt. Obwohl Uromi damals schon sehr alt war und Marie noch ein kleines Kind, hatte sie ihr unendlich gefehlt, das schwarze Loch entzündet, das in ihrem Bauch war, aber ihr auch die schreckliche Möglichkeit gezeigt, die es gab, dem Schleier zu entkommen. Und ihr gleichzeitig aufgezeigt, dass kein Mensch ein Recht dazu hatte. Für sich selbst ja, aber nicht für die anderen, die konnten es nicht ertragen, die mussten dann den Schleier der Toten auch noch mittragen. Nein, da würde sie lieber den Schleier von Uromi mitttragen, vor allem aber den Schleier von Thomas und Jule. Auf die durfte er sich nicht legen, niemals, das war das Wichtigste. Und sie selbst hatte doch so viel Glück in ihrem Leben, so viele einzelne Momente absolut unendlicher Glückseligkeit. Des sich absolut Auflösens. Sie hatte die Gnade der Malerei, die sie leben durfte. Sie hatte viel mehr als die meisten anderen Menschen. Deswegen musste sie den Schleier tragen, auch vier mal. Für Uromi, für sich selbst und unbedingt für Thomas und Julchen. Sie konnte es, wegen dieser Momente. Die sie doch alle eingefangen hatte, gespeichert in sich, als glühende, leuchtende Schätze, die den Schleier etwas höher hinaufschieben konnten, auch wenn er schwer und stark war. Sie war stärker. Die Momente in ihr, die Kinder, die Freude in ihrem Leben, sie konnte das. Ihre Schritte waren nun ganz langsam und bedacht. Sie sah das feuchte Moos unter ihren Füßen, weich wie Samt. Sie gab sich den Erinnerungen hin, holte glänzenden Moment für glänzenden Moment hervor. Dazwischen den Efeu ansehen, der sich an den Bäumen hochrankte. Sie hatte es mittlerweile gelernt. Nicht in den alten Momenten versinken, sondern sich dazwischen an den Glücksmomenten des Jetzt festhalten. Wieder eine Erinnerung herausholen, sie lächelte. Die Sonnenstrahlen se-

hen, die sich nun durch die Blätter der Bäume Bahnen brachen. Wieder eine Erinnerung purer Ekstase. Die Tropfen
des kühlen Wassers spüren, die von den Haaren über ihr
Gesicht kühle Linien zogen, die sie mit der Zunge auffan-
gen konnte. Wieder eine Erinnerung. Sie wusste, dass sich
nun Tränen in die Regentropfen mischten. Sie schmeckten
salzig. Es war in Ordnung, es durfte hier sein. Wieder ein
Moment. Die Tropfen spüren, die von ihren klitschnas-
sen Haaren auf die Schultern fielen, auf den Hals, den Aus-
schnitt hinunter. Eine Erinnerung. Ihre Brüste, die kalt waren, vom nassen Kleid, ihr Bauch, der ebenso kühl war, ihre
Scham, die sie kaum spürte. Die Beine, die nass waren. Ein
Ast beugte sich über sie und ließ einen Schwall Wasser auf
sie, wie eine Dusche.

Marie lachte.

Und dann ging sie nach Hause. Bedächtig, Schritt vor
Schritt setzend. Sie freute sich auf ihre Kinder, die zu Hause
warteten.

13. Kapitel

Jule setzte sich, die Weinflasche auf dem Schoß, auf die Kaimauer und sah in das nun schwarze Meer. Schwärze der Weltfinsternis.

»*Scusi, signora.* Darf ich Ihnen einen Korkenzieher für Ihren Wein anbieten?«

Verwundert wandte Jule sich um.

»Ich heiße Daniele. Mir gehört das Restaurant da drüben. Und als Italiener finde ich es das Schrecklichste, eine Weinflasche zu haben und diese nicht öffnen zu können.«

Jule lächelte und streckte ihm die Flasche hin, die er öffnete und ihr zurückgab.

»*Un momento!* Ich hole *un bicchiere*, ein Glas.«

Zurück kam er allerdings mit zwei Gläsern.

»Darf ich mich einen Moment zu Ihnen setzen?«

Eigentlich wollte Jule doch allein sein, aber sie zuckte mit den Schultern.

Er setzte sich, nahm ihr die Flasche aus der Hand, schenkte die beiden Gläser ein und stellte die Flasche neben sich. »*Cin cin*!«

»*Cin cin*«, antwortete Jule und nahm einen großen Schluck.

»Carla hat mir erzählt, dass Sie die Tochter von der *pittore* sind.«

Es war doch ewig her, warum erinnerten sich hier denn alle an ihre Mutter?

»Ich war damals zwanzig, als sie da war.«

Er sah Jule an und nahm einen großen Schluck Wein.

»*Totalemente amoroso*. Wie sagt man bei Ihnen – Hals über Kopf verliebt. In Marie.«

In Marie. Jule starrte ihn verblüfft an. Meine Mutter? Sie rechnete nach, Marie war damals fünfunddreißig gewesen, definitiv zu alt für einen Zwanzigjährigen. Oder hatte sie tatsächlich ein Verhältnis hier mit einem Zwanzigjährigen? Noch immer war Jule zu verblüfft für irgendeine Äußerung. Sie sah Daniele an. Doch, auch jetzt noch gutaussehend, er musste in seinen Vierzigern sein. Groß, dunkelhaarig, markante Gesichtszüge. Der wäre durchaus attraktiv für sie. Und der und ihre Mutter …?

»Ich bin längst verheiratet, habe fünf *bambini*«, Daniele hob lachend die Hände. »Aber Marie, sie ist und bleibt meine Traumfrau. Ich habe nie zuvor und nie danach eine solche Frau gesehen.«

Jule trank einfach ihr Glas leer.

»Sie war, wie soll ich es sagen, wie nicht real. Wenn sie hier durch die Straßen lief, erstarrte alles um sie herum. Für mich war sie Aphrodite. Keine leibhaftige Frau, eine Göttin!«

Jule beugte sich um Daniele herum, angelte die Weinflasche und goss sich noch ein Glas ein.

»Sie aß manchmal bei uns im Restaurant. Das gehörte damals noch meinem Vater. Sie hat hier gegessen, mit Ihnen und ihrem *fratello*, Bruder. Sie waren so klein.« Er deutete mit seiner Hand eine Höhe knapp über der Hafenmauer an.

Sie hatten hier also alle gegessen. Bei diesem Mann, mit dem Marie offensichtlich … – dem Zwanzigjährigen. Unglaublich. Mama! Jule war einfach nur entsetzt.

»Ich habe Marie immer beobachtet. Und nie gesehen,

dass sie dabei etwas gegessen hat. Damals war ich fest überzeugt, dass sie eine Göttin war. Die brauchten nichts zu essen.« Er schien mittlerweile einsichtig geworden zu sein. »Alora, entweder sie hatte keinen Hunger. Oder ich war so fasziniert von ihr, dass ich es nicht sehen konnte.«

Daniele sah versonnen ins Wasser. »Wissen Sie, Marie, es war klar, dass sie eine ordentliche Frau war, nicht dass Sie mich falsch verstehen ...« Er zögerte. Jule sah ihn verwundert an. »Aber sie war auch sehr leicht. Ich kannte sie ja von ihren früheren Besuchen, *con tutta la famiglia*, aber in diesem Sommer, da tanzte sie fast jeden Abend. Ihre Röcke schwangen hoch, zu hoch für dieses kleine italienische Dorf. Jeder Mann wollte mit ihr tanzen.«

Was wollte er ihr damit sagen? Was sollte das?

»Also, was ich sagen will, sie strahlte damals Erotik pur aus. Wie Sophia Loren. Also nicht für jeden zu haben. Aber jeder wollte sie.«

Jule trank das zweite Glas auch aus. Mama! Ein italienisches Schimpfwort fiel ihr für sie ein, das sie nur mühsam unterdrückte.

»Und wenn sie tanzte, dann trank sie dazwischen an ihrem Glas Rotwein. Die Frauen damals hier tranken nicht, nicht in der Öffentlichkeit. Und sie lachte. Sie lachte laut. Sie sprühte es aus. Ihr Körper sprühte es aus. Amore.«

Jule spürte wieder diesen Ärger in sich hochsteigen. Wer wollte seine Mutter schon als körperliches Wesen sehen, als einen Körper, den die Männer begehrten. Kaum konnte und wollte man sich Sexualität zwischen den eigenen Eltern vorstellen. Aber doch bitte nicht lüsterne Blicke von anderen.

»Einmal«, fuhr Daniele fort, »da hat einer beim Tanzen sie an den Po gefasst.« Er lachte. »In derselben Sekunde noch klatschte ihre Hand auf seine Wange, dass sie den ganzen nächsten Tag noch rot war. Wissen Sie, auch das hätte sich damals keine andere Frau getraut. Und alle lachten, die Männer wie die Frauen.«

Konte er nicht aufhören damit?

»Aber der Mann, er erzählt heute noch, dass der Griff die Ohrfeige gelohnt hätte.«

Am liebsten hätte sich Jule die Ohren zugehalten. »Ich, scusi, muss Sie das fragen. Weil es etwas ist, das ich mir nie vorstellen konnte. War sie eine gute Mutter?«

Jule zuckte zusammen. Dann sprang sie auf, schmiss dabei die Weinflasche um und schrie ihn an: »Ich habe keine Ahnung! Ich habe keine verdammte Ahnung!«

Sie drehte sich abrupt um und wollte fortrennen. Dann wurde ihr schwarz vor Augen.

Marie

Sie wusste nicht mehr, wie lange sie damals so schweigend im Atelier voreinander gestanden hatten. Es war alles klar, in diesem Moment.

Er fasste sich als Erster und stellte sich vor. »Ich bin Kunsthändler.« Wieder schweifte sein Blick durch das Atelier. »Und das ist auch ein Bild von Ihnen?« Er deutete auf ein anderes. Sie nickte lächelnd.

»Und das da drüben auch.« Er fragte nicht, er stellte es fest. »Provence? Roussillon?« Wieder nickte sie sprachlos. Obwohl es ein abstraktes Bild und die Ockerberge des französischen Städtchens kaum zu erkennen waren, musste es ihm an den Farben klar geworden sein.

Auf zwei weitere deutete er noch, und sie lachte nur bestätigend.

»Sie haben das wunderschönste Lachen, das ich je gehört habe«, sagte er. »Ich kaufe sie alle.«

Den Kauf besiegelten sie in einem Café. Die Nacht verbrachten sie im größten Rausch, den Marie je erlebt hatte. Nachher hätte sie kaum noch zu sagen vermocht, wie das kleine Hotelzimmer aussah, das sie sich genommen hatten. Aber sie wusste, wie seine Finger aussahen, die Adern auf seinem Arm, die feingliedrigen Finger. Sie kannte seinen Rücken, um den sie ihre Beine geschlungen hatte und versunken, versunken, versunken war. Und sie kannte seine Augen, an die sie danach jeden Tag in ihrem Leben dachte.

14. Kapitel

Jule spürte, wie sie geschüttelt wurde. Aber sie konnte die Augen nicht öffnen. Ein unglaublicher Schmerz durchfuhr ihren Kopf. Als ob er aufgebohrt worden wäre. Sie konnte die Augen einfach nicht öffnen. Was sollte dieses Schütteln? Dann wurde sie zur Seite gedreht, und man schob ihr etwas unter den Kopf. Eine Stimme drang durch das Rauschen in ihren Ohren. Sie spürte eine Hand, die ihr über die Stirn strich. Es war ihr zuwider, ihr Kopf schmerzte so, dass sich jede Berührung wie Messerstiche anfühlte.

Sie hörte die Stimme. Eine Männerstimme, eine schrille Frauenstimme. Sie musste die Augen öffnen. Es war so schwer. Als es ihr endlich gelang, sah sie, was unter ihrem Kopf lag. Ihr eigener Arm, der sich seltsam unwirklich anfühlte. Sie sah einen sich ausbreitenden roten Fleck unter ihrem Kopf.

»Sie atmet. Ich glaube, sie kommt zu sich«, sagte die Männerstimme.

»Ich hab sie in die stabile Seitenlage gedreht«, schrillte die Frauenstimme in ihrem Kopf.

»Jule, können Sie mich hören?« Die Männerstimme.

Wieso kannte er ihren Namen? Auch wenn sie versuchte, zu antworten, kamen keine Worte aus ihrem Mund.

»Sie sind direkt gegen das Boot gelaufen. Wir alle im Restaurant haben es gesehen. Es sah furchtbar aus. Bleiben Sie erst mal ruhig liegen. Wir sind bei Ihnen.«

Das war die Stimme von Brenninger. Beruhigend. Jule versuchte, ein und auszuatmen.

»Brauchen wir einen Arzt?« Da war wieder die schrille Stimme. Hektisch. Panisch. Die Stimme kannte sie auch. Oh nein, die lila Strumpfhose aus dem Zug.

Die grelle Tonlage holte sie zurück ins Bewusstsein.

»Geht schon.« Ihre eigene Stimme klang krächzend und fremd.

»Jule, hören Sie uns?«

»Ja.« Leider auch die schrille Stimme.

Jule rappelte sich auf und nahm den großen roten Fleck um sich wahr.

»Blute ich?«

»Nein, das ist, soweit ich sehe, nur der Rotwein. Der Gute!«, schmunzelte Brenninger.

Nun sah Jule auch Daniele, der ebenfalls entsetzt und ängstlich auf sie heruntersah.

»Scusi, ich habe Sie erschreckt. Das wollte ich nicht. Ich wollte Ihnen nur erzählen, wie *bellissima* Ihre Mutter war.«

Lila Strumpfhose rempelte ihn einfach fort. Offensichtlich fand sie sein Gerede im Moment unangebracht.

»Ich habe Sie in die stabile Seitenlage gebracht«, verkündete sie stolz.

»Danke«, stöhnte Jule.

»Klar doch! Meinen Sie, Sie können aufstehen?«, fragte die Strumpfhose.

Brenninger griff ein: »Sie nehmen sie rechts, ich links, und wir bringen sie hinein in die Pension.«

Jule wehrte sich nicht, das hätte sie auch nicht gekonnt. Ihre puddingweichen Beine gaben nach, und mehr ließ sie sich die wenigen Schritte bis zur Tür schleppen, als dass sie laufen konnte. Brenninger und die Frau brachten sie ins

Zimmer und legten sie aufs Bett. Brenninger setzte sich, besah sich im Licht ihren Kopf und blickte ihr lange in die Augen.

»Also, das da oben wird eine riesige Beule bis morgen. Vielleicht haben Sie eine Gehirnerschütterung. Aber das nächste Krankenhaus ist in La Spezia. Die Fahrt dauert. Und Sanitäter müssten Sie erst den Berg hinauftragen, bis dorthin, wo der Rettungswagen steht.« Fragend sah er sie an: »Ist Ihnen übel?«

»Ich glaube nicht.«

Er wägte das ab, schüttelte den Kopf und sah sich nach der Strumpfhose um. »Könnten Sie vielleicht diese Nacht bei Frau Jansen hier auf dem Sofa schlafen und alle zwei Stunden nachsehen, ob sie ansprechbar ist? Dann können wir größere Gefahren ausschließen. Einen Transport ins Krankenhaus nach La Spezia halte ich jetzt für unangebracht.«

»Ja, natürlich«, antwortete die Stimme.

Jule hätte sich gerne gewehrt, aber auch das konnte sie nicht. Sie dämmerte bereits leicht fort, obwohl sie spürte, dass die Strumpfhose ihr noch ihre Jeans auszog und Jule mit der Bettdecke zudeckte. Dann versank sie in einen tiefen Schlaf, aus dem sie ab und an von einem schrillen Ruf »Können Sie mich hören« geweckt wurde, den sie mit ›Ja‹ beantwortete, um dann wieder zu versinken.

Marie

Aus einem zarten, frischen Grün entsprang die dunkle violette Farbe, die ebenso sanft fließend wie vorher das Grün in ein dunkles Lila und dann in ein pastellenes Rosé mit sanften weißen Streifen überging. Darin der etwas hellere Rosaton mit gefährlich tigeraugenhaften weißen Kreisen, in denen die violett-braunen, mandelförmigen, wie Augen erscheinenden Farbtupfer sich vordrängten. Marie hatte den Fingerhut am Waldrand gefunden, sich minutenlang, vielleicht auch stundenlang – wie immer verlor sie über solch einem Eindruck jegliches Zeitgefühl – hingekniet und ihn beobachtet, in sich aufgesogen, ihn im Wind schwingen sehen. Was für ein unvorstellbares Wunder der Natur. Von außen so verführerisch, zart und wunderschön. Erst innen, und das konnte man bei seiner glockenartigen Form nur sehen, wenn man ihn von unten betrachtete, erschien die Gefahr, selbst wenn auch sie einen hypnotisieren und anzuziehen schien, obwohl die Tigeraugen hier doch funkelten und schrien: Fass mich nicht an, ich bin gefährlich. Nimm mich, und du wirst es mit dem Leben bezahlen.

Stunden hatte sie wohl gebraucht, um diese Farbverläufe einzufangen, diese verführerische Wechselhaftigkeit von wunder- und gefahrvoll, von scheinbar gut und böse, mit ungeahnter todbringender Wirkung.

Die Form war dagegen ein Leichtes. Die grünen Blätter, die oben die Blüte sanft hielten, der schwingende Kelch, der sich unten schirmartig öffnete und den Blick auf das wahre Innere preisgab.

Um die eine Blüte malte sie die anderen, doch nur in verwischten weiß-rosé-blau-violetten Tönen zwischen grünen Stängeln und Blättern, so dass die eine Blüte vor allen anderen hervortrat.

Marie ging einen Schritt zurück. Ein großes Glücksgefühl überkam sie. Selten war ihr etwas so gelungen. Es war die perfekte Kopie, fotografisch, nur viel eindrucksvoller, plastischer als es ein Foto je sein könnte.

Sie lächelte. Nun hatte sie die anstrengende Arbeit hinter sich. Nun kam die Seelenarbeit, die sie so glücklich machte. Sie nahm die Farbpalette und mischte verschiedene Farbtöne auf den Palettenvertiefungen. Blau-Schwarztöne. Weiß-Violett. Grau-Rosa. Sie nahm den Pinsel, sie strich über den Kelch der Blüte, sie verwischte die Hintergründe, sie zeichnete genau ein Tigerauge nach, sie betonte eine geschwungene Linie, sie nahm das Tuch und wischte einen falschen Punkt ab, dann wieder den Pinsel, mit dem Pinselende zog sie einen Kratzer im gleichen Schwung des Kelches. Sie verwendete ein Naturschwämmchen, das an der einen Bildecke das Grün verlaufen ließ. Ein Tupfer hier. Ein schwarzer Strich, ein weißer. Vergingen Minuten oder Stunden, es war belanglos, sie war außerhalb der Zeit, sie flog, sie war in ihrer Seele und in der des Fingerhuts.

Eine Träne floss ihr über das Gesicht. Ein Schluchzer, Verzweiflung und Glück in einem.

Endlich trat sie wieder zurück und wusste, es war perfekt. Der Fingerhut war nicht mehr zu sehen, nur Seele.

Ein wenig davon kann heilen, zuviel bringt den Tod.

Ein kurzer Blick auf die Uhr, um Gottes Willen, fünf Uhr früh, die Sonne begann aufzugehen.

Sie wusste da noch nicht, dass es dieses Bild werden würde, das den höchsten Preis von all ihren Gemälden erreichte.

Noch vor der Staffelei stehend schüttelte sie den Malerkittel ab, schlich ins Bett und kuschelte sich sanft an Roman, der sie im Halbschlaf in den Arm nahm, bevor sie sofort einschlief.

15. Kapitel

Durch die geschlossenen Augen spürte sie Tageslicht. Ihr Kopf hämmerte nur noch dumpf. Erträglich, wenn man die Augen einfach nicht öffnete.

Sie dachte an ihn, an Ben. An den starren Rücken, als er Schritt für Schritt von ihr fortlief. Und sie dachte an ihn von vorne. An die Art, wie er immer leicht auf und ab wippte. Sie spürte sein Wippen gleichzeitig mit dem schmerzhaften Pochen in ihrem Kopf. Bloß nicht die Augen öffnen. Wie er sie anlächelte.

Sie öffnete die Augen schließlich doch und sah an dem hellen Licht, dass es wohl schon später Vormittag war. Langsam wurde sie wach und sagte sich mit jedem Atemzug ins Wachsein vor, dass Ben die Gedanken nicht wert war, und dazwischen schrie doch nur jede Faser ihres Körpers: Ich will ihn. Ihr fiel ein Wort ein für das Gefühl, das sie hatte, aber sie ließ es nicht zu, dass es auf ihre Lippen kam, nicht mal in Gedanken. Es wummerte in ihrem Kopf. Aber sie hielt die Augen nun offen und sah durch das Fenster in den italienischen Himmel hinauf. Ben war genauso unzuverlässig wie ihre Mutter, die hier alle Männer verrückt gemacht hatte. Und sie, Jule, war wie die Männer hier, die sich verrückt hatten machen lassen. Sie war verrückt nach seinem Körper, musste ständig an ihn denken. An den Moment, als er sie über das Gras geführt hatte. Es war gleichzeitig so leichtsinnig und wahnsinnig schön. Für sie versprühte er Erotik, wie Daniele es von ihrer Mutter erzählt hatte. Aber Marie war eben unzuverlässig, für sie als Kinder, wahrscheinlich für Papa. Nein, so einen Mann brauchte sie nicht, wollte sie nicht. Und eine kurze Affäre wollte sie auch nicht. Mal kurz brennen. So ein Unsinn. Sie wollte einen Mann fürs Leben, einen, auf den sie sich immer und jederzeit verlassen konnte. Einer, der immer für sie da war, nicht nur manchmal wie ihre Mutter. Marie, auf die man sich nicht immer verlassen konnte. Nicht darauf, dass sie Essen machte, nicht darauf, dass sie da war, ob körperlich oder geistig. Auf die man sich nicht verlassen konnte, die Geheimnisse hatte, die sie vor der Familie verbarg. Wenn Ben auch so war, brauchte sie ihn nicht, wollte sie ihn nicht.

Neben ihr schnarchte es. Verwirrt drehte sie sich um. Lila Strumpfhose lag in einem gepunkteten Pyjama auf ihrem Sofa und schlief. Sie hatte wohl wirklich die Nacht auf sie aufgepasst. Wie lieb von ihr. Einfach eine ganze Nacht lang sich um eine Fremde kümmern. Jule hatte ein schlechtes Gewissen, dass sie zu ihr anfangs so abweisend gewesen war.

Mühsam setzte sie sich auf und betastete die Beule an ihrem Hinterkopf. Sie konnte sich nicht an den Zusammenprall mit dem Boot erinnern. Vielleicht war es zu schnell gegangen. Langsam stand sie auf. Wenn Lila Strumpfhose aufwachte, würde sie freundlich zu ihr sein. Irgendwie hatte sie sie ja wohl gerettet. Vorsichtig setzte sie Schritt vor Schritt in Richtung Bad. Ihr Bein schmerzte noch von dem Sturz vor dem Auto. Nun auch noch ihr Kopf. Okay, alles war relativ. Da hatte das Innere zumindest gar nicht mehr so viel Spielraum für Schmerzen. Sie nahm sich aus ihrem Koffer die bequeme graue Cargohose, ein T-Shirt, frische Wäsche und den blauen Wollpulli. – Mittelmeerblau, ›azzurro‹

wie die Italiener sagten, fand Jule und verschwand lächelnd im Bad. Das Zähneputzen knirschte im Kopf. Sie öffnete das Badfenster, das auf die Rückseite hinausging, und atmete die salzige Meerluft ein. Es würde schon werden. Es konnte nur noch besser werden.

Beim Hinausgehen stellte sie erleichtert fest, dass ihre Retterin – wie hieß sie noch gleich – immer noch schlief. Leise zog sie die Tür hinter sich zu und trat auf die Terrasse, wo ein Frühstückstisch gedeckt war, auf dem bereits eine Thermoskanne Kaffee stand. Jule schenkte sich eine Tasse ein und ging zum schmiedeeisernen Geländer. Der Blick hinunter zur Steilküste war atemberaubend. Auf der kleinen Straße, die sich den Weg zum Meer hinabwand, entdeckte sie in diesem Moment Brenninger. Er hatte einen hölzernen Gehstock, den er sich, als er Jule sah, lässig über die Schulter schwang. Ein Lächeln legte sich auf Jules Lippen, und eine Welle von Sympathie für diesen alten, klugen und dennoch ein klein wenig eitlen Mann überkam sie.

Unterhalb ihrer Terrasse blieb er stehen.

»Wie geht es Ihnen?«, rief er hoch und fügte dann schmunzelnd hinzu: »Tochter von Julia, da oben auf dem Balkon.«

»Es geht. Auf meinem Kopf entwickelt sich eine Beule. Fühlt sich melonengroß an. Aber sonst alles in Ordnung.«

»Na, dann geht es ja noch. Ich hatte befürchtet, dass Sie eine Gehirnerschütterung haben – Sie haben sich nicht erbrochen?«

Jule schüttelte den Kopf. »Bekomme ich jetzt den versprochenen Kaffee mit der dazugehörigen Erklärung?«

Brenninger sah sie zweifelnd an. »Nein. Ich finde nicht, dass Sie im richtigen Zustand dafür sind. Genießen Sie heute Manarola. Gehen Sie spazieren. Morgen hole ich Sie zum Kaffee ab.« Er schwenkte seine Hand zum Gruß, wie es nur noch ältere Herren tun konnten, und war um die Ecke verschwunden, bevor Jule auch nur Einspruch erheben konnte. Ihr war im Moment tatsächlich nicht nach langen Gesprächen zumute. Stattdessen wollte sie lieber durch die Weinberge laufen. Zumindest langsam und ein kleines Stück, um ihrem schmerzenden Kopf ein wenig frische Luft zu gönnen. Hatte er gerade ›Tochter von Julia‹ gesagt? Tochter von jener Julia von Romeo? Das hieße doch, dass …

»Oh, Sie haben mich erschreckt, als Sie nicht mehr im Zimmer waren. Geht es Ihnen denn gut?«

Jule drehte sich um und musste beinahe lachen, denn die Bibliothekarin stand im gepunkteten Pyjama mit zerzausten Haaren vor ihr und blickte sie besorgt an.

»Alles in Ordnung. Bis auf ein bisschen Kopfweh geht es.«

»Na, dann bin ich beruhigt. Ich habe die Nacht nicht richtig schlafen können. Weil ich mir immer wieder Sorgen um Sie gemacht habe.«

»Danke.« Jule stand auf und umarmte sie. »Das ist wirklich sehr nett von Ihnen gewesen!«

In diesem Moment trat Carla, die *padrona* der Pension, auf die Terrasse, bedachte die Pyjama-Frau mit einem tadelnden Blick und stellte Weißbrot und Marmelade auf den Tisch. »Ist es Ihnen hier warm genug? Oder möchten Sie drinnen frühstücken?«

»Gerne draußen, bitte«, entschied Jule und setzte sich an den kleinen Tisch.

»Ich ziehe mich schnell um.« Die Bibliothekarin verschwand.

Lachend zog Carla, die wahrscheinlich nichts von Jules Sturz mitbekommen hatte, einen Stuhl heran und setzte sich zu Jule.

»Ich habe mich erinnert, an Ihre Mutter.« Ihr italienischer Akzent ließ ihre Worte schwingen. »Sie war so *appassionata*!« Die Hände wedelten bei ihren Worten hin und her. »Wenn sie sprach, dann glühten ihre Augen. Sie wirbelte durch Manarola wie ein *bolide, non sai, come si dice in tedesco*, Feuerball, *capito*?«

Ein Feuerball, das war bestimmt nicht das richtige Wort. Nein, das konnte unmöglich eine Beschreibung ihrer eher sanft schwebenden Mutter sein.

»*Ognuno la conosceva!* Jeder hat sie gekannt. Die *camerieri*, die Kellner haben ihr nachgesehen, wenn sie durch die Gassen gegangen ist. Jeder Mann, *Ogni uomo*.« Sie lachte. Jule war gar nicht zum Lachen zumute. Ihr wurde fast schlecht bei dem Gedanken. Das alles war so verwirrend; so hatte sie ihre Mutter nie wahrgenommen. Es war, als ob sich Marie vor ihren Augen auflöste. Sie fühlte sich alleingelassen. Betrogen.

»*Ha mangiato* schon zum Frühstück die dunklen Oliven. *Mamma mia*!«, fuhr Carla unbeirrt plappernd fort. Jule wunderte gar nichts mehr. Oliven zum Frühstück? Ihre Mutter, die zu Hause morgens immer nur Kaffee trank? Carla war wohl die nächste, die die Vorlieben ihrer Mutter besser kannte als die eigene Tochter.

»Musste man sich freuen mit ihr, wenn man sie sah, sprühte vor Leben, *di vita! – Bene*, wie Ihr *fratello* auch! *Appassionata!*« Die Padrona lachte noch mal, strich Jule über die Haare und verschwand.

Leidenschaftlich! Lebenslust! Wirbeln! Wie Thomas, ging es Jule durch den Kopf – aber der war doch verliebt gewesen, in seine Francesca. Jule fühlte sich absolut leer. Wenige Minuten später kam ihre nächtliche Begleitung verpackt in einen dunkelgrünen Übergangsmantel wieder heraus. Jule fand, dass ihr ihr mittelmeerblauer Pulli bei dem milden Klima völlig genügte.

»Constanze«, ihre Zimmernachbarin streckte ihr die Hand entgegen, »ich heiße übrigens Constanze Engelbert.«

»Jule Jansen« sagte sie und schüttelte die ihr entgegengestreckte Hand.

»Ist das nicht ein wundervoller Ausblick?«

»Ja, wirklich.« Jule versuchte, freundlich zu bleiben, obwohl sie lieber alleine gewesen wäre. Aber schließlich hatte sich Constanze die ganze Nacht um sie gekümmert.

»Ich werde heute meine erste Wanderung unternehmen. In eine der Cinque-Terre-Städte, nach Corniglia – ein wunderbarer Weg mit Blick auf das Meer! Etwa zwei Stunden hin und zurück. Wollen Sie vielleicht mit mir gehen?«

Innerlich zuckte Jule zusammen, das wollte sie jetzt einfach nicht, sie wollte allein sein, nachdenken. Aber sie sagte nur: »Ich fühle mich heute noch nicht gut genug für eine solche Wanderung. Ich bleibe erstmal hier.« Die Erklärung schien mehr als einleuchtend. »Wir können uns übrigens gerne duzen, oder?«, schob Jule versöhnlich nach, worauf die Bibliothekarin so erfreut nickte, dass Jule sich fragte, ob sie in ihrem Leben nicht viele Menschen hatte, die sie duzte.

Als Jule am Getrampel auf dem Gang hörte, dass Constanze zu ihrer Wanderung aufgebrochen war, schob sie den Kerouac in ihre Umhängetasche, holte sich vom Gang einen Apfel aus der Schüssel und brach auch auf. Sie lief einfach die kleine Straße hinauf und bog dann in die Weinberge ab. Ohne auf den Weg zu achten, spazierte sie in den sanft wärmenden Sonnenschein hinein. Marie kam ihr in den Sinn, im weißen Kleid. In diesem Sommer war ihre Mutter anders gelaufen. Leichter, beschwingt, aufgeregt. Plötzlich erinnerte sie sich, dass sie ihr einmal heimlich hinterher geschlichen war. Marie im schwingenden weißen Kleid. Sie war ihr hinterhergelaufen, weil sie sich darin versuchte, genauso zu gehen wie sie. Ihre Mutter hatte es gar nicht bemerkt. Und die kleine Jule war lange gelaufen, denn es war ihr einfach nicht gelungen, so freudig beschwingt, so glücklich zu gehen wie Mama. Ja, Marie war *appassionata* gewesen in diesem Sommer! Und die kleine Jule hatte sich mit ihrer Mutter gefreut, daran erfreut, von Herzen. Warum wollte ihr das jetzt nicht gelinden? Eigentlich war es doch wundervoll, eine Mutter zu haben, die verrückt war, leidenschaftlich, die für etwas brannte, und ja, die andere Menschen fasziniert hatte, vor allem die Männer … wenn sie nur nicht das Gefühl gehabt hätte, dass Marie ihr etwas verheimlicht hatte. Und dann war da ein Gedanke, ein Bild, eine Erinnerung. Jule blieb stehen und lehnte sich an einen Olivenbaum, der zwischen zwei Weinbergen stand. Da war etwas gewesen, damals hier in den Weinbergen. Sie hatte etwas gesehen und war danach so schnell sie konnte zurück nach Manarola gelaufen. Sie hatte Thomas nichts davon gesagt. Niemandem. Und sie hatte es wohl selbst vergessen. Verdrängt, korrigierte die Psychologin in ihr.

Marie

Sie wachte auf. Und dachte an ihn. An den regelmäßigen Zügen neben sich konnte sie hören, dass Roman noch schlief. Sie bewegte sich nicht und hielt ihre Augen fest geschlossen. Nach dieser Nacht mit ihm im Hotelzimmer konnte sie nichts bereuen, obwohl ihr Verstand ihr doch immer wieder sagte, dass sie es müsse. Es war, als ob ihre Körper in dieser Nacht ineinander geflossen wären, als ob sie schon immer eins gewesen wären. Ein Bild hatte sie im Kopf. Irgendwann einmal. Sie hatte sich auf seinen Schoss gesetzt, die Beine um ihn. Sah ihm in die Augen, lange, in die braunen mit den kleinen schwarzen Punkten und Streifen darin, von denen sie jeden in einer Landkarte hätte verzeichnen können. Nahm ihre Finger und fuhr sein Gesicht nach. Augenbrauen, Wangen, Kinn. Ein Gesicht, das sie längst auswendig kannte und immer wieder neu erfuhr. Seine Hand streifte ihre Haare aus dem Gesicht, legte sie sanft nach hinten über ihre Schulter. Ein Schauer überlief sie.

»Der Sufi-Mystiker Farid ad Din Attar hat gesagt, wenn man jemandem zu lange in die Augen sieht, verliert dieser seine Seele.«

Es machte ihr nichts aus, so lange in seine Augen zu sehen, ihre Seele hatte er längst gestohlen. Und ihr Herz. Sie nahm seine Hand, die sie so gut kannte, dass sie nicht hinsehen musste, um zu wissen, dass kleine kräuselnde Haare sich bis auf seine Hände zogen. Ihre Lippen ertasteten seine Finger, schmeckten seine Fingerkuppen. Er betrachtete sie wie ein Wunder dabei. Sie öffnete die ersten zwei Knöpfe seines Hemdes. Fuhr über die dort noch haarlose Brust. Knöpfte weiter auf. Legte die Hand auf die wilden Haare. Erfühlte, von rechts nach links, ganz langsam, nach unten, bis an den Bund seiner Hose. Spürte unter ihr sein Begehren. Beugte sich zu ihm und küsste seine Stirn, seine Nase, seine Brust, streifte das Hemd herunter und biss langsam, aber fest in seine Schulter, bis es ihn schmerzen musste. Leise knurrte er, lachte dabei und zog sie ein wenig zurück. Weiter küsste sie die Brust, nach unten. Öffnete seinen Gürtel. Er hielt sie zurück, sah ihr wieder in ihr schon glühendes Gesicht und zog ihr das T-Shirt aus. Sehr ernsthaft, als ob er ein Kunstwerk erkundete, fuhr er die Ränder des BHs nach, griff dann nach hinten und löste die Schnalle. Der BH fiel herunter, und er betrachtete ihre Brüste. Klein und rund. Küsste sie. Als sie sich streckte, hielt seine Hand sie am Rücken. Sie drückte ihren Rücken durch und lehnte sich nach hinten. Er küsste weiter, während seine andere Hand nun an ihrem Hals lag, was sie mit einem wohligen Stöhnen beantwortete. Sie öffnete seine Hose, und nur kurz verließen sie sich, um Hosen, Slips auszuziehen. Als sie sich wieder auf ihn setzte, schoben seine Hände ihr Becken auf ihn. Sie stöhnte auf. Ein langsamer Rhythmus begann, den er sanft mit seinen Händen dirigierte. Kurz hielten sie inne, ein Kuss, der alles sagte, gierig war, den anderen schmeckte, auskostete. Schneller, schneller. Ein kurzes keuchendes Verweilen, um die Lust zu verlängern. Sie zerfloss vor Begierde und Liebe, und ihr Körper verlor sich in den Wellen der Lust. Fester und fester umschlossen ihre Beine ihn, bis sie aufschrie und sich gehen ließ in die Unendlichkeit der Liebe. Und spürte, wie er ihr folgte.

Nachher legte sie sich in seinen Arm, den sie um sich so liebte, der sie festhielt, bis der kühlende Schweiß sie ein wenig frieren ließ und er eine Decke über sie legte. Er erzählte ihr, dass er eigentlich Medizin studiert, seine Facharztausbildung als Chirurg gemacht habe und einige Jahre in einem Krankenhaus gearbeitet hatte. Mehr und mehr hatte er sich dann aber seiner Leidenschaft, der Kunst, gewidmet, erst nebenbei Werke gekauft, die er bei seinen vielen Streifzügen durch Galerien als künstlerisch wertvoll erkannt hatte und sie eher zufällig an Freunde und Bekannte verkauft, die darum baten, weil sie seinen Kunstverstand schätzten, mit dem er immer wieder Werke von Künstlern erstand, die nur wenige Jahre später berühmt und wertvoll wurden. Irgendwann hatte er den Schritt gewagt, seine Galerie eröffnet und war damit schnell erfolgreich geworden.

»Fehlt dir der Arztberuf manchmal?«

Er dachte nach. »Manchmal. Das Gefühl, Menschen helfen zu können, sogar sie überleben zu lassen, kann großartig sein. Die Alltagsroutine in einem Krankenhaus allerdings fand ich furchtbar. Die Kunst jedoch erfüllt mich tief und leidenschaftlich.«

»Leidenschaftlich«, lächelte Marie und küsste ihn. Leidenschaftlich.

Jede Sekunde, jeden Moment, jedes Gefühl, hatte sie in sich gespeichert. Und wenn sie sich trafen, immer zu selten, immer zu kurz, dann mussten erst ihre Körper die Sehnsucht stillen, dann aber saßen sie zusammen und redeten, als ob sie ihr ganzes Leben aufholen mussten. Über ihre Kindheit, ihr Leben, ihre Gefühle, ihr Denken und natürlich über Kunst. Sie erzählten sich gegenseitig, was sie in Picassos abstrakten Gemälden sahen, sie stritten sich furchtbar über Monet, dessen pointilistische Malerei Marie liebte, und die er nur spöttisch als ›Seerosenidylle‹ abtat. »Komm her, mein Seerosenmädchen, und lass dich küssen«, sagte er dann, wenn ihre Wangen vom heftigen Verteidigen der Impressionisten schon gerötet waren. Wirklich ernsthaft stritten sie sich jedoch nur über die eine Sache. Marie wollte ihm keines ihrer Bilder geben. »Ich mache dich groß, berühmt und reich«, versprach er ihr.

»Ich muss aber weder groß noch berühmt noch reich sein. Aber zwischen uns darf kein Geschäft stehen. Es würde unsere Liebe schmutzig machen. Das will ich nicht.«

Irgendwann hatte er es akzeptiert.

»Kennst du Platons Geschichte von den Kugelmenschen?«, fragte er einmal, als sie zwischen zerwühlten Bettdecken lagen. Sie kuschelte sich in seine Arme, spürte seine nackte Haut und ließ ihre Hand über seine Brust gleiten.

»Am Anfang der Welt fielen unzählige Kugeln auf die Erde. Doch dort zersprangen sie in zwei Hälften. Jede dieser Halbkugeln sucht nun sein Gegenstück. In dir habe ich meine Kugelhäfte gefunden.«

Im Geiste sprach sie seinen Namen aus. Wieder und wieder und wieder. Als sie begann, an seine Arme zu denken, versuchte sie sich zu stoppen. Es war eine Obsession. Nur nicht gelebte Sehnsüchte können solch einen großen Platz einnehmen. Ihre Gefühle waren nicht real, hätten der Realität nicht standgehalten, waren irreal überhöht. Sie wusste das alles. Sie erklärte es sich selbst immer wieder wie einem kleinen Kind.

Und dann sprach sie wieder seinen Namen im Geiste aus. Und wieder und wieder und wieder.

16. Kapitel

Wie einen warmen Arm in ihrem Rücken, der sie vorschob, spürte Jule den Olivenbaum, an den sie sich angelehnt hatte, in die Erinnerung hinein, der sie sich eigentlich nicht stellen wollte. Aber der Olivenbaum hielt sie fest, sie konnte nicht zurück. Ihr Blick schweifte über die Weinberge, deren unregelmäßig gekrümmte Wege mit kleinen Mäuerchen befestigt waren. Weiter oben mündeten sie in Pinienwälder, und unten am Meer gingen sie in die steinigen, hohen Felsklippen über. Wie kleine graue Schlangen führten die Wege durch das Grün. Wege. Der Weg. Der eine, graue. Sie hatte das Bild genau vor Augen. Sie fühlte sich wie die Siebenjährige von damals. Von der anderen Seite war ein Mann gekommen, direkt auf ihre Mutter zu. Er hatte sie angestrahlt. Kein Wunder. Jeder hätte Marie angestrahlt, die so beschwingt in ihrem weißen Kleid lief. Aber er war direkt auf sie zugelaufen. Und dann hatte er sie umarmt. Und auf den Mund geküsst. Marie hatte sich nicht gewehrt. Jule sah es jetzt genau vor Augen. Die beiden waren ineinandergeschmolzen, in einer langen, vertrauten und innigen Umarmung. So hatte Jule ihre Eltern sich noch nie umarmen sehen. Und obwohl sie nur wenige Schritte entfernt stand, nahm ihre Mutter sie nicht wahr. Sie schien die Welt um sich vergessen zu haben. Ihre Familie, ihre Kinder, ihre Tochter. Zunächst war Jule wie erstarrt gewesen, dann hatte sie sich umgedreht. Nicht mehr beschwingt war sie gelaufen. Sie rannte, sie rannte den langen Weg nach Manarola zurück. Rannte zum Hafen, warf dem Meer nur einen suchenden Blick zu und sah dann die Schifferboote, die von unten bis zu den Häusern oben am Berg nebeneinander standen. Am Hafen war kein Platz für die Schifferboote, sie wurden der Reihe nach oben in die bereits enge Gasse gestellt. Jule sprang in das unterste Boot, direkt am Meer. Sie legte sich auf den Boden, rollte sich zusammen wie ein kleines Baby, die Hände am Kopf, die Beine am Bauch. Sie stellte sich tot, sie war tot. Sie war nicht mehr da. Keine Ahnung, wie lange. Irgendwann stand sie auf, obwohl die eingefrorenen Glieder es kaum noch zuließen. Ihre Mutter hatte sie gefragt, woher sie so spät komme, aber sie hatte einfach nicht geantwortet. Wahrscheinlich das erste und einzige Mal, dass sie nicht geantwortet hatte. Und in der Nacht hatte sie die Szene vergessen und sich danach nie mehr daran erinnert. Vergessen wollen, sagte Jule sich. Sie rutschte an dem Olivenbaum herunter, setzte sich, mit dem Rücken an den knorrigen Stamm gelehnt, und blickte in die Weinberge. Die ummauerten, grünen Reben schienen ihr wie Wege, die auf Manarola zuliefen, das sich bunt und fröhlich vor dem Meer erhob. Alles, sogar die Weinstöcke schienen dorthin zu streben. Dahinter die unendliche Weite des Meers, gigantisch, wunderschön und doch auch gefährlich. Grüne Natur, blaues Meer, und im Zentrum von allem, Manarola, sprühend vor Lebenslust.

Lange sah sie sich dieses kleine Wunder an Farben und Formen an, bis sie irgendwann Hunger bekam und den Apfel aus ihrer Tasche kramte. Dabei holte sie erst den Kerouac heraus. Zunächst aß sie den Apfel, schmiss den Strunk fort, schlug dann den Kerouac auf und las.

Kurz blätterte sie noch einmal zu der Stelle mit den Feuerrädern und las die Worte nach, die sie so beeindruckt hatten: »Denn die einzigen Menschen sind für mich die Verrückten …« Jule seufzte auf und sah noch einmal vor sich das so lang verdrängte Bild. Ihre Mutter war geradezu in die Arme des Mannes geflogen. Sie schob den Gedanken fort. Sie las weiter: »die brennen, brennen, brennen wie phantastische gelbe Wunderkerzen und wie Feuerräder unter den Sternen explodieren.« Genau, nun wusste sie es. Marie hatte in diesem Urlaub nur Skizzen gezeichnet. Mit Kohle. Wenn sie genau nachdachte, man hätte es als brennende Feuerräder deuten können. Und erst später, wahrscheinlich das gesamte folgende Jahr danach, entstanden aus diesen Skizzen die blauen Bilder, die Bilder, in denen alle Emotionen dieser Welt steckten: Liebe, Brennen, Spannung, Sehnsucht, Traurigkeit, Verzweiflung. Alles war darin, ›Feuerball‹ hatte Carla ihre Mutter genannt. Die Emotionen waren hier in Manarola entstanden, gemalt hatte sie lange Zeit nachher noch daran. Blau, so unglaublich blau. Blau, blau wie die Sehnsucht. Blau wie die unerreichbare Ferne.

Mit einem Mal wurde ihr klar: Marie war sehnsüchtig gewesen, sehnsüchtig nach der unerreichbaren Ferne. Sie konnte nie im Jetzt leben, immer nur in der Ferne. Die, die Jule immer für so da gehalten hatte, war immer so fern gewesen. Wer hatte betrogen? Marie? Oder Jule sich selbst?

Nun schrie sie auf. Wie ein wundes Tier. Sie schrie aus tiefster Kehle. Wütend. Auf sich. Auf ihre Mutter. Auf Marie. Sie fühlte sich betrogen. Es war nicht die Schuld eines Kindes, wenn es sich ein Bild erträumte, das nicht der Realität entsprach. Die Mutter hatte Schuld, die eine Realität lebte, die das Kind nicht ertragen konnte. Es war so klar. Und eigentlich hatte sie es immer gewusst. Minutenlang saß sie nur da und starrte vor sich hin. Dann, ohne auch nur darüber nachzudenken, holte sie ihr Handy aus der Tasche und wählte Bens Nummer. Der Anrufbeantworter meldete sich. Seine Stimme. Seine wundervolle, tiefe, gefühlvolle, liebe Stimme. Jule zögerte nicht, sie sprach einfach, den Klang seiner lieben Stimme in ihren Ohren.

»Ben, ich sitze gerade in den Weinbergen von Manarola, in Italien.«

Du meine Güte, was wollte sie ihm überhaupt erzählen?

»Und, also, es ist hier total schön. Aber ich, also mir geht es furchtbar. Weißt du, meine Mutter war hier mit uns, als ich klein war und jetzt, das ... Ach, was erzähle ich dir hier eigentlich? Was ich nur sagen wollte, es tut mir leid, was ich am Auto gesagt habe. Es tut mir leid, es war nicht so gemeint. Ich bin völlig durcheinander. Also, das wollte ich dir nur sagen. Ciao.«

Ihre Stimme hatte nach Tränen geklungen. Sie schaltete ihr Handy aus und schüttelte über sich selbst den Kopf. Was hatte sie ihm eigentlich sagen wollen? Sie war einfach einsam.

Jule brauchte lange, um wieder ruhig zu werden. Irgendwann senkte sie den Kopf und versenkte sich in das Buch. Zwei Stunden später schlug sie es über der letzten Seite zu. Sie hatte mit Dean Moriarty eine Reise durch die USA und Mexiko mitgemacht, Räusche erlebt und Sex. Sie war in den Rhythmus dieser Reise und Kerouacs Sprache eingetaucht, mitgeschwommen und mit ihm über alle Grenzen der Gesellschaft hinausgegangen und blinzelte nun wie aus einer anderen Welt in den milden italienischen Himmel. Wie kam Brenninger nur darauf, dass gerade dies ihr Buch sein sollte? Dennoch, ein schönes Buch war es in jedem Fall. Ihr Magen gab brummelnde Geräusche von sich. Sie hatte Hunger. Sie setzte sich auf, schüttelte ihre vom harten Boden schmerzenden Glieder aus, die sie zuvor gar nicht mehr gespürt hatte, und blickte sich suchend um. Wo war sie hergekommen? Egal. Sie nahm eine Richtung und lief geradeaus. Nach etwa einer Stunde fand sie einen kleinen Weg, der sie in das nächste Dörfchen in den Weinbergen brachte, nach Volastra. Wo es zum Glück eine Bar gab, in der Panini verkauft wurden. Dazu trank sie ein stilles Wasser und ein Glas Rotwein und sah sich um. Italienisches Stimmengewirr umschwirrte sie. Plötzlich war der Zauber des Vormittags verflogen, irgendwie konnte Jule sich nicht mehr auf die Schönheit der Umgebung konzentrieren. Sie dachte an ihre Mutter, die sie nun in einem neuen Licht sah. In einem Gemisch aus Träumen, Sehsüchten und ein wenig immer um sie herum schwebender Traurigkeit. Zudem schmerzten ihr Bein und ihr Kopf. Mühsam humpelte sie zurück in die Pension. Ein bisschen Schlaf tanken. Das wollte sie jetzt.

≈≈≈

Tatsächlich war sie in einen tiefen Schlaf gefallen und erst einige Stunden später wieder aufgewacht. Es war bereits später Nachmittag. Sie duschte, warf sich den warmen Poncho über und lief auf die Straße hinaus. Es dämmerte gerade. Unten am Hafen würde sie sich ein nettes, kleines Restaurant suchen. Vielleicht das Marina Piccola, dort gab es früher immer den besten Fisch, und man saß direkt über dem Hafen am Meer. Aber es war das Restaurant von Daniele, dem Mann, der bis über beide Ohren in ihre Mutter verliebt gewesen war, der Marie eine Göttin, Aphrodite nannte, der sie noch jetzt, verheiratet und mit fünf *bambini*, als seine Traumfrau bezeichnete. Eine wilde Entschlossenheit machte sich in Jule breit, gerade deswegen würde sie im Marina Piccola essen gehen. Und sie würde mit ihm sprechen wollen, sie wollte es wissen, alles wissen, all die blauen Facetten ihrer Mutter, die sie offensichtlich nicht gekannt hatte. Vielleicht auch die schwarzen Stellen. Jule wappnete sich. Sie würde nicht mehr fortschauen. Sie würde hinsehen, egal, welches Bild dabei auch herauskäme. Sie wollte ihre Mutter endlich kennenlernen.

Kaum dass sie sich an einen Tisch mit Blick zum Meer gesetzt hatte, kam Daniele zu ihr.

»*Mamma mia*, bin ich froh, dass Sie wieder da sind. Wie geht es Ihnen? – Nein, sagen Sie erstmal, was Sie möchten, ich hole es, und dann müssen wir beide reden.«

Ja, das fand Jule auch. »Einen Aperol, bitte.«

Daniele kam kurz darauf mit dem roten Getränk zurück.

»Mein Spezialrezept: mit Prosecco, einem winzigen Spritzer Mineralwasser, damit es frischer schmeckt, und natürlich mit frischen Zitronen! Orangen sind falsch. Nehmen viele, ist aber falsch! Schmeckt dann zu süß, das nimmt den wunderbar bitteren Geschmack des Aperol! Ein Aperol ist doch kein süßer Cocktail.«

Das passte, Jule hatte sich hier auch auf ein bitteres Gespräch eingestellt. Also los. Aber sie kam gar nicht zu Wort, denn Daniele setzte sich und legte los:

»Ich habe Sie gestern zu Tode erschreckt. Es tut mir so leid! *Mi dispiace tantissimo*! Ich glaube, Sie haben alles falsch verstanden. Ja, ich habe Ihr Mutter geliebt! Aber doch nur aus der Ferne! Sie war unerreichbar, wie Göttinnen es eben sind. Ich habe sie beobachtet, wenn sie hier saß, wenn sie vorbeiging, jede ihrer anmutigen Bewegungen, ihr

Laufen, das wie ein Schweben war. Aber sie hat mich kaum wahrgenommen. Naja, doch, wenn sie bestellt hat, dann hat sie mir in die Augen gesehen. Wissen Sie, die meisten Gäste sehen Kellner überhaupt nicht, sie wissen gar nicht, welche Haarfarbe die haben oder was sie tragen. Man schmeißt ihnen die Bestellung hin, und das war es. Aber Marie, die sah einen an, als ob sie einem in die Seele sehen könnte. Sie sah einen so an, als ob noch nie ein Mensch sich so auf dich konzentriert hätte.«

Ja, das war Marie. Diese Intensität. Wenn sie einen wahrnahm, dann so ganz. So absolut und ohne jede Ablenkung. Das war das Besondere an ihr, und das hatte Jule auch so geliebt. Wenn Marie einen ansah, fühlte man sich wahrgenommen, ernst genommen, akzeptiert, geschätzt. Das war das Einzigartige an ihr. Wieder fiel Jule die Figur aus ihrem meistgeliebten Kinderbuch ein: Momo. Marie konnte zuhören wie Momo, so dass sich jeder als Mensch geliebt fühlte.

Jule hatte allerdings nicht gewusst, dass auch Fremde das gespürt hatten.

»Also, Sie hatten keine«, Jule zögerte, weil sie nicht wusste, welches Wort sie benutzen sollte, »*storia d'amore*«? Im Italienischen konnte man doch manches besser ausdrücken.

Daniele lachte: »In meinen Gedanken tausend Mal. Aber in der Realität – nein!«

Jule durchflutete eine Welle von Erleichterung. Nein, natürlich nicht.

»Nur das wollte ich Ihnen sagen.« Dann senkte er seine Stimme zu einem Flüstern: »Meine Tochter heißt nach ihr – Marie.« Er zwinkerte ihr zu: »Aber verraten Sie das nicht meiner Frau.«

Jule legte ihre Hand auf Danieles. »Danke. Das war das, was ich eigentlich hören wollte, als ich hierherkam. Wie wunderbar meine Mutter war. Gestern, da habe ich einfach etwas Verrücktes gedacht.« Der Gedanke kam ihr nun selbst völlig absurd vor.

Mit schief gelegtem Kopf sah Daniele sie an, als ob er noch etwas sagen wollte, aber dann lachte er und zuckte entschuldigend mit den Schultern: »Ich muss weiter, die anderen Gäste warten schon. Ihr Aperol geht natürlich aufs Haus. Bis bald, Tochter von Aphrodite!«

Als er zum nächsten Tisch eilte, bestellte Jule ein paar Antipasti zu essen und aß sie genüsslich.

Der Weg zurück zu ihrer Pension führte sie auch an dem blauen Haus vorbei. Das Haus, von dem sie glaubte, ihre Mutter dort einmal auf dem Balkon gesehen zu haben. Das Haus, in dem Brenninger wohnte. Ohne zu wissen warum, folgte sie einem Impuls und lief die kleine Treppe hinauf, die direkt von der Straße auf den Balkon führte. Ihre Hand glitt über die metallene Brüstung des Balkons. Doch, genau hier war es gewesen. Das war der Balkon, an dem ihre Mutter einen Schritt zurück in das Zimmer gemacht hatte, um nicht mehr von ihr gesehen zu werden. Jules Blick fiel in das Zimmer, das von einem schwachen Licht beleuchtet wurde. Sie sah Brenninger, der gerade von einem Stuhl aufstand. Hier hatte sie ihre Mutter schon mal gesehen, im Gegenlicht, wie jetzt Brenninger. Aber in der Umarmung mit einem Mann. Versunken in einem tiefen, langen Kuss. Sie erstarrte. Ein Kuss, und sicher nicht mit Papa. Ich hasse sie, ging ihr durch den Kopf, ich hasse sie. Alles Lüge. Die große Liebe, von der die Freunde noch bei ihrer Beerdigung gesprochen hatten, alles Lüge. Eine Mutter, die die Unzuverlässigkeit in Person war. Flatterhaft, ungewiss, die eigenen Kinder betrügend, sich selbst die Sehnsucht stillend, genusssüchtig, ohne Rücksicht auf Papa, Thomas und auf sie. Ich hasse dich.

Sie rannte hinunter zum Hafen.

Jule kauerte in einem Schifferboot. Genauso wie sie es damals gemacht hatte. Kurz kam ihr der Gedanke, dass sie nach Hause fahren könnte und alles vergessen. Sie blickte in den sich verdunkelnden Himmel. So lange, bis sie Sterne aufziehen sah.

»Jule?«

Die Stimme holte sie aus tiefsten Träumen, Träumen von ihrer Kindheit. Sie und Mama hatten in einem großen Raum gestanden, dessen hohe Fenster auf allen Seiten mit langen Bahnen von weißen und hellblauen Vorhängen umschlossen waren, die sanft im Wind flatterten und dabei nur manchmal Strahlen von warmem Sonnenlicht hereinließen. Mama hatte ihr die Hände gereicht und gesagt: »Komm, Julchen, tanz mit mir!« Sie waren um die blau-weiß wehenden Vorhänge herumgewirbelt.

Sie war einfach eingeschlafen. Und diese Stimme, diese Stimme musste sie auch träumen. Absolut undenkbar.

»Jule? Was machst du da?«

Absolut unmöglich. Augen geschlossen halten und tief durchatmen.

»Jule!«

Augen auf. Das war ein Traum. Gleich sah sie noch dazu ein Motorrad.

»Jule. Kannst du aufstehen?«

Sie rappelte sich auf. Es war kalt geworden. Und sie fühlte sich, als ob das alles hier nicht real sein konnte. Nichts passte hier zusammen. Wie konnte er hier sein?

»Ben?« Es hätte sie nicht verwundert, wenn sich seine Gestalt nun in Staub aufgelöst hätte.

»Was machst du hier in diesem Boot?«

»Ich wollte nachdenken. Und bin darüber eingeschlafen.« Schon als Kind hatte sie sich, wenn sie unglücklich war, in den Schlaf geweint, hatte sich im Schlaf allen Problemen erst mal entzogen.

Warum musste *sie ihm* eigentlich irgendetwas erklären? »Was machst *du* hier?«

»Nach deinem Anruf heute Vormittag habe ich mich ins Auto gesetzt und bin hierher gefahren.«

»Nein.«

»Doch.«

Eine Welle überschwappte sie. Sie hatte das Gefühl, das war etwas, was sie schon lange nicht mehr gespürt hatte. Dieses rauschende Glücksgefühl.

Doch, es war Liebe. Sie war nicht alleine. Er war einfach zu ihr gekommen, die lange Strecke, als sie unglücklich war. Und sie liebte ihn. Plötzlich glaubte sie es zu wissen, was sie doch immer bezweifelt hatte. Ach, egal, was morgen war. Heute liebte sie ihn. Und er sie dann doch vermutlich auch, oder?

»Ich habe dich gesucht.« Er sah sie an und bot ihr seinen Arm, mit dessen Hilfe sie mühsam aufstand. »Im ganzen Dorf. Ich habe mir Sorgen um dich gemacht. Du klangst so verzweifelt bei deinem Anruf. Und ich wollte dich sehen. Alle, die ich gesehen habe, habe ich nach dir gefragt. Und einer meinte, dass du hier zum Strand gelaufen seist, nein, gerannt. Ich habe mir furchtbare Sorgen um dich gemacht und jeden Zentimeter hier abgesucht.«

Sie sollte vielleicht nicht schon wieder ihren Gefühlen trauen. Aber sie freute sich. Sie freute sich, ihn zu sehen.

Es fühlte sich nicht an wie Anakin Skywalker, sondern wie Luke. Als ob sie auf nichts anderes gewartet hätte, als dass er ihr bis ans Ende der Welt nachfuhr und sie aus einem Schifferboot rettete. Genau so sollte es sein!

Er dürfte sie jetzt in den Arm nehmen und küssen.

Tat er aber nicht.

»Jule, wollen wir vielleicht etwas essen gehen?«

Na gut, dann zumindest das. Sie nickte. Er nahm sie am Arm und führte sie ein Stück des Weges bis zum Ristorante Marina Piccola. Sie ließ es geschehen und hatte das Gefühl, als ob jetzt alles gut werden würde.

»Fisch?«, fragte er, nachdem sie sich an einem kleinen Holztischchen mit einer rotkarierten Tischdecke niedergelassen hatten.

Wieder nickte sie.

Die Karte, die er ihr hinreichte, lehnte sie ab, sie fühlte sich nicht in der Lage für Entscheidungen. Er bestellte für sie beide einen Oktopus-Vorspeisenteller und einen Thunfisch. Daniele zwinkerte ihr nur zu, sonst sagte er nichts.

»Jute«, er nahm ihre Hand, »was hat das hier alles zu bedeuten?«

Mühsam versuchte sie, Ben alles zu erklären, was sie doch selbst nicht verstand.

»Es ist wie ein Puzzle, auf dem meine Mutter und ich sind. Aber auch andere Gestalten, zu denen mir die Puzzleteile noch fehlen. Ich kann das vollständige Bild noch nicht richtig erkennen. Es ist ein Puzzle mit furchtbar vielen Teilen.«

Ben zog wieder einmal fragend seine Augenbrauen zusammen und hörte ihr weiter zu.

»In den Sachen meiner Mutter habe ich viele Dinge gefunden, die mich verwirren. Fotografien von einem Mann, den ich nicht kenne, hier in Manarola. Und in einem Buch, *Romeo und Julia*, stand eine Widmung, die ebenfalls hier verfasst worden ist, von dem Mann, den ich mit dir am Starnberger See aufgesucht habe.«

Ben nickte. »Der Antiquar.«

Dass sie hierher nach Manarola gekommen war, weil eine Widmung in einem Buch sie hierher geführt hatte. Dass sie sich nun erinnert hatte, dass ihre Mutter ohne Zweifel hier einen Mann getroffen hatte, in ihrem Urlaub vor fast dreißig Jahren.

Als Daniele mit der Vorspeise kam, unterbrach Jule ihre Erklärungen. Der Oktopus war hauchdünn geschnitten und so zart, dass er fast im Mund zerging. Kein Vergleich mit den zähen Dingern, die man in Deutschland angeboten bekam. Erst als ihre beiden Teller leer waren, führte sie ihre Erzählung fort.

»Heute habe ich mich plötzlich genau erinnert, dass ich gesehen habe, wie Marie hier einen Mann getroffen hat.« Sie biss ihre Lippen aufeinander, bis sie endlich sagen konnte: »Und ihn geküsst hat.«

Der Kellner stellte die Hauptspeise vor sie: Thunfisch mit einer Kartoffel-Pastete und knackigem Gemüse mit Butter. Ben hörte ihr zu, aß, bestellte noch zwei Gläser Wein und schüttelte ab und zu ungläubig den Kopf.

»Und, Ben, es ist dieser Mann auf dem Foto in Maries Unterlagen, einem Foto, das vor dreißig Jahren hier in Manarolo aufgenommen wurde, als wir Kinder mit ihr hier waren.«

»Ach komm, erinnert man sich wirklich an einen Mann, den man als Kind vor dreißig Jahren gesehen hat?«

Jule legte ihre Hand auf seinen Arm. »Ben, bitte. Lass mich weiter erzählen.«

Man konnte ihm ansehen, dass er zweifelte, aber Jule ließ sich nicht beirren und erzählte weiter, was ihr widerfahren war und sie zu wissen glaubte: »Der Antiquar ist auch hier.«

Ben sah sie stirnrunzelnd an. Wenn er so ernst blickte, malte sich ein Wellenmeer von Falten um seine braunen Augen. Jule blickte ihm in dieses Faltenmeer und konnte nicht umhin, am liebsten in diesem Wasser abzutauchen. Sie mochte es, zu sehen, wie besorgt er um sie war. Längst hatte Ben das Besteck beiseite gelegt. »Naja, das klingt alles ziemlich eindeutig. Der Antiquar war dieser Mann.«

Ihr entkam ein lautes Lachen. Jule lehnte sich zurück und grinste in das sich aufwerfende Meer hinein. »Nein.« Ach, sie genoss es, dass er sich so um sie kümmerte.

»Jule. Ich finde das gar nicht lustig. Das ist doch eindeutig, oder?« Ben nahm ihre Hand, hielt sie fest und sah sie weiterhin mit so gerunzelten Augen an, dass sie nur noch einen braunen Schlitz wahrnehmen konnte. Jule nahm ihren Finger und strich die Falten auf seiner Stirn glatt.

»Ach komm«, sie lachte. »Du bist zu mir hier hergekommen.« Sie fand das einfach herrlich. »Das finde ich sehr eindeutig!«

»Du weißt, warum ich das gemacht habe.«

»Weil du heute Nacht mit mir schlafen willst.«

Ben sandte ihr einen strafenden Blick zu, als ob sie etwas sehr Ungehöriges gesagt hätte.

»Jule!«

Daniele lief vorbei und blickte vorwurfsvoll auf die mittlerweile kalt werdenden Thunfischreste, und Jule merkte, dass sie fürchterlich Hunger hatte. Sie wollte essen und trinken und über gar nichts mehr nachdenken. Und danach wollte sie diesen Mann. Und in seinen Armen einschlafen. Das war das Einzige, was sie im Moment sicher wusste.

17. Kapitel

Jule saß mit Ben beim Frühstück. Sie fuhr ihm mit dem Fingernagel über die Hände und schob seinen Pulli so weit hinauf, bis der schwere Stoff sie stoppte. Obwohl sie genau wusste, dass er ihre Berührung mochte, zuckte er wie ertappt zusammen, als Carla auf die Terrasse trat. Er war so brav, wer hätte das gedacht? Jule musste ihn einfach angrinsen.

»Signora, haben Sie etwas von Signora Constanze gehört? Ist gestern Abend nicht mehr nach Hause gekommen.«

Jule schüttelte den Kopf. Sie war nun wirklich nicht ihr Kindermädchen.

Mit einem Schnaufen stellte die *padrona* eine Thermoskanne Kaffee auf den Tisch und ging wieder hinein.

»Wahrscheinlich ist sie vor lauter Begeisterung über einen malerischen Anblick irgendwo am Strand eingeschlafen«, lachte Jule.

»Oder sie hat einen italienischen Lover gefunden?«, mischte Ben sich schmunzelnd ein.

»Oh nein«, Jule schüttelte entsetzt den Kopf, »unvorstellbar bei ihr.«

Dann griff sie wieder nach Bens Hand und spielte zärtlich mit seinen Fingern.

»Es ist furchtbar, dass ich heute schon wieder fahren muss.«

»Ja. Aber ich verstehe das, der Vorstellungstermin ist

wichtig.« Jule seufzte. Sie hätte ihn gerne da behalten. Alle Mutterprobleme beiseite geschoben und mit ihm ein paar Tage Urlaub verbracht. Aber er hatte ihr erklärt, dass der Inhaber eines Architekturbüros ihm seine Stellvertretung angeboten hatte und damit die Perspektive, das Büro zu übernehmen. Er musste diesen Termin wahrnehmen und mit dem Mann in Ruhe reden.

»Ben, ich muss dich noch etwas fragen.«

»Ja?«

»Ist dir klar, dass ich wegen dir einen Riesenärger mit meiner Chefin hatte?« Jule hatte das Gefühl, sie müsste diesen Punkt, der sie so geärgert hatte, nun endlich einmal klären. Besser nicht schweigen, besser, es einmal sagen. Das Schweigen hatte ihre Kindheit zerstört. Jetzt, hier, bei Ben, nicht.

Ben sah sie völlig verdattert an. »Warum?«

»Weil dein Architekturbüro und meine Praxis, also meine ehemalige Praxis, gegeneinander wegen der Rechnungsforderung vor Gericht stehen. Und da rufst du mich in der Praxis an. Marlena hat sofort vermutet, dass ich dir irgendwelche Geheimnisse anvertraut habe.«

Bens braune Augen wurden einmal wieder zu kleinen Schlitzen unter dem Wellenmeer. Am liebsten hätte Jule sofort alles zurückgenommen. Es zu erwähnen war ein Fehler gewesen. Oder? Nein, das mussten sie aushalten. »Also bitte, ich bin Architekt und habe mit dem Finanzkram im Büro nichts zu tun, davon hatte ich keine Ahnung. Ich wollte dich treffen, und dein blödes Handy war wie immer ausgeschaltet. Das kann ich doch wirklich nicht wissen, dass das ein Problem ist.«

Jule gab ihm einen Kuss auf die gerunzelte Stirn. Natürlich, so ein Blödsinn, Marlena war einfach bescheuert.

»Jule, hör mal …«, begann Ben noch einmal.

Jule setzte sich auf seinen Schoß, schlang die Arme um ihn, verschloss ihm den Mund mit ihren Lippen und sagte: »So ein Unsinn, ich will gar nicht mehr darüber sprechen. Das ist keinen Gedanken wert.« Dann rutschte sie ein wenig zu Bens Knien hin. »Aua, was steckt denn da in deiner Hosentasche?«

Ben lachte, griff in seine Hosentasche, zog die verschlossene Faust vor und streckte sie Jule, die es sich jetzt wieder auf seinem Schoß bequem machte, hin. »Das hier habe ich immer bei mir. Was denkst du, was es ist?«

»Hm«, Jule blinzelte ihn an. »Das weiß ich. Das ist der Frosch, in den du dich immer wieder zurückverwandelst.«

»Nein«, antwortete er ernsthaft.

»Okay. Eine goldene Kugel, die du deiner Prinzessin mal schenken möchtest.«

Er wägte ab. »Das ist nicht ganz falsch. Es ist tatsächlich eine Kugel, die ich meiner Prinzessin mal schenken möchte. Aber keine goldene.«

»Ah«, Jule kicherte. »Natürlich! Ein Diamant, der größte, den die Welt je gesehen hat!«

Ben öffnete seine Faust. Auf seiner Hand lag eine Kastanie, die nun bereits einige Monate hinter sich hatte. Sie war etwas verschrumpelt, aber dennoch glänzte sie noch, so als ob Ben sie jeden Tag umfasste und glatt hielt.

Fragend sah sie ihn an.

»Ich bin ein Herbstmensch. Einer, der die bunten Blätter liebt, die letzten schönen Tage vor dem Winter, die warmen Sonnenstrahlen. Und mit dieser Kastanie trage ich den Herbst das ganze Jahr lang mit mir bis zum nächsten Herbst.«

»Oh, das ist schön, Ben.«

»Die Kastanie hat aber eine noch wichtigere Bedeutung für mich. Im ersten Jahr meines Architekturstudiums habe ich damit angefangen, immer eine bei mir zu tragen. Unser Professor hat uns in der ersten Vorlesung dazu aufgefordert, eine Vision für uns zu entwickeln. Den Wohnort unserer Träume. Die Materialisierung unserer Lebensvorstellungen. Die sollten wir kennen, als unsere ganz persönliche Zielvorstellung, die hinter jeder Form von Architektur steckt, die wir im Laufe unserer Karriere entwickeln würden. Erst dadurch bekämen unsere Entwürfe eine Seele, sagte er.«

Jule streichelte sanft über die Kastanie und spürte diese einzigartige Mischung aus wundervoller Glätte ohne Kühle, die sie verströmte.

»Tagelang bin ich herumgelaufen und habe darüber nachgedacht. Aber ich hatte keine Ahnung, was meine Vision ist. Weder was meine Lebensträume sind, noch was ich bauen möchte.«

»Dann saß ich auf einer Wiese. Ich legte mich hin und dachte zum ersten Mal gar nichts mehr, als es Plopp machte und neben mir etwas herunterfiel.«

»Eine Kastanie«, murmelte sie und kuschelte sich an ihn.

»Genau. Sie war direkt neben mir aufgesprungen und aus dem grünen, stacheligen Haus zu mir gerollt. Ich nahm sie in die Hand, ich fühlte sie, ich betrachtete sie, und dann wusste ich es. Mein Traum ist es, ein Haus zu bauen, das einer Kastanie gleicht, rund, warm, wahrscheinlich aus Holz – Kastanienholz! Schlicht und gleichzeitig edel. Die Kastanie ist zeitloses, uraltes und auch modernes Design.«

»Eine schöne Vorstellung.«

»Wenn man in einer Kastanie wohnen würde, könnte man Gemütlichkeit und Heimeligkeit in absoluter Ästhetik leben.«

Jule streichelte nachdenklich über die Kastanie in seiner Hand.

»Aber weißt du, was der Kastanie fehlt?«, fragte er.

Sie schüttelte den Kopf.

»Sie duftet nicht, sie hat fast keinen Geruch.«

Jule führte die Kastanie zur Nase, tatsächlich war kein Geruch wahrzunehmen. Ob das bei frischen Kastanien auch so war?

»Das hat mich lange beunruhigt. Wenn etwas aus der Natur der Duft fehlt, ist es dann nicht unvollständig?«

Jule konnte es nicht erklären, aber eine Kastanie war sicher nicht unvollständig.

»Aber dann ist es mir klar geworden. Der Duft kommt mit den Bewohnern des Hauses. Die Kastanie bietet die Offenheit, die Wärme und die Schönheit. Und nur einen zarten Hauch von Natur. Wer in ein Kastanienhaus einzieht, der bringt seinen Duft mit, kann ihn in diesem Raum erst ganz entfalten. Die Seele des Menschen kann in so einem Haus aufblühen.«

Jule sah ihn an. Was war er gewesen für sie, im allerersten Moment – der ›Riecht-gut-Mann‹, der, dessen Geruch ihr sagte, wie sehr sie ihn mochte, der, den sie immer riechen wollte.

»Und ich«, sagte Ben, »hätte gerne deinen Duft immer in unserem Kastanienhaus.«

»Du musst jetzt los.« Auch wenn das Bedauern in ihrer Stimme unüberhörbar war, versuchte sie, tapfer zu sein. Sie lagen in den zerwühlten Laken, in die sie nach dem Frühstück noch einmal zurückgekehrt waren.

»Ich würde so gerne noch viele Tage hier mit dir verbringen.«

»Hier im Bett?« Jule kicherte und küsste ihn auf die Brust.

»Ja, hier im Bett, du unmögliche Frau.« Er zog sie noch einmal auf sich. »Aber auch am Strand, bei Wanderungen, beim Abendessen im Restaurant, beim Frühstück hier auf der Terrasse. Einfach überall und immer.«

›Überall‹ war gut, spürte Jule. Trotz allem, vor dem ›immer‹ fürchtete sie sich noch ein wenig.

Kaum hatte sie sich von Ben verabschiedet, klopfte es an ihrer Tür, und nach ihrem Herein erschien Brenningers Kopf im Türrahmen.

»Liebes Fräulein Jule, ich denke, es ist an der Zeit für einige Erklärungen. Sie sind bis hierher gereist. Sie wollen es wissen. Und selbst, wenn ich wollte, könnte ich Sie nicht aufhalten. Wollen Sie heute mit mir einen Kaffee trinken gehen?«

Jule wusste nicht mehr, ob sie alles hören wollte. Im Moment wäre sie lieber auf ihrem Bett liegen geblieben und hätte der Nacht nachgespürt. Aber genau dafür, für Erklärungen, war sie hierher gekommen.

Sie stand auf.

»Ja. Ich komme.«

Sie waren fast eine Stunde an der Küste entlang in Richtung Riomaggiore gelaufen. »Via d'ell'Amore« heiße der Weg, hatte ihr Brenninger lächelnd erklärt und sie vorher gefragt, ob sie so lange mit ihm gehen wolle, um zur schönsten Stelle der Welt zu kommen und Kaffee zu trinken, und sie hatte zugestimmt. Brenninger hatte auf dem Weg auch kaum etwas gesagt. Als ob er Anlauf nehmen wollte für etwas Großes und Schweres. Dann überstiegen sie eine Kuppe, und im nächsten Moment hatte sich vor ihnen ein atemberaubender Anblick aufgetan. Sie standen auf der Spitze eines Felsens, der tief in das Meer hineinragte und einem das Gefühl gab, am Bug eines Schiffes zu stehen. Rechts, links sowie unter ihr rauschte die Brandung an die steile Küste. Ehrfürchtig war Jule stehen geblieben und sog den Blick in sich auf. Mit einem gewaltigen Laut trafen die Wellen auf die Felsen auf, versprühten sich und schäumten dann zurück. Wer hier zwischen die Naturgewalten kam, hatte keine Chance. Beim Zurückziehen aber kräuselten sich die Wellen in weißen Schaum, der scheinbar freundlich sanft in kleinen Wogen verschwamm, bis der nächste Brecher heranrollte.

»Ich habe nicht zu viel versprochen, oder?« Brennniger war nur einen Schritt hinter ihr stehen geblieben.

»Unglaublich schön«, entgegnete Jule. Sie trat noch einen Schritt vor und stand nun direkt an der Klippe. Unter ihr brauste das Meer wie ein Orkan. Plötzlich spürte sie, wie Brenningers Hände sich fest um ihre Schultern schlossen.

»Bitte. Kommen Sie sofort zurück.« Brenninger zog sie fast.

Entsetzt sah Jule ihn an.

»Sind Sie wahnsinnig? Das sind brüchige Klippen. Kommen Sie.« Brenninger war richtig wütend. »Jule Jansen, Sie sind furchtbar leichtsinnig!«

Nach ein paar Metern drehte Brenninger sich um. »Bitte, gehen Sie nie wieder so nahe an einen Abgrund.« Brenninger zögerte und sah sie genau an. »Oder haben Sie das absichtlich getan?«

»Nein.« Auch in ihren Ohren klang es trotzig. Doch, dachte sie, da war eine Sekunde gewesen, in der das Blau sie angezogen, ihr irgendetwas zugeflüstert hatte. Ein kurzer, starker Sog.

»Nein!« Ihre Stimme kippte fast.

Brenninger machte eine beruhigende Geste. Jule hob die Schultern. »Es schien mir nicht gefährlich.«

»Sie erkennen oft nicht die Gefahren!« Er hob verzweifelt die Hände. »Kommen Sie, jetzt trinken wir hier in aller Ruhe einen Kaffee.«

Auf seine einladende Geste hinter sich sah Jule, dass dort ein winziges, steinernes Haus fast in den Fels hinein gemauert stand. Jule folgte Brenninger zur Tür, wo er anklopfte. Tatsächlich stand ein kleines Schild ›Bar‹ am Haus, doch offenbar waren sie heute die ersten Gäste. Eine alte Frau, schwarz gekleidet, öffnete die Tür und ließ sie herein.

»*Un caffè per me*«, orderte Brenninger und sah Jule fragend an, die »*e un espresso, per favore*« hinzufügte. »*Due caffè*«, stellte Brenninger richtig und erklärte Jule schmunzelnd, »ein *caffè* ist in Italien immer ein Espresso. Unsere deutsche Brühe würden die hier gar nicht trinken!« Er legte seine Hand auf ihre: »Aber es liegt mir fern, Sie zu bevormunden. Ich mag nur diese kulturellen Unterschiede. Einen Cappuccino würde ein Italiener höchstens zum Frühstück trinken. Ansonsten – undenkbar!« Er lachte und winkte sie nach draußen. Dort setzten sie sich an den Holztisch vor dem kleinen Häuschen. Beide nebeneinander mit Blick zum Meer. Immer noch schwieg Brenninger, bis sie ihren Espresso und ein kleines Tellerchen mit Cantuccini vor sich stehen hatten. Dann begann er zu erzählen.

»Es war der Sommer 1989. Ein heißer Sommer. Ich war zum ersten Mal in Manarola. Und ich hatte es Ihnen ja schon erzählt – ich war der Meinung, die große Liebe kann es nicht geben. Ich bezog die Pension, in der ich seitdem fast jeden Sommer wohne, manchmal auch mehrmals im Jahr. Sie kennen sie.«

Jule nickte und nippte an ihrem Espresso.

»Neben mir zog ein junger Mann ein. Wir befreundeten uns noch am selben Abend. Er hieß Julian Ronstätter.«

Jule nickte wieder.

»Er war ein wunderbarer Mann. Sprühend vor Optimismus. Und vor Liebe zum Leben. Ein Mann voller Kraft und Leidenschaft. Schon am ersten Abend erzählte er mir, er warte hier auf seine große Liebe. Eine Künstlerin, eine Malerin. Die schönste Frau auf diesem Planeten. Als er sie mir beschrieb, wusste ich, dass es die ganz große Liebe war. Er beschrieb sie wie eine Göttin. Wunderschön, klug, emotional, leidenschaftlich, künstlerisch – die tollste Frau, die man sich nur vorstellen konnte. Seine Augen brannten, wenn er von ihr erzählte. Er sprach von Marie.«

Wieder trank Jule nur einen kleinen Schluck. Um irgendetwas zu tun. Obwohl es keine Überraschung mehr war, traf es sie, ihre Vermutung als Tatsache zu hören. Ihre geliebte Mama und ein anderer Mann. Und schon wieder eine Göttin. Du meine Güte, sie war doch einfach nur ihre Mutter. Ein Mensch, mit positiven und mit negativen Seiten. Sobald ihr dieser Gedanke durch den Kopf schoss, war er ihr schon selbst fremd. Auch sie hatte Marie nie als einen normalen Menschen wahrgenommen. Auch sie hatte immer das Besondere betont, sie vergöttert. Und war erschrocken, als sie jetzt immer mehr zugeben musste, dass Marie eben auch Schwächen hatte.

»Aber«, Brenninger stockte und sah sie an, »es gab ein kleines Problem mit der großen Liebe. Marie war verheiratet.« Jule starrte in den morgendlichen mediterranen Himmel hinauf. So blau war der Himmel nur am Mittelmeer, fand Jule. Azzurro. Das wundervoll changierende Blau von Maries Bildern, fiel ihr ein. Ob Papa das je gewusst hatte? Hoffentlich nicht.

»Sie müssen wissen, liebe Jule Jansen, es waren andere Zeiten damals. Es war ein unlösbares Problem. Durch nichts zu überwinden. Auch nicht durch die größte Liebe. Wobei es nicht das war, was Marie abhielt. Es war die andere Liebe, die Liebe zu ihrer Familie.«

Brenninger blickte lange auf das Meer hinaus.

»Die beiden wussten das. Von Anfang an. Aber sie wussten auch, dass sie zueinander kommen wollten. Unbedingt. Sie kannten sich schon länger, schon viel länger. Immer wieder hatten sie versucht, voneinander loszulassen, sich nicht mehr zu sehen. Doch sie hielten es nicht durch. Die Sehnsucht war zu groß. Wie zwei Magnete, die immer wieder mit unaufhaltsamer Kraft zueinander gezogen wurden. Obwohl sie wussten, dass es nicht sein durfte. Sie wollten sich trennen, aber davor noch einmal wirklich Zeit miteinander verbringen. Sie hatten vierzehn Tage. Vierzehn Tage, die Marie hier mit ihren Kindern Urlaub machte. Die ersten, einzigen und letzten gemeinsamen Tage.«

Brenniger stockte, und Jule sah eine Träne in seinen Augen.

»›Es werden die vierzehn Tage meines Lebens sein‹, hat Julian gesagt. Und dann kam sie. Mein Urlaub war nicht mehr so wichtig. Ich wollte nur am Abend mit Julian auf der Terrasse des Sole Mare sitzen können, wenn Marie zurück zu den Kindern gegangen war, und in seine Augen sehen. Was ich darin sah, war Glück. Geborgtes Glück. Gestohlenes Glück. Begrenztes Glück. Aber reines Glück. Ich sah dieses Glück und konnte mich daran erfreuen, dass es so etwas überhaupt gab.«

Jule erinnerte sich an den Augenblick in den Weinbergen, als die beiden aufeinander zugeflogen waren. Marie im weißen Kleid. Und sie ahnte, dass sie es als Kind auch gespürt hatte. Es war Glück, es war Liebe. Auch als Kind war ihr klar, dass das nicht sein durfte.

Als Jule wieder aufblickte, wusste sie nicht mehr, wie lange sie nun schon schweigend so dasaßen. Sie blickte hinaus in die Wellen, die sich mit einem krachenden Rauschen unten an den steilen Klippen brachen. Das war es also, das Geheimnis ihrer Mutter. Sie hatte es geahnt. Ein kurzer Urlaubsflirt wäre ihr vielleicht noch akzeptabel vorgekommen. Aber nein, nicht einmalig, keine Affäre, sondern die große Liebe. Hatte sie es wirklich wissen wollen? Hatte sie wirklich wissen wollen, dass es da neben ihrem geliebten Papa für Marie einen anderen Mann gegeben hatte? Hätte sie sich nicht besser mit der Vermutung arrangiert? In Jule brausten widerstreitende Gefühle auf, wie die Wellen, die an die Klippen schlugen. Aber ja, sie hatte es wissen wollen, sie musste es wissen. Wahrscheinlich weil sie sonst immer das kleine Mädchen geblieben wäre, das sich nach dem Erlebnis im Olivenhain im Fischerboot versteckt und vergessen hatte. Nun musste sie aufstehen und hinaus aus dem Fischerboot steigen. Sie stand auf.

»Herr Brenninger. Danke. Ich glaube, ich möchte jetzt alleine zurücklaufen.«

Er sah sie an, aber er nickte nicht, wie er es hätte tun müssen. Er verabschiedete sie nicht. So als ob noch nicht alles gesagt wäre.

Jule lief los. Sie wusste nicht, in welche Richtung. Sie lief und lief. Dachte nach über eine Mutter, die immer ein Geheimnis mit sich herumgetragen hatte. Über eine Mutter, die für ihre Familie alles geopfert hatte. Über eine große Liebe.

Schmale Wege zwischen Weinbergen zogen an Jule vorbei. Olivenbäume. Der weite Blicke aufs Meer. Und die langsame Erkenntnis, dass Geheimnisse auch in ihrer Familie mitgelebt hatten, als kleine Dämonen, die immer dabei waren, aber auch als kleine Feen, Schätze inmitten des Alltags. Inseln des Glücks, auf denen man allein war mit seinem Geheimnis. Marie war oft auf den Inseln gewesen, es waren die Momente, in denen sie sie nicht hatte erreichen können. Ob Thomas das auch gespürt hatte? Sie wusste es nicht. Falls ja, wollte er wahrscheinlich die Inseln gar nicht betreten, damals nicht, heute nicht. Würde sie selbst nie Geheimnisse haben, wenn sie eine Familie hätte? Irgendwelche Heimlichkeiten gab es immer. Eine ihrer Freundin hatte ihren Kindern nie erzählt, dass sie mit dem Nachbarn als Jugendliche mal zusammen war. Eine andere nicht, dass sie noch mit zehn Bettnässerin gewesen war. Aber das waren doch nur Kleinigkeiten. Notlügen, Verschweigen, nichts Wesentliches. Marie hatte Verrat geübt an ihrer Familie, nicht nur ein kleines Geheimnis für sich behalten. Plötzlich fiel Jule etwas ein. Eine Freundin hatte ihr einmal erzählt, dass sie ziemlich betrunken nach einer Party mit einem Mann geschlafen habe. Sie wusste nicht, wie sie nun wieder nach Hause zu ihrem Mann zurückkehren könne. Jule hatte ihr geraten, es zu vergessen, zu verschweigen: Geh morgen nach Hause, es war nur ein böser Traum, belaste deinen Mann nicht damit. Und ihrer Mutter verzieh sie es nicht, das Verschweigen, das doch auch eine Rücksichtnahme auf die Familie war. Doppelmoral? Oder hatte sie ihrer Freundin damals einen grauenhaft falschen Vorschlag gemacht, weil Verschweigen wie ein dunkler Schatten immer über allen hängt, dem Schweiger und denen, die verschwiegen bekamen, aber doch tief innen ahnten. Jule wusste einfach gar nichts mehr. Sie schwamm wie ein Treibholz im Meer. Sie blieb stehen und blickte die schroffen Felsen hinunter, an deren Fuß das Meer wild auf den Stein aufprallte und Gischt hochzischte. Wieder sah sie Marie im Kuss mit diesem Mann vereint vor sich. Plötzlich konnte sie es wieder spüren, die Scham, etwas Verbotenes zu sehen, den Schrecken und die Enttäuschung, aber vor allem das Gefühl der Einsamkeit, alleingelassen zu sein von der geliebten Mutter. Hilflos wie sie war, hatte sie das Einzige getan, zu dem sie imstande gewesen war: das Geheimnis in sich weggeschlossen.

Mit ihr selbst aber hatte das Geheimnis etwas gemacht. Ben. Sie liebte ihn. Und dennoch war dieses bohrende Gefühl stärker, sich auf niemanden richtig verlassen zu können. Niemandem trauen: weder ihrer Mutter, noch ihren Gefühlen, und schon gar nicht einem Mann. Hatte Thomas recht gehabt, und sie hatte den treuen Hannes vor den Kopf gestoßen, um sich nicht in eine fremde Verantwortlichkeit zu geben? Traute sie ihm nicht? Oder traute sie den eigenen Emotionen nicht, weil sie als kleines Kind erlebt hatte, dass auch die Mutter Gefühle hatte, die sie nicht haben durfte? Ben. Er hatte ihr nie einen wirklichen Grund gegeben, seine Verlässlichkeit zu bezweifeln. Ihre Zweifel, ihre Ängste vor den eigenen Gefühlen, ja, hier in Manarola lag der Schlüssel dazu. Sie hatte ihn gefunden, aber könnte sie damit auch die Türen in ihrer eigenen Seele aufschließen? Und wollte sie das überhaupt?

Als sie sich umblickte, bemerkte sie erst, dass sie gerade mitten in einem Weinberg stand. In alle Richtungen könnte sie den vielen kleinen Wegen zwischen den Weinstöcken folgen. Zum Meer, zur Bergspitze, nach rechts, nach links. Viele kleine Wege. Jeder würde sie woanders hinführen. Jule wählte den Weg, der sie hinunter zum Meer brachte. An einer kleinen Bucht hielt sie an, zog Schuhe, Strümpfe und Jeans aus und lief mit den Füßen in das noch kühle Meer. Märzwetter. Nicht mehr Winter, noch kein Sommer. Übergangszeiten. An den Füßen konnte man das kühle Wasser noch gut aushalten. Der erste kalte Spritzer an ihrer Kniebeuge ließ sie zusammenzucken. Als eine Welle ihre Knie überflutete, schmerzte es. Aber man gewöhnte sich daran. Und bald stand Jule bis zum Oberschenkel im kalten Wasser und sog die salzige Meeresluft tief ein. Raus aus dem Fischerboot. Das Leben sehen, hinnehmen, so wie es ist. Sie dachte an Ben. Wieder machte sich dieses warme Gefühl in ihr breit. Und dann folgten sofort die Zweifel. Ben bedeutete keine Sicherheit wie Hannes. Er ließ sie die Schuhe ausziehen und durch die kalte Wiese laufen, egal was sie sich dadurch holen konnten. War er nicht ein wenig wie ihre Mutter? Auf keinen Fall wie Papa. Eine kalte Welle traf sie, als ob sie sie wachschütteln wollte. Es war an der Zeit sich endlich fallen zu lassen, sich hinzugeben, zu vertrauen. Selbst auf die Gefahr hin, verletzt zu werden. Besser irgendwann verletzt werden, als nie richtig gelebt zu haben, nie gebrannt.

Als Jule merkte, dass sie langsam zu sehr abkühlte, drehte sie sich um und ging zurück. Einige Minuten ließ sie Frühlingssonne und Wind ihre Beine trocknen, bevor sie sich anzog und zurück nach Manarola lief. Mit kühleren Beinen und klarerem Kopf. Manchmal musste man gar keine Entscheidung treffen. Man musste warten, bis die Entscheidung einen traf.

Marie

Marie hatte sich bereits von ihm gelöst, als Jule um die Ecke bog. Ein kleiner grüner Tupfen im Häusermeer von Orange und Gelb. Eigentlich müsste sie ihr süßes Mädchen in diesem grünen Kleid mit weißen Tupfen unbedingt mal wieder malen. Eine Flut von schlechtem Gewissen überzog sie. Er hatte sich an die Mauer eines Hauses gelehnt, den Strohhut ein wenig ins Gesicht gezogen und beobachtete sie. Marie stand ziemlich genau zwischen ihm und Jule. Kurz sah sie zurück zu ihm. Seine Augen waren zusammengezogen, sein Mund ein Strich, sein Blick konzentrierte sich erst auf die kleine Jule, dann auf Marie. Was würde er tun? Ohne sie? Wie würde er weiterleben? Und sie selbst? Wie konnte sie es? Ihr Leben würde einfach so weitergehen. Und dennoch auch nicht. Wohin würde er sich wenden? Vor ihrem Auge mischten sich schwarze Schlieren in das blaue Bild von vorhin.

Doch in diesem Moment sprang Jule schon an ihr hoch, und sie nahm sie in die Arme. Wild schlang ihre kleine Tochter die Arme um sie. »Mama, krieg ich ein Eis?« Marie sog den Duft des feuchtwarmen Haares von Jule ein. Es war wie Nachhausekommen.

»Ja, meine Kleine, natürlich. Komm.«

Seine Blicke folgten ihnen.

Wie schwarz würden die Schlieren werden? Bei ihm. Bei ihr?

18. Kapitel

»Es ist absurd. Ich bin hier, am Ende der Welt. In einem winzigen Dorf in Italien. Und treffe zwei Männer, die ich mehr oder minder gut kenne, aber die beide eine wichtige Rolle in meinem Leben spielen: Einen Antiquar, der meine Mutter hier kennengelernt hat. Und mein, naja, Freund, mein Lover, mein Was-weiß-ich. Verrückt.«

Constanze sah sie an. Sie hatten gerade fast eine Flasche gemeinsam geleert. »Mir ist noch nie einer nachgereist.«

Jule hatte in der letzten Stunde versucht, Constanze ihre Situation zu schildern. Als sie in ihre Pension zurückgekommen war, hatte Constanze auf der Terrasse gesessen und die Abendsonne genossen. Mehr oder weniger widerwillig hatte sich Jule zu einem Aperitivo überreden lassen, aus dem eine Flasche Wein wurde. Während sie die Geschehnisse der letzten Wochen zusammenfasste und ihr Constanze von Minute zu Minute und von Glas zu Glas liebenswerter erschien, merkte sie, wie wütend sie auf ihre Mutter war. »Weil sie die Familie verraten hat, weil sie immer ein Geheimnis mit sich getragen hat. Weil sie Papa betrogen hat. Und damit auch meinen Bruder Thomas und mich. Und jetzt kann ich mich noch nicht einmal mit ihr darüber streiten. Oder mich versöhnen ...«

»Hm«, sagte Constanze und wurde nachdenklich. »Ich habe gestern auch etwas getan, was ich mir nie hätte vorstellen können, was ich nicht hätte tun dürfen.«

»Ja?«

»Also, ich war gestern noch essen, in einem kleinen Fisch-restaurant oben am Berg.«

Was konnte da schon passiert sein, dachte Jule sich.

»Und es war sehr voll. Dann hat ein Mann gefragt, ob er sich zu mir setzen kann. Er ist ein Fischer, hier aus dem Dorf.«

»Ja – und?«

»Naja, es war ein sehr netter Abend, und wir haben Wein getrunken und Grappa. Und dann wollte er mir seine sig-nierte Ausgabe von Italo Calvino zeigen – stell dir vor, er liest furchtbar gerne und viel.«

Na, das ist ja mal origineller als die Briefmarkensamm-lung. Eine signierte Italo-Calvino-Ausgabe. Da hatte er be-stimmt selbst unterschrieben. Aber irgendwie konnte Jule nicht mehr innerlich spotten, Constanzes Augen glühten, sie glühten vor Glück, vor Leidenschaft. Genau, deswegen machte dieser Abend mit ihr auch so Spaß. Sie war so emo-tional, sie war … Jule suchte innerlich nach dem richtigen Ausdruck: so Frau. So körperlich, so da. Ja, sie glühte, sie brannte. »Die brennen, brennen, brennen wie phantastische gelbe Wunderkerzen«, ging es Jule durch den Kopf.

»Ich habe die Nacht bei ihm verbracht. Und Jule, es war wahnsinnig. Es war …« Sie suchte nach einem Wort dafür, aber offensichtlich fand sie keines.

»Wie Feuerräder, die unter den Sternen explodieren«, sagte Jule.

»Ja, genau!« Constanze schrie es fast. »Genau so! Das hast du toll gesagt. Genau so.«

Naja, eigentlich nicht ich, dachte Jule, aber sie kam gar nicht dazu, dies auszusprechen, denn Constanze fuhr has-tig fort.

»Ich weiß, du wirst jetzt sagen, ich bin naiv, ich weiß das genau. Urlaubsflirts. Und Männer, die Touristinnen ausnutzen und so. Aber Jule, so war es nicht. Wir haben uns gefunden, als wir über Bücher sprachen. Ich glaube, wir lieben uns. Nein, Ich glaube es nicht, ich weiß es. Jule, ich weiß es, wir lieben uns!«

Ach du meine Güte, dachte Jule.

»Wir haben uns geliebt und dann über Bücher gesprochen und uns geliebt und dann über Bücher gesprochen. Die ganze Nacht lang.«

Alles, was Jule vorher hatte sagen wollen, blieb ihr im Hals stecken. Was auch immer der Fischer fühlen mochte, Constanze liebte. Und das war berauschend schön. Sie brannte, sie glühte. Und was auch immer kommen würde, keiner würde es ihr nehmen können. Constanze nahm Jule beim Arm. »Weißt du, ich habe noch nie mit einem Mann in der ersten Nacht geschlafen. Ehrlich gesagt, habe ich bisher überhaupt nur mit zwei Männern geschlafen. Und ich hätte auf jede Frau herabgesehen, die so etwas tut. Aber ich habe noch nie eine bessere Entscheidung getroffen als gestern, als einfach mit ihm mitzugehen. Völlig egal, was passieren wird! Ich bereue nichts!«

Jule starrte sie an. Nein, auch sie bereute nichts mit Ben. Nichts.

»Und weißt du was, ich hätte es auch getan, wenn ich noch meinen Freund gehabt hätte. Bestimmt! Und auch dann hätte ich nichts bereut. Natürlich wusste ich, dass es falsch ist, aber gestern Abend, das war Leben pur, ich wollte es.«

Beide schwiegen nun. Lange Minuten hingen sie ihren Gedanken nach. Dann stand Constanze auf. »Ich gehe jetzt zu Marco.«

Später lag Jule in ihrem Bett und hörte, wie die Wellen an die Steilküste krachten. Sie konnte nicht schlafen. Sie hatte zwar das Geheimnis gelüftet. Aber der Schlüssel steckte noch unumgedreht in der Tür.

Was würde passieren, wenn sie die Tür öffnete?

Sie stand auf und blickte in den sternenklaren Himmel. Dann zog ihren roten Poncho über ihr T-Shirt, setzte sich auf das Fensterbrett und lehnte ihren Rücken an den Fensterrahmen. Mondbeschienen konnte sie die weiße, sich laut brechende Gischt unten an den Klippen sehen. Sie erinnerte sich, in einem Buch etwas über das »Viereck der Liebe« gelesen zu haben. Die vier Ecken des ›Liebes-Diamanten‹ waren Geist, Seele, Sex und Alltag. Je nachdem, wie das Verhältnis der Vier zueinander war, verformte sich der Diamant, war ebenmäßig perfekt oder unregelmäßig verzogen. Wenn eine Ecke fortbrach, konnte es sein, dass der Diamant noch hielt oder auseinanderbrach. Eigentlich ein sehr treffendes Bild. Wie war das bei ihr und Ben? Die sexuelle Seite war einfach. Sex mit Ben war sensationell, berauschend, verrückt, wundervoll. Allerdings, klar, war Sex am Anfang meistens besser als nach ein paar Jahren. Jule grinste. Der Sex mit Hannes war am Anfang auch nicht schlecht gewesen. Weiter. Der Geist. Da punktete eigentlich Hannes. Er war klug und lag genau auf ihrer Linie. Mit ihm konnte sie auch über alle ihre psychologischen Themen sprechen. Andererseits hatte sie das auch immer ein bisschen genervt. Und Ben war auch klug. Und er zeigte ihr neue Themen. Langweilig war er jedenfalls auch nicht. Seele, das war so eine komplizierte Sache. Vielleicht ging es hier darum, ob man sich ineinander einfühlen konnte. Ob man plötzlich wusste, dass es dem anderen schlecht ging, obwohl er gar nicht da war. Ob man aus einer nebensächlichen Bemerkung, einer Handbewegung etwas ablesen und den anderen erfühlen konnte. Die Seelen-beziehung hatten Hannes und sie fast etwas übertrieben oder durch das Psychologisieren zerstört. Wie sie und Ben seelen-mäßig zueinander standen, war ihr noch nicht so klar. Dass er ihr trotz ihrer blöden Abschiedsworte in München nach Manarola nachgereist war, war doch irgendwie ein Zei-chen, dass er fühlte, wie schlecht es ihr ging und dass sie ihn brauchte. Eine Tagesreise, einfach mal sich für viele Stunden ins Auto gesetzt, nur um für kurze Zeit bei ihr zu sein. Sie fühlte sich ihm nahe, wenn sie bei ihm war, sie hörte ihm ger-ne zu, wollte noch viel mehr über ihn wissen und dennoch war ihr oft nicht wirklich klar, was er wirklich dachte, wie er zu bestimmten Dingen stand. Er war noch ›unbekanntes Land‹ für sie. So, Alltag. Der lief zwischen Hannes und ihr eigentlich perfekt. Da war alles abgesprochen und geregelt gewesen. Kein Streit, kein Problem. Irgendwie zu perfekt. So furchtbar langweilig, ohne Ecken und Kanten. Wie der All-tag mit Ben sein würde, wusste sie natürlich nicht, aber sie stellte ihn sich schön vor. Schön, mit ihm aufzuwachen, zu frühstücken, abends nach Hause zu kommen, zu reden, ge-meinsam auszugehen. Aber stellte man sich das in der ersten Verliebtheit nicht immer schön vor? Jule seufzte. Vielleicht entschied über die Liebe einfach nur ein wirres Bauchgefühl. Es war Biochemie. Ganz einfach. Paare kamen zusammen über einen sofort wahrgenommenen Geruch des Gewebe-typen. Man sucht unterbewusst genetisch nicht zu ähnliche Partner. Schlicht und einfach chemisch vorgegeben. Dazu ein paar kleinere soziale, anerzogene oder optische Fak-toren. Zack. Liebe. Das Ganze war ein simpler neurobio-logischer Vorgang. Dopamin wurde ausgeschüttet, Lieben-de fühlen sich ähnlich wie unter Kokain – mit ebensolchen Entzugserscheinungen bei Liebesentzug. Adrenalin wird ausgeschüttet: das Herz schlägt schneller, die Hände werden feucht, die Muskulatur wird durchblutet – manch einer ›errötet‹, rein aus biologischen Gründen. Serotonin als Glücksbotenstoff kommt hinzu. Verschiedene Hormone: Cortison, Insulin, Testosteron, Östrogene werden ausgeschüttet. Der Körper ist in Alarmbereitschaft, voller Energie, voller Lust … Das hatte sie alles während ihres Studiums gelernt. Die Liebe, das waren biochemische Vorgänge, Monogamie gab es nur, weil es für das Zusammenleben sinnvoller war. Solange Kinder getragen werden mussten, blieb die Frau bei einem Mann, danach … Für Männer hingegen war einfach nur das Ernähren eines Harems schwer möglich, deswegen wandte man sich einer Frau zu. Natürlich wusste sie das alles, aber, verflixt, wie nur konnte sie diese biochemischen Vorgänge in ihr stoppen? Sie sah Ben vor Augen und sofort spürte sie förmlich, wie alle Neurotransmitter sich gleichzeitig in ihr ausschütteten. Aber Ben, der Kastanienmann – er war ein Träumer. Wie ihre Mutter. Und Träumer waren unzuverlässig, wie ihre Mutter.

Seufzend zog sich Jule ihren Poncho über die Augen und verbarg ihr Gesicht im kuscheligen Rot. Ach, wenn sie das alles mit ihrer Mutter hätte besprechen können, die hätte die Lösung gewusst. Oder sie einfach in den Arm genommen und gelacht, und dann wäre auch alles klar gewesen. Mama, du fehlst mir so, sagte Jule in den roten Schal hinein. Dann hielt sie kurz inne. Jetzt war sie wieder die Jule von früher, die Marie als Allheilmittel gesehen hatte, als die, die immer das Richtige sah und das Richtige tat. Dabei war sie genau das nicht. Sie tat, was sie nicht hätte tun sollen, sie brannte, wo sie nicht hätte brennen dürfen. Vielleicht aber konnte sie nicht anders, wie Constanze. Vielleicht sogar hatte sie nie bereut.

»Mama, du hast uns alle angelogen, aber du fehlst mir trotzdem.«

∿∿∿

Am nächsten Morgen passte Jule Brenninger beim Frühstück auf der Terrasse ab.

»Darf ich mich auf einen *caffè*«, sie betonte lächelnd den von ihm gelernten richtigen italienischen Ausdruck, »zu Ihnen setzen?«

»Gerne, Tochter von Julia«, eine einladende Geste von ihm ließ sie sich hinsetzen, »aber fordern Sie nicht mehr als Sie von einem alten Herrn wie mir erwarten können!«

Jule setzte sich. »Ich habe noch ein paar Fragen an Sie.«

»Das befürchtete ich«, schmunzelte Brenninger, »vielleicht werde ich Sie enttäuschen müssen.«

»Meine Mutter und Ronstätter, sie kannten sich also, bevor sie hierher kamen.«

Brenninger nickte.

»Wie lange?«

»Das kann ich Ihnen nicht genau sagen, ich weiß es nicht. Aber Sie wissen ja jetzt, an wen Sie sich mit diesen Fragen richten können.«

Jule erstarrte. Dieser Gedanke war ihr noch überhaupt nicht gekommen. Könnte sie das?

»Es wird noch genug Zeit sein, um ihn alles zu fragen. Falls Sie das wollen.«

»Ich weiß nicht, ob ich das will.«

»Warum nicht? Sie sind doch bis hierher gekommen.«

»Ja, aber ich denke, ich weiß das Wichtigste, was ich wissen wollte. Dass meine Mutter einen Liebhaber hatte. Das alles hat mir sehr weh getan. Ich habe die beiden gesehen, damals als Kind.«

Der Antiquar zog seine Augenbrauen hoch. »Oh, das hat Sie sicher sehr verletzt.«

»Naja, sie hat meinen Vater betrogen. Und uns Kinder damit auch.«

»Nein, sie hat Sie nie betrogen«, sagte Brenninger bestimmt.

»Aber es hat mein Vertrauen in sie verletzt. Auch wenn ich mir das nie zugestanden habe.«

Brenninger sah betreten auf den Boden. »So kann man es wohl sehen. Vielleicht hilft es, wenn Sie mit ihm sprechen. Aber das müssen Sie selbst entscheiden.«

Jule nippte am Espresso, lehnte sich zurück und blickte auf das unendlich groß erscheinende Meer um Manarola herum.

19. Kapitel

»Thomas, jetzt lass mich doch mal ausreden.«

»Nein, Jule, du lässt mich jetzt mal reden. Du bestellst mich hierher. Obwohl ich lieber zuhause sitzen würde und mit meiner Familie Fußball sehen. Und erzählst mir irgendetwas Verqueres über unsere Mutter. Irgendwelche uralten Geschichten. Sei mir nicht böse, aber das machen wir ein andermal. Wenn ich jetzt gehe, schaffe ich es noch zum Spiel.«

Nun war sie schon fast drei Wochen wieder zurück in München. Am heutigen Samstag hatte sie sich mit Thomas in einem Schwabinger Café getroffen. Am Tag nach dem Gespräch mit Brenninger war sie aus Manarola abgereist. Sie hatte das Gefühl, Abstand zu brauchen. Fast zwei Wochen hatte sie überlegt, mit wem sie ihr Geheimnis nun teilen wollte und sollte, schließlich fand sie, dass sie keine weiteren Geheimnisse in ihrer Familie schaffen dürfe. Sie wollte keine Tabus, keine Verletzungen zwischen Thomas und sich haben. Sie wollte ihm die Wahrheit erzählen. Als er dann vor ihr saß, wusste sie nicht, wie sie anfangen sollte. Zuerst hatte sie von Manarola erzählt. Dass es genauso aussah wie damals. Dass sie die Villa gefunden hatte. Bereits da hatte Thomas unauffällig auf die Uhr gesehen. Als sie von ihrer Erinnerung an Francesca und ihn gesprochen hatte, war er kurz mit seiner Aufmerksamkeit voll bei ihr und hatte gelächelt.

»Thomas, ich erinnere mich daran, dass Marie dort einen Mann getroffen hat.« Jule trank einen Schluck Tee, der mittlerweile kalt war. Der Satz hatte genügt, dass seine Wangen sich hektisch röteten. Als ob er nur darauf gewartet hätte, dass sie ihm etwas erzählte, das er nicht hören wollte. Unwirsch trommelte er mit den Fingern auf dem Tisch und sah sie mit drohend zusammengezogenen Augenbrauen an. Er war nicht bereit für die Wahrheit, weit davon entfernt. Es hatte keinen Sinn, sie ihm aufzuzwingen. Sie hatte nur den Kern angedeutet. Aber in Thomas hatte sich bereits alles verschlossen. Wenn sie ihn weiter mit der Wahrheit konfrontierte, würde er sich gegen sie wenden. Sie wollte zwar keine Geheimnisse haben, aber auch keinen Bruch mit ihrem Bruder, und hatte trotzdem das Bedürfnis, ihr Geheimnis mit ihm zu teilen. Es war doch wichtig für sie beide.

»Thomas, hör mir doch zu. Es ist mehr als eine Vermutung.«

»Hör auf!« Er schrie fast. »Eine italienische Affäre, willst du mir sagen! So ein Quatsch von früher!« Die Köpfe an den benachbarten Tischen drehten sich zu ihnen, Jule fasste ihn versöhnlich am Arm.

»Setz dich, Thomas. Bitte.« Er tat es, anscheinend selbst peinlich berührt über seinen heftigen Ausbruch, bei dem er aufgesprungen war. Jule lenkte ein: »Du weißt ja, ich bin emotional, vielleicht manchmal zu sehr. Vergiss es. Eines ist sicher, Marie war die beste Mutter, die man sich vorstellen konnte.«

»Das war sie!« Thomas war immer noch empört, aber nun leise. Den Bruder zu behalten, war wichtiger als ein Geheimnis abzugeben, vielleicht nur, um sich selbst zu entlasten. Falls er jemals mehr wissen wollte als das, was sie angedeutet hatte, würde er zu ihr kommen.

»Und eine wundervolle Frau für Papa auch!« Es klang fast flehentlich, obwohl Thomas es laut und bestimmt hatte sagen wollen.

»Natürlich«, bestätigte Jule.

Der Umzugskarton, die ›Erinnerungskiste‹, stand immer noch im Wohnzimmer, obwohl sie nun ausgepackt war, stellte Jule fest, als sie nach Hause kam. Auf dem Tisch lagen noch die Stapel Bücher, die sie mitgenommen hatte. Nun hatte sie genug Zeit, um sie in Ruhe anzusehen. Noch mehr unangenehme Überraschungen konnten wohl nicht kommen, fand Jule. Sie nahm das Märchenbuch der Gebrüder Grimm in die Hand, an dessen schwarze Tuschezeichnungen sie sich noch genau erinnern konnte. Sie blätterte es durch, und tatsächlich kannte sie ganz genau die Illustrationen. Welch große Bedeutung diese Geschichten und diese Bilder für Kinder hatten. Das nächste Buch, das Jule in die Hand nahm, war ein Sachbuch über den Krieg in Somalia. Sie hatte es nur mitgenommen, weil es ihr als ein so ungewöhnliches Thema für Marie erschienen war. Marie hatte sich doch nie so recht für Politik interessiert, für Kriege erst recht nicht. Es war Papas Aufgabe gewesen, ihnen beiden Geschichte zu vermitteln. Oft hatte er die entsprechenden Ereignisse mit Playmobilmännchen nachgebaut, sie auf eine Serviette im Restaurant gekritzelt oder zusammen mit Thomas nachgespielt. Dann gründete Papa als Napoleon das ›Kaiserreich Frankreich‹ und Thomas als Nelson besiegte schließlich in der Schlacht von Trafalgar die französischen Kriegsflotten. Jule hatte damals meist schweigend an der Hand ihrer Mutter den Geschichten zugehört, aus denen sie eher das Menschliche als Zahlen, Daten und Fakten herausgezogen hatte. Aber Krieg und Marie – das erschien Jule wie

Sonne und Mond, nicht miteinander zu denken. Als sie das Buch aufschlug, fiel ein Brief auf den Boden. Fast scheute sie sich ihn aufzuheben. Nicht schon wieder die Finger verbrennen. Nicht schon wieder etwas, das sie vielleicht nicht wissen wollte. Was hatte sie mit Maries privater Korrespondenz zu schaffen? Im Briefumschlag lagen mehrere Seiten. Ein Brief, der nicht vollständig war, als ob Marie nur ein paar Seiten daraus hatte behalten wollen.

Die Träume, sie verfolgen mich. Meist ist es derselbe. Gestern Nacht habe ich wieder einmal das Kind gesehen. Immer wieder dasselbe. Es saß an meinem Bett und stierte mich an. Wie in so vielen Nächten zuvor. Und ich weiß immer noch nicht, ob vorwurfsvoll oder flehentlich oder dankbar oder bittend. Ich verstehe es einfach nicht. Die Augen des Mädchens sehen mich völlig seelenlos an, aber ihr Blick fixiert mich. Diesem Blick kann man nicht entkommen. Undenkbar. Und dann schreie ich. Manchmal stundenlang. Denn ich sehe das Holz, das sie pfählte. Von unten. Ich sehe den Stock, wahrscheinlich ein Besenstil, mit dem man sie aufgespießt hatte. Ich sehe das Blut fließen. Als ich sie so gefunden habe, lag sie über einem Stuhl. Sie lebte noch. Und ich war so erschüttert. So hilflos. Ich wusste doch nicht, was ich tun sollte. Ich habe versucht, den Stock herauszuziehen, aber ihre Schreie waren unerträglich. Es war egal, es war längst zu viel Blut. Ich kannte sterbende Menschen. Und sie hat mich angestarrt, mit diesem Blick, der bereits leer war. Und aus dem irgendwann, nach unendlich langer Zeit, auch das Leben wich.

Danach war nichts mehr, wie es war, ich nicht mehr, wie ich war. Ich bin …

Hier endete der Brief. Jule spürte, dass sie eine Gänsehaut hatte. Wie grausam. Natürlich waren ihr Kriegstraumata bekannt. Aber einen solch persönlichen Bericht zu lesen, war entsetzlich. Woher hatte Marie diesen Brief? Ihre Hand griff nach dem Handy. Sie wollte das alles gerne mit Ben besprechen. Dann zuckte sie zurück. Oder mit Hannes. Der hatte ihre Mutter doch zumindest gekannt. Mit einem Seufzer schob sie die Seiten zurück in den Umschlag. Und immer wieder nur neue Fragen. Es ließ ihr alles keine Ruhe. Was verband Marie mit diesem Ronstätter? Wilde, ekstatische Liebe, körperliches Begehren, Brennen als Feuerrad der Liebe? Oder gab es ein ›über Bücher sprechen‹ wie bei Constanze? Interessierte Ronstätter sich für Malerei? Was machte er überhaupt beruflich? Worin lag die gegenseitige Anziehungskraft? Jule hatte keine Ahnung. Sie wusste einfach noch immer zu wenig. Ronstätter würde sich ihren Fragen stellen müssen. Sie wollte wissen, was ihre Mutter dazu gebracht hatte, die ganze Familie zu verraten.

ᔰᔰᔰ

»Jule Jansen hier. Schön, dass ich Sie erreiche, Herr Brenninger. Sie sind also auch wieder aus Manarola zurück?«

»Ja, liebe Jule Jansen, ich bleibe meist nur zwei, drei Wochen.«

»Entschuldigen Sie, dass ich Sie schon wieder belästige. Haben Sie gerade eine Minute Zeit für mich?«

»Sie belästigen mich nie. Warten Sie, ich hole mir einen Stuhl zum Telefon. Wissen Sie, ich bin einer der letzten Menschen, die noch ein Telefon mit Kabel haben.«

Jule musste lächeln. Sie hörte das Knarren eines Stuhles, der über den Holzboden gezogen wurde.

»So, Tochter von Marie. Wie kann ich Ihnen helfen?«

»Können Sie mir die Telefonnummer von Herrn Ronstätter geben?«

»Sie sind also soweit. Sie wollen mehr Antworten.«

»Ja. Also könnten Sie sie mir geben?«

»Könnte ich schon.«

»Tun Sie aber nicht?«, fragte Jule ungläubig.

»Aber ja doch, meine Liebe, gerne. Es wird nur nichts nutzen.«

»Warum?«

»Mein Freund ist ebenso altmodisch wie ich. Er besitzt kein Handy. Und er ist in Frankreich.«

Jule spürte, wie sich Enttäuschung in ihr ausbreitete. Wollte er sich ihr entziehen, unangenehme Fragen vermeiden? Wo sie sich doch nun entschieden hatte, die andere Mutter kennenzulernen, Marie – die unbekannte Frau.

»Wo genau ist er?«

»Wollen Sie das wirklich wissen?«

»Ja. Ja. Ja.« Sie schrie es fast.

»Gut, ist ja gut, Jule Jansen, Wirbelsturm!« Er lachte und seufzte dann auf. »Ich fürchte, auch das wird Ihnen etwas sagen. Er ist nach Frankreich gefahren. Roussillon.«

Jule ließ sich auf das Sofa zurück fallen, von dem sie aufgesprungen war: »Chez Pierre«.

»Ja.«

Jule legte auf, ohne sich zu verabschieden. Der nächste Kindheitstraum war geplatzt. *Chez Pierre*, die französische Pension, in der Marie immer übernachtet hatte, wenn sie auf ihren Maltagen in Frankreich gewesen war. Schon wieder eine Lüge, keine Arbeitstage, sondern *jours d'amour*.

An Schlaf war nicht zu denken. Vielleicht in eine Kneipe? Nein, heute nicht alleine an einer Bar sitzen. Zu einer

Freundin. Am besten einer, der sie nicht alles erklären musste. Da gab es nur eine: Constanze.

Sie holte ihr Handy heraus und rief die Adresse auf, die sie sich kurz vor ihrem Abschied hatte geben lassen. Ohne lange darüber nachzudenken, fuhr sie hin. An dem großen Wohnblock suchte sie nach den Klingeln. »Engelbert« war der oberste Klingelknopf, also direkt unter dem Dach. Das passte zu Constanze. Bestimmt eine kleine, etwas altmodisch eingerichtete Wohnung mit furchtbar vielen Büchern darin. Als ein junger Mann mit Rasta-Zöpfen die Haustür aufschloss, ging Jule auch mit hinein. Oben angekommen allerdings wandte sich der junge Mann der linken Wohnungstür zu, während Jule sofort auf die rechte Tür zusteuerte, auf der ein kitschiges, blau-weißes Emailleschild hing mit der Aufschrift »Constanze's Home«. Als Jule klingelte, hielt er inne.

»Da brauchst du gar nicht erst zu klingeln. Die ist nicht da.«

»Okay. Danke.« Da sich tatsächlich nichts hinter der Tür bewegte, drehte Jule sich um und machte sich an den Abstieg.

»Sie ist aus ihrem Italien-Urlaub nicht zurückgekommen. Auf den hat sie sich gefreut wie irre. Aber dass sie da einfach unten bleibt, hätte ich ihr nicht zugetraut. Eine Freundin war da, um die Blumen zu gießen. Die hat mir erzählt, Constanze habe die Liebe ihres Lebens in Italien gefunden. Und bleibe jetzt dort.«

Jule sah ihn konsterniert an. »Sie bleibt einfach in Italien?«

»Ich konnte das auch nicht glauben. Da hat jeder so seine verborgenen Seiten … Ciao!« Lässig winkte er Jule zu und schloss seine Wohnungstür hinter sich.

Sie lief die Treppe hinunter, aber mit jeder Treppenstufe wunderte sie sich mehr. Constanze war einfach dort geblieben, bei ihrem ... wie hieß er doch noch ... Marco. Nicht zu fassen, sie bleibt einfach in Italien, gibt hier offensichtlich alles auf und lebt jetzt mit einem Fischer in Manarola. Und sie hatte noch nicht einmal Ben gesehen, der immer noch auf Geschäftsreise war. Jule sprang die letzten drei Treppenstufen hinunter und lachte laut auf. Das konnte ja wohl nicht gut gehen! Bevor sie in ihr Auto einstieg, stand sie kurz still. Und wenn es nicht gut ging, es war doch völlig egal. Aus lila Strumpfhose war la signora Marco geworden. Aus der grauen Maus ein brennender Feuerball. Es war doch völlig egal, ob es gut ging und wie lange. Constanze! Ich beneide dich! Du springst ins Feuer, du brennst, du tust es einfach. Was kann schon Schlimmes geschehen? Nichts, fast nichts. Verlorene Zeit war eine Zeit der Liebe nie.

❧ ❧ ❧

Als es klingelte, war Jule verwundert. Wer würde denn jetzt am Abend noch kommen. Gerade als sie die Sprechanlage bedienen wollte, hörte sie ein Klopfen an der Tür und sah durch den Spion. Das durfte ja wohl nicht wahr sein. Jennifer. Seufzend öffnete Jule.

Zehn Minuten später saß Jennifer mit einem Tee in der Hand auf Jules Sofa. Auch wenn es einige Nachfragen gekostet hatte, wurden Jule langsam die Zusammenhänge klar. Jennifer war von zu Hause abgehauen, weil sie eine heftige Auseinandersetzung mit ihrer Mutter gehabt hatte. Nach ihrer Rückkehr waren ihre Eltern ›total ausgerastet‹, wie sie sagte. Es gab einen Streit, bei dem der Vater handgreiflich geworden war. Und es endete damit, dass die Eltern Jennifer aus dem Haus geschmissen hatten. Nun stehe sie da, ohne Schlüssel, ohne Handy, ohne Geld. Jules Adresse hätte sie sich bei einem Passanten erfragt, der für sie die Auskunft angerufen habe.

Jule hatte versucht, Jennifer zu fragen, wo sie gewesen war und mit wem. Aber Jennifer war ausgewichen und hatte nicht geantwortet. Nur dass sie im Segelclub war, hatte sie erklärt. Jule war sich unsicher. War etwas Schlimmes, etwas Gefährliches dort im Segelclub geschehen? Oder vielleicht nur etwas, das Jennifer für sich behalten wollte? Vielleicht sogar etwas Schönes? Nicht unmöglich. Eines war jedoch sicher, Jennifer wollte es nicht sagen, jetzt nicht.

»Hast du mit deinen Eltern darüber gesprochen, dass du einfach von zu Hause fortgelaufen bist, wo du warst, was du gemacht hast?«

»Die wollten das gar nicht von mir wissen.«

»Deine Eltern haben dich nicht gefragt, warum du weggegangen bist?«

»Die wissen doch, wie sehr sie mich nerven.«

»Und warum bist du zurückgegangen?«

»Ich hatte kein Geld mehr. Und Hunger.«

Jule wartete auf eine weitere Erklärung, aber Jennifer kaute gedankenverloren an der Kordel ihres Kapuzenpullis.

»Darf ich Sie mal was fragen?«

Jule nickte und wappnete sich innerlich bereits auf etwas, das schwierig werden würde.

»Mögen Sie mich eigentlich?«

»Ja, ich mag dich.« Sie hatte nicht gezögert.

»Wie eine Mutter?«

»Nein.« Jule suchte nach der richtigen Formulierung. »Ich habe keine mütterlichen Gefühle zu dir. Ich schätze dich als Menschen.«

»Wie eine Schwester?«

»Auch das ist ein verwandtschaftliches Verhältnis. Ich mag dich als Person.«

»Wie eine Freundin?«

»Jennifer, ich bin nicht deine Freundin. Ich bin deine Therapeutin. Ich war deine Therapeutin. Ich mag dich als Jennifer, als Menschen. Als Jennifer, die ihren Platz in der Gemeinschaft sucht. Und dabei möchte ich dir helfen.«

Wieder schwieg sie. Jetzt sah sie plötzlich hilflos und zusammengesunken aus.

»Meine Mutter hat gedacht, ich wäre zu Ihnen gegangen.«

»Warum hat sie das gedacht?«

»Weil ich sonst niemanden habe.«

Am liebsten hätte Jule sie einfach in den Arm genommen.

»Hast du denn wirklich niemanden?«

Sie zuckte mit den Schultern und antwortete nicht.

»Was hindert dich daran, jemanden als Vertrauten zu nehmen?« Jule hatte bewusst eine offene Wortwahl getroffen. Nicht Freund, nur Vertrauter.

»Dass man niemandem vertrauen kann.«

»Das war bisher deine Erfahrung.«

»Ja.«

»Meinst du, wenn du es wirklich versuchst, könntest du vielleicht andere, weitere Erfahrungen machen?«

Jennifer sah sie mit weit aufgerissenen Augen an.

»Was glauben Sie?«

Jule tat so, als ob sie über die Frage nachdachte. »Ich denke, ja. Aber was denkst du?«

»Weiß nicht.«

Es klang wie ein trotziges Kind.

»Jennifer, ich mache dir einen Vorschlag. Du überlegst

dir, wer in deiner Klasse am ehesten eine Vertraute sein könnte. Und lädst sie ein. Zu einem Eis, zum Beispiel.«

Die Kopfbewegung von Jennifer war nicht eindeutig als Nicken zu identifizieren.

»Aber«, fügte Jule hinzu, »ich muss dir ehrlicherweise sagen, dass normalerweise die ersten drei Versuche, einen Vertrauten zu finden, schief gehen. Darauf muss man sich einlassen, wenn man es versucht.«

Jennifer nickte. Anscheinend konnte sie sich auf einen geplanten Misserfolg besser einlassen. Jule dachte an den Kinder-Klassiker vom ›Kleinen Prinzen‹. Der musste seinen Fuchs erst zähmen. Jennifer hatte noch niemanden gezähmt. Keinen Freund im Leben. Keinen Vertrauten. Das war nahezu unerträglich für eine Seele. Dennoch, sie musste es von sich aus schaffen. Anders ging es nicht.

Später dann hatte Jule Frau Lorenz angerufen, die jedoch offensichtlich alkoholisiert war und schrie, dass sie Jennifer nie wieder sehen wolle.

»Jennifer, ich werde jetzt den Sozialdienst anrufen und einen Platz in einer Betreuungsstätte für dich organisieren.«

»Können Sie vergessen. In sowas gehe ich bestimmt nicht.«

»Also, einen Platz in einer Pflegefamilie zu bekommen, dauert Wochen.«

»Können Sie auch vergessen. Ich bin siebzehn, ich gehe in keine weitere Scheiß-Familie.«

»Was stellst du dir dann vor?«

»Keine Ahnung. Meine Eltern sollen mir eine Wohnung besorgen.«

»Selbst wenn sie das täten, was für mich gerade nicht so klang, würde das Jugendamt dem kaum zustimmen.«

»Ist mir scheißegal. Dann eben in den Segelclub. Oder sonstwohin.«

Jule blickte durch das Fenster in den roten Sonnenuntergang. Ein Münchner Abendhimmel, so rot, fast wie der Italiens. Vielleicht hätte sie doch länger dort bleiben sollen. Nicht fluchtartig abreisen. Sondern bleiben, bis sie jedes Detail verstanden hatte. Aber in Manarola hatte sie das Gefühl gehabt, gar nicht mehr verstehen zu wollen. Man hatte das Recht, dort aufzuhören, wo man mehr nicht vertrug. Thomas, Jennifer und auch sie selbst. Die Farben des Himmels flossen aufregend ineinander. Für ein Bild zu kitschig. Und zu rot. Rot, irgendwie ließ sie das nachdenken. Nachdem Jennifer ihr von der Übernachtung im Segelclub erzählt hatte, hatte Jule sie noch gefragt, ob sie die Pille nehme oder verhüte, worauf Jennifer allerdings nicht geantwortet hatte. Rot. Rot wie Blut. Hatte sie schon lange nicht mehr gehabt. Plötzlich saß sie kerzengerade auf ihrem Sofa. Verdammt, ihre Periode, die hätte sie doch schon längst haben müssen. Verzweifelt zählte sie die Tage nach. Scheiße. Es war zu spät, als dass noch eine Apotheke geöffnet hatte. Definitiv, sie hatte mit Ben beim ersten Mal nicht verhütet. Scheiße.

»Gibt es vielleicht so einen Platz in einer Wohngemeinschaft, wo ab und zu mal jemand vorbeikommt, das habe ich mal im Fernsehen gesehen.«

Dieser Satz rief Jule zurück. Jennifer saß gemütlich lümmelnd auf dem Sofa saß. Selbst Jules nur halbe Anwesenheit war offenbar schon mehr als sie von ihren Eltern bekommen hatte. Peinlich berührt fing Jule Jennifers liebevoll-dankbaren Blick auf und versuchte, sich wieder auf das junge Mädchen zu konzentrieren. Vielleicht war das alles Blödsinn. Ab und zu kam ihre Periode unregelmäßig. Seit Hannes fort war, nahm sie die Pille nicht mehr. Wozu auch.

»Ein Platz in einer Wohngemeinschaft. Eine super Idee!«
Jennifer strahlte bis über beide Ohren.

»Können Sie mich Jen nennen? Meine Oma hat mich
immer Jen genannt. Ich mochte sie sehr. Und sie mochte
mich.«

»Aber deine Eltern mögen dich doch auch. Selbst wenn es
jetzt einen großen Streit gegeben hat.«

»Nein«, Jennifer – Jen schüttelte den Kopf. »Tun sie
nicht. Mein Vater kann nicht lieben. Und meine Mutter
liebt nur ihn. Und weil er sie nicht lieben kann, säuft sie. Ich
bin komplett unnütz.«

Jule musste schlucken. Was auch immer sie selbst nicht
bekommen hatte, mit Liebe jedenfalls war sie immer über-
schüttet worden, von allen Seiten.

»Gut, ein Platz in einer WG. Das ist möglich, aber es
dauert, Jennifer, Jen.«

Wieder strahlte Jen glücklich, als Jule sie so nannte, als
ob alleine durch den Namen aus ihr ein anderer Mensch
wurde, ein geliebter Mensch.

»Macht nichts. Solange gehe ich in den Segelclub.«

»Jen, bitte, das geht nicht.«

Nun, heute Abend würde sie auch keinen Betreuungs-
platz mehr für sie auftreiben können. Es war nicht das erste Mal, dass ein Patient bei Jule auftauchte. Gerade bei Jugendlichen kam das immer wieder vor. Jule kannte einen
Sozialpädagogen, der mit Jugendlichen arbeitete, und ständig ein Kind, manchmal mitten in der Nacht, vor seiner
Tür auffand. Und dann eben beherbergen musste. Männ-
liche Patienten ließ sie nicht herein, Jugendliche und Frauen
selbstverständlich, auch über Nacht. Oft genug musste man
sie schützen, vor dem, was sie flohen.

Jule lief in die Küche, um neuen Tee aufzusetzen, als ein

Klingelton ihr verriet, dass eine SMS eingetroffen war. »Ihr Flug morgen nach Marseille ist nun fest gebucht. Bitte überweisen Sie umgehend die beigelegte Rechnung. Tatsächlich, sie hatte einen Flug mit einem sehr günstigen Tarif erwischt. Wieder dachte Jule an den befreundeten Sozialpädagogen. Manchmal nahm er Jugendliche mit in den Urlaub. »Gebe ich ihnen Tage von Aufmerksamkeit, Freundlichkeit und Zuhören, aber auch von Regeln, Disziplin und klaren Tagesabläufen, kann ich mehr für sie tun als in tausend einzelnen Beratungsstunden. Diese Tage, in denen sie auf jeden Fall ein komplett anderes Leben führen, können ihnen ermöglichen, aus dem Zirkel von Gewohnheiten und Erfahrungen auszusteigen. Es muss nicht so sein, aber es kann.« Hatte er ihr mal erklärt, als sie sich wunderte, warum er dies immer wieder auf sich nahm. Kurz dachte sie nach, dann setzte sie sich an ihren Computer, sah etwas nach und kehrte dann zu Jen zurück.

»Jen, ich mache dir jetzt einen Vorschlag. Wir rufen deine Eltern an und fragen, ob du eine Woche bei mir bleiben kannst. Du hast dich absolut an meine Regeln zu halten. Wenn nicht, musst du zurück zu deinen Eltern oder in ein Heim. Dazu reicht ein einziger Regelverstoß.«

»Ja!« Mehr sagte Jen nicht.

»Gut. Dann setz dich als allererstes gerade hin. Und wenn du mit mir sprichst, sieh mir in die Augen.«

Jen tat es.

»Es ist wie eine Art Bootcamp. Eine Woche. Dann geht es zurück zu deinen Eltern. Oder zu einer Betreuung.«

»Okay«, Jen grinste. »O Captain, mein Captain.«

Jule stimmte in Jens Lachen ein. »Warte einen Moment.«

Nachdem Sie ein sehr kurzes Telefonat mit Frau Lorenz geführt hatte, ging sie zurück ins Wohnzimmer.

»Du kannst mich Jule nennen. – Jen, magst du mit mir für eine Woche nach Frankreich fliegen?«

Als sie Jennifer das Bett im Büro gemacht hatte und sah, wie sie sich darauf warf und wie ein kleines Kind zum Schlafen einrollte, fragte Jule sich, ob einige Menschen nicht doch für immer im Nebel stecken blieben. Manche Menschen bekamen einfach zuviel vom Leben aufgebürdet. Wenn es irgendwo einen Halt gab, eine Großmutter, die da war, eine Freundin, konnte das manchmal reichen. Aber ein Mensch, der niemanden hatte, verlor irgendwann die Fähigkeit sich zu öffnen. Sie hoffte, dass Jennifer noch eine Chance hatte.

20. Kapitel

Sie saß auf der Toilette und blickte auf das Stäbchen. Jen hatte sie gebeten, auf dem Wochenmarkt Gemüse für das Abendessen zu kaufen. Zwei Anläufe hatte es sie gekostet, den Test zu besorgen. Beim ersten Besuch in der Apotheke hatte doch tatsächlich eine Bekannte von ihr plötzlich hinter ihr gestanden. Wie lange war es jetzt her, dass sie das erste Mal mit Ben geschlafen hatte? Acht Wochen? Jedenfalls ohne zu verhüten. Mist. Es dauerte nicht lange, bis zwei Streifen sich auf dem Kontrollfenster zeigten. Ein Kontrollstreifen und der Streifen, der die Schwangerschaft anzeigte. Es dauerte hingegen lange, bis Jule endlich nicht mehr darauf sah, in der Hoffnung, es könne sich etwas verändern. Tatsächlich verschwammen dann die Streifen. Aber es lag wohl nur an den Tränen, die aus ihren Augen flossen. Ben, schoss es ihr durch den Kopf, Ben. Sofort ihn anrufen, besser gleich zu ihm fahren. Jule glitt an der Wand hinunter, und kauerte auf den kalten Badfliesen. Es gab immer noch zwei Möglichkeiten. Ja oder Nein. Wenn Ben für Ja war, könnte sie nicht mehr Nein sagen. Wenn er für Nein war, könnte sie dann noch Ja sagen? Und was wollte sie? Als ob sie nicht bereits genug Probleme hätte, kam nun das größtmögliche Problem auf sie zu, das eine Frau haben konnte. Aber es war ihre Entscheidung, denn sie würde sie tragen müssen. Ein Leben lang. Erst mal fort. Nicht mit ihm reden. Es war ihre Entscheidung. Fortfliegen. Und nachdenken. Und entscheiden. Für sich. Für ihr ganzes Leben lang.

Als Thomas bei ihr wenige Minuten später Sturm klingelte, fragte Jule sich, wie er es wissen konnte. Er stürmte in ihre Wohnung und warf sich auf die Couch.

»Ich hab's!«

Eine Lösung für ihr Problem? Unmöglich. Sie selbst hatte noch keine dafür. Sie war komplett verwirrt.

»Ich bin so stolz auf mich! Es war echte Detektivarbeit. Und ein bisschen tricksen. Ich habe mit der Sekretärin von der Agentur geschäkert. Und sie auf einen Kaffee eingeladen.«

Sie konnte ihm nicht folgen.

»Du, die stand auf mich. Ich hab doch noch Chancen!« Spitzbübisch grinste er sie an und wartete wohl auf ein Lob. Als Jule ihn nur anstarrte, fuhr er fort: »Nein, war ja nur ein Scherz. Ich bleibe schon Susanne treu. Aber ich hätte …« Er lachte. »Also, jedenfalls, irgendwann hat sie es mir gesagt.«

Jule hob fragend die Schultern.

»Jule, die Bilder, die blauen Bilder!«

Ach so, sie erinnerte sich. Er wollte versuchen, herauszufinden, wer die blauen Bilder hatte.

»Also, es ist ein Mann. Der hier in München wohnt.«

Jule hatte Schwierigkeiten, überhaupt so zu tun, als ob sie das noch interessierte. Es war ihr im Moment egal, wo die blauen Bilder waren. Für ein Kinderzimmer eigneten sie sich in keinem Fall. Kaum hatte sie das gedacht, ärgerte sie sich über diesen blöden Gedanken und fragte sich, ob sie Thomas einfach unterbrechen sollte und von ihren echten Problemen berichten. Ein Bruder wusste doch vielleicht Rat.

»Er heißt Julian Ronstätter.«

Was? Jule zuckte zusammen. Ronstätter? Marie hatte ihm die Bilder geschenkt, offiziell über die Agentur ... Natürlich, das hätte sie sich längst denken können. Die blauen Bilder, deren erste Skizzen entstanden waren in Manarola, im geheimen Urlaub mit ihm. Die Bilder, an denen sie jahrelang weitergearbeitet und dabei unweigerlich wohl immer an ihn gedacht hatte. Natürlich. Was für eine traurige Vorstellung. Welche Sehnsucht darin gelegen haben musste.

»Sie hat das alles für uns getan.« Jule hatte eher zu sich selbst gesprochen. Thomas sah sie verständnislos an. Marie hatte alles aufgegeben, für die Familie, für ihre Kinder, und sich doch jahrelang nach dem anderen gesehnt, nach Julian Ronstätter.

»Meinst du, damit wir uns nicht um den Verkauf kümmern müssen? Das ist doch Unsinn. Außerdem hätte sie sie ja nicht verschenken müssen. Da steckt irgendwas dahinter!«

»Vielleicht hat sie dem Mann etwas geschuldet. Aber das ist doch gar nicht ihre Art«, überlegte er laut weiter. »Mir gefällt das nicht. Ich lass das nicht auf sich beruhen. Ich habe seine Adresse. Ich fahr da jetzt hin und rede mit ihm. Ich frage den einfach. Dann werden wir sehen, ob der was zu verbergen hat. Ob er vielleicht doch unrechtmäßig an die Bilder gekommen ist.«

Jule sah ihren Bruder an. Sie sollte ihm jetzt alles erklären. Aber alles in ihr wehrte sich dagegen. Thomas lebte in seiner heilen Welt. Im Bild der perfekten Familie. Und er wollte auch nie etwas anderes hören. Er wollte den Dingen gar nicht auf den Grund gehen, wenn es etwas an seinem Weltbild veränderte. Er zog nicht die leiseste Verbindung zu der ›italienischen Affäre‹, von der er nichts wissen wollte. Jule war unsicher. Sie brauchte Zeit.

»Thomas, mir erscheint das auch etwas seltsam. Aber bitte lass uns nichts übers Knie brechen, es muss nicht heute geschehen. Gib mir ein paar Tage Zeit, und dann überlegen wir gemeinsam, ja?«

Zweifelnd sah er sie an. Normalerweise war sie eher der ›Spring-ins-Feld«-Typ und er der überlegt Handelnde. Wenn seine Schwester ihn zu Ruhe ermahnte, dann sollte er sich vielleicht daran halten.

»Okay, es kommt wirklich nicht auf ein paar Tage an, sag mir, wenn du eine Idee hast, wie wir vorgehen. Und dann knöpfen wir uns gemeinsam den Typen vor.«

Jule nickte. Der Typ war wohl die große Liebe ihrer Mutter gewesen, aber das würde sie Thomas nicht sagen, jedenfalls noch nicht. Aber er sollte sich ihn auf keinen Fall vorknöpfen. Das würde Jule selbst übernehmen, in Rousillon. Und danach ihr eigenes Problem lösen.

Noch lange, nachdem Thomas gegangen war, starrte Jule in den immer dunkler werdenden Abendhimmel hinein. Sie war richtig froh, als Jen zurück kam und sie sich nicht länger ihren Grübeleien hingeben konnte. Als ob sie schon immer hier zu Hause gewesen wäre, packte Jen ihre Einkäufe aus und begann zu kochen, bis es nach Rinderfleisch, Zwiebeln, Knoblauch und Gemüse duftete.

Nachdem Jen schlafen gegangen war, blickte Jule nachdenklich auf das große Bild in ihrem Wohnzimmer. Das Bild von Marie. Im Vordergrund dominierte das Blau des Wassers. Im Hintergrund, am Ende der Brücke mit den schönen Bogenkonstruktionen, gleichzeitig filigran und stark, ging der Weg in einen orange-roten Abendhimmel über. Das Roussillon-Rot. Jeden Morgen war sie zuerst in die Ockerberge gegangen, lief hindurch, durch diese Farben, die es nur hier gab. Sog diesen unglaublichen Farbverlauf der Felsen in sich auf, von erdigen Brauntönen über dunkles bis hin zu hellem Orange, das schließlich in den Schlieren des einzigartigen Sonnengelbs verlief. Marie sammelte immer in Gläsern die verschiedensten Ockerfarben, die man als Puder von den Steinen nehmen konnte. Sie strich durch die Landschaft und verband sich selbst mit den Farben. Dann ging sie in ihre Pension *Chez Pierre*, einem kleinen, typisch provencalischen Steinhaus, wo sie aus dem bunten Puder Farben mischte und zu malen begann. So jedenfalls hatte sie das immer Jule, Thomas und Roman erzählt. Sie war immer alleine nach Rousillon gereist. Es waren ihre Maltage. Jene Tage, aus denen sie Inspiration für das ganze Jahr schöpfte.

Und nun war er, Julian Ronstätter, in Roussillon, *Chez Pierre*. Auch dieser Ort entweiht. Wie hatten sie diese Reisen Marie nur gönnen können. Wie hatte ihre Mutter sie belogen, wenn ihre Augen bei der Beschreibung der Ockerberge glühten, wo sie doch dort für etwas anderes geglüht hatten. Jule versuchte, das blaue Wasser des Bildes zu durchdringen, als ob das Gemälde ihr die Antwort auf alle Fragen geben würde. Plötzlich erschien ihr das vorher sanfte Orange, das am Ende des Weges schimmerte, rot. Blutrot. Ich klammere mich an Bildern fest, dachte sie. Natürlich wusste sie, dass das falsch ist, wenn man auf die Suche nach sich selbst, den eigenen Geheimnissen, den eigenen Gefängnissen und den eigenen Wünschen gehen wollte. Jule wandte ihren Blick vom Bild ab und murmelte vor sich hin: »Und ich will das!«

TEIL III

ROT

Roussillon, Frankreich

21. Kapitel

»Dorthin!«

Während Jule verzweifelt versuchte, sich auf dem Flughafen zu orientieren, bewegte Jen sich, als ob sie hier zu Hause wäre. Mühelos fand sie den Schalter der Airline, und sie gaben ihre Koffer ab. Als sie Jens teuren, metallenen Koffer auf das Rollband legte, überkam sie wieder Mitleid. Jen hatte ihr erzählt, dass ihre beiden Eltern nicht da gewesen waren, als sie ihre Sachen für die Reise holte. Wie und warum nur konnten Eltern so kalt gegenüber ihren Kindern sein? Ein Gedanke blitzte in ihr auf. Ist ein Fötus, gerade ein paar Wochen alt, ein Kind? Was würde Ben sagen? Er würde wissen, was richtig ist. Aber dann könnte sie nicht mehr allein entscheiden. Hatte sie überhaupt das Recht dazu? Aber es war doch ihr Leben. Wahrscheinlich könnte sie nicht mehr arbeiten, oder nur noch Teilzeit. Und wie dann ein Kind durchbringen? Wenn Ben da wäre, ja. Aber sie wollte sich nicht in eine Abhängigkeit begeben, schon gar nicht so überstürzt.

»Hier lang!« Jen hatte Jule am Arm genommen, um sie aus ihren Gedanken zu reißen und in die richtige Richtung zu führen. »Hier geht es zur Passkontrolle.«

»Warum kennst du dich so gut auf einem Flughafen aus?«, fragte Jule.

»Ich bin schon oft geflogen, seit ich klein bin, und meistens allein.«

»Allein?« Jule sah sie erstaunt an.

»Meine Eltern verreisten häufig. Geschäftsreisen. Oder Urlaube. Und wenn ich Ferien hatte, oder manchmal auch nur ein Wochenende, durfte ich nachreisen.«

»Allein?«, wiederholte Jule verwundert.

»Ja. Wenn man klein ist, gibt es Begleiter, die einen bis zum Fluggate führen. Und später konnte ich das schon.«

»Und du hattest nie Angst?«

»Doch.« Jens Antwort hing in der Luft, wie so oft in den Therapiesitzungen, wenn Jen plötzlich zumachte und nichts mehr preisgab, obwohl es klar war, dass das wirklich Wichtige hätte kommen müssen. Aber dann fuhr sie fort.

»Ich hatte furchtbare Angst. Ich kannte die Menschen doch nicht. Irgendjemand begleitete mich zum Flugzeug, dort übernahm mich meistens eine Stewardess. Ich saß immer neben Fremden, die unbedingt mit mir reden wollten. Ich wollte nicht, ich hatte doch Angst.«

»Wie alt warst du da?«

Jen zuckte mit den Schultern. »Vielleicht vier oder fünf.«

In einer spontanen Geste ließ Jule ihre Tasche fallen und umarmte Jen, die ganz kurz den Kopf an ihre Schulter legte. »Aber heute, heute bin ich nicht allein«, hörte sie sie murmeln.

Später im Flugzeug kicherten sie wie Kleinkinder. Jule hatte Jen ihre latente Flugangst gestanden, worauf die nickend erwiderte: »Kenne ich, hat meine Mutter extrem. Gibt nur eine Hilfe: Gin Tonic.« Doch Jule folgte ihrem Rat mit einem kurzen Gedanken an ihre Situation nicht.

Jen erklärte Jule dann entschieden, dass sie jetzt die zwei vor ihnen Sitzenden freundlich, aber bestimmt darauf hinweisen würde, dass es doch etwas angenehmer wäre, wenn diese ihre Sitze in dem engen Flieger nicht vollständig zurücklegten. »Hätte ich mich nie getraut«, gab Jule zu, »ich bin da immer so höflich.«

»Wenn man sich alles gefallen lässt, kommt man zu gar nichts«, grinste Jen siegessicher Jule an. Als ob die Rollen vertauscht wären. Auf diesem Terrain hier kannte Jen sich aus.

»Du lässt dir nie etwas gefallen?«, fragte Jule.

Schweigen. Jen wandte sich ab. Dann wieder zu Jule. »Doch. Viel zu viel.«

Jule legte ihren Arm auf Jens und schlief so ein, ohne zu bemerken, dass ihr Kopf auf Jens Schulter sank.

Jen bewegte sich nicht, um Jule nicht aufzuwecken, sie genoss es.

❧❧❧

Jule sah ihn, als sie am Abend aus dem Haus trat. Er saß auf der überdachten, von Weinreben überrankten Terrasse des ›Chez Pierre‹.

Sie hatte aus einem Grund, den sie selbst nicht verstand, sofort gewusst, dass er es war.

Fast provozierend stellte sie sich vor ihn. »Ich bin Jule Jansen.«

»Oh.« Sein Gesicht zeigte eine seltsame Mischung aus Überraschung, Erschrecken und einem intensiven Interesse. Zu Jules Erstaunen schien er sogar erfreut über ihr Kommen.

Unbeholfen stand er auf und wollte sie begrüßen, doch Jule ließ sich mit verschränkten Armen auf den Stuhl gegenüber fallen. Er setzte sich, und sie konnte nicht umhin, seinen traurigen Blick dabei zu bemerken.

»Ich will Antworten von Ihnen. Nein, ich erwarte Antworten von Ihnen.«

»Ja, sehr gerne. Alles, was Sie wissen wollen.« Ihre schroffe Art schien ihm offensichtlich nichts auszumachen. Wahrscheinlich hatte ihn Brenninger vorgewarnt, dass sie auf dem Weg zu ihm war.

»Ich verspreche, Ihnen jede Frage wahrheitsgemäß zu beantworten. Aber Sie dürfen nicht ungeduldig sein. Es wird dauern. Es sind viele verbundene und komplizierte Geschichten.«

Eine Weile schwieg er, dann begann er, mit einer wunderschönen, tiefen Stimme zu sprechen:

»Der Skorpion wollte den Fluss überqueren. Er fragte das Krokodil, ob es ihn nicht auf seinem Rücken hinüberbringen könne. Das Krokodil wunderte sich über diesen Vorschlag. Es hatte Angst vor dem Stachel des Tieres. ›Du brauchst keine Angst zu haben‹, winkte der Skorpion ab. ›Ich kann nicht schwimmen. Sollte ich dich stechen, kämen wir ja beide um.‹ Das Krokodil ließ sich überzeugen, lud sich den Skorpion auf den Rücken und los ging's. Kaum die Mitte des Flusses erreicht, stach der Skorpion das Krokodil in den Rücken. Bevor sie beide in den Fluten umkamen, zuckte der Skorpion mit den Schultern und sagte: ›Tut mir leid. Afrika ist so.‹«

»Warum erzählen Sie mir das?« Obwohl sie der Fabel gerne zugehört hatte, fragte Jule mit einem genervten, ablehnenden Tonfall, sie wollte doch etwas über ihre Mutter erfahren.

Es begann wieder zu regnen. In gleichförmigem Prasseln tropften schwere Regentropfen auf die Weinblätter und auf das Glas der überdachten Terrasse.

Seit sie aus dem Flugzeug ausgestiegen waren, hatte es geregnet. Mal nur ein Dauernieseln, mal regenwaldartig in Strömen. Regen in Südfrankreich. Jule war es egal, nur Jen war enttäuscht gewesen, hatte sich aber dennoch gerne alleine auf Erkundungstour durch Roussillon begeben, nachdem Jule ihr erklärt hatte, dass sie hier etwas zu erledigen hatte, bei dem sie allein sein musste.

»Was denn?«

Jule zögerte. Weder wusste sie, wie sie das Jen erklären sollte, noch mit welchen Worten. Aber es musste wohl sein.

»Nach dem Tod meiner Mutter habe ich erfahren, dass sie eine Affäre hatte. Dieser Mann ist hier.«

»Oh, und was willst du von ihm?«

»Ich will Wahrheit.«

Jen sah sie nachdenklich an. »Warum denn?«

»Weil mir das alles keine Ruhe lässt.«

»Und was genau willst du von ihm wissen?«

»Wie lange es ging, wie häufig sie sich getroffen haben. Wie oft sie uns, ihre Familie, belogen und betrogen hat.«

Jen hatte genickt. »Ja, das versteh ich.«

»Sie wissen bereits, dass Marie, Ihre Mutter und ich …«, er zögerte, suchte offensichtlich nach dem richtigen Wort.

»… eine Affäre hatten«, vollendete Jule den Satz.

Er sah sie mit einem schwer zu ergründenden Blick an, in dem Traurigkeit, Zweifel und ein wenig Wut sich mischten. Was maßte er sich an, das Wort Affäre mit Wut zu kommentieren, wo er eine Familie zerstört hatte?

»Nichts anderes war es, eine Affäre«, stieß sie heftig hervor.

»… eine Liebesgeschichte, eine histoire d'amour, eine amour fou«, entgegnete er zögernd.

Jule sprang auf. »Sie können mich mal …«

Beim Fortstürmen hörte sie noch, wie er ihr hinterherrief, »Jule«. Als sie nicht umkehrte, rief er noch lauter: »Sie bekommen die Wahrheit. Aber Sie müssen sich meine Wahrheiten anhören, lügen werde ich nicht. Ich bin da. Kommen Sie, wann Sie wollen.«

Laut schluchzend saß Jule vor Jen, die ihr beruhigend den Rücken streichelte, und versuchte, zu erklären.

»Ich weiß gar nicht, auf was ich wütender bin. Darauf, dass er es wagt, mich mit Vornamen anzureden. Als ob wir irgendeine Verbindung hätten. Oder dass er es wagt, mir etwas von Wahrheiten zu erzählen, wo er all die Lügen in meine Familie gebracht hat.«

»Auf jeden Fall hast du eine verdammte Wut auf ihn.«

»Ja.«

»Wenn ich jetzt deine Psychologin wäre, würde ich sowas Kluges sagen wie ›Und haben Sie weitere Gefühle dabei oder nur die?‹, fragte Jen nun in pseudo-wichtigem Psychologen-Slang.

Jule musste unter Tränen lachen: »Naja, ganz so plump würde ich es dann doch nicht machen.«

»Also«, forderte Jen sie heraus.

»Okay, irgendwie weiß ich schon, dass er das Recht dazu hat, zu sagen, dass er sie geliebt hat.«

»Und dass sie ihn geliebt hat«, fügte Jen hinzu.

Jule knurrte wie ein Raubtier. »Vielleicht verliebt. Oder sie wollte nur ihren … Spaß haben.«

»Sag halt Sex«, erklärte Jen ungerührt. »Also gehst du morgen wieder zu ihm und unterhältst dich mit ihm.«

»Ich werde mich nicht unterhalten, sondern ihm Fragen stellen.«

»Okay, okay«, lenkte Jen ein.

∿∿∿

»Na, mögen Sie auch eine Zigarette, wie ihre Mutter?«

Nachmittags war Jule erst einmal zu dem in Orange lebenden Kunsthändler gefahren, der Marie die meisten ihrer Bilder für seine Galerie in Paris abgekauft hatte. Was, Marie hatte geraucht? Nein, undenkbar.

»Das müssen Sie verwechseln, meine Mutter hat nicht geraucht.«

»Aber ja«, lachte der Kunsthändler. »Das weiß ich nun ganz genau. Weil ich nie jemanden gesehen habe, der so geraucht hat wie Marie. Sie hat ihre Zigarette in unfassbarer Eleganz gehalten. Ihre zierlichen, dünnen Finger umfassten die Zigarette so leicht wie eine Feder. Sie nahm einen Zug, nicht tief, aber voller Genuss. Wer sie rauchen sah, musste sich in sie verlieben.«

Jule war schockiert. Absolut. Ihre Mutter hatte nie geraucht, nie. Jule und Thomas hatten sich immer angewidert abgedreht, wenn jemand geraucht hatte, und ihre Mutter hatte das mit einem Lächeln quittiert. In gemeinsamem Einverständnis, hatte Jule immer gedacht. Von wegen. Weil sie selbst geraucht hatte. Oder sogar rauchte. Nur eben heimlich. Plötzlich war alles möglich.

Lügen, noch mehr Lügen, die sie immer mehr von ihnen entfernt hatte.

»Sie hatte einen silbernen Taschenaschenbecher«, fuhr der Kunsthändler fort. »Marie hätte nie ihre Zigarettenfilter irgendwo hingeschmissen. Sie öffnete diese silberne Dose und drückte die Kippen dort hinein. Wie eine Baronesse. Ja, wer sie rauchen sah, musste sich in sie verlieben. War verloren.«

In Jules Bauch zog sich alles zusammen. Die silberne Aschendose in Rosenform, die sie in der Wohnung gefunden hatte, die immer auf dem Sideboard gestanden hatte.

Die Jule schon als Kind geliebt und über die sie zärtlich mit den Fingern gestrichen hatte. Kein Schmuckstück. Sondern ein Aschenbecher. Und Marie hatte geraucht. So, dass jeder ›verloren‹ war, jeder Mann sich in sie verliebt hatte. Auch dieser Kunsthändler vor ihr. Sie betrachtete ihn, der in Gedanken versunken war. Wie viele Männer noch? Und wie oft war sie wie weit gegangen? Wie Simone de Beauvoir, wie Josephine Baker, wie Mata Hari? Ihre Mutter, ihre Feen-Mutter. Unwiderstehlich für die Männer, die ihr alle verfielen.

Für alle diese Männer hatte sie Zeit gehabt. In Galerien, bei angeblichen Malurlauben, während ihre Kinder und ihr Mann Rücksicht genommen hatten, auf ihre Arbeit. Vor Männern strahlte sie offensichtlich, hielt sogar die Zigarette so verführerisch, dass es in Erinnerung blieb. Sie musste es gewollt haben, genossen, die Aufmerksamkeit provoziert haben.

Jule stiegen Tränen in die Augen. Tränen der Wut und Enttäuschung. Dann stand sie auf und ging, ohne ein Wort des Abschieds.

Nach einigen Metern spürte sie, wie jemand sie am Arm zurückhielt.

»Ich glaube, Sie haben das falsch verstanden«, er keuchte – offenbar war der Kunsthändler ihr schnell hinterhergerannt. »Sie war unberührbar. Für mich und alle anderen Männer. Nicht von dieser Welt. Unberührbar!«

～～～

Durch den gleichtönigen Regen liefen Jule und Jen durch die Gassen des idyllischen Städtchens Roussillon. Ohne ein Ziel zu haben, streunten sie umher, bewunderten die kleinen, manchmal etwas heruntergekommenen Häuschen in ihren für die Gegend typischen Ockertönen. Hauswand an Hauswand standen sie eng beieinander, um den geringen Platz, den der Berggipfel bot, auszunutzen.

»Meine Mutter hat immer versucht, den Farbtönen eigene Namen zu geben«, erinnerte sich Jule.

»Versuch es doch auch mal.«

Langsam schlenderten sie an den bunten Häsern vorbei, die zwar alle Töne hatten, die ins Orange tendierten, aber doch schien jedes Haus eine andere Farbe vor sich her zu tragen.

»Orangenorange«, sagte Jen.

»Nicht schlecht, aber das geht besser.«

»Okay. Lavendel-lila-orange.«

»Langweilig.« Jule sah sie herausfordernd an.

»Das nächste Haus. Warte nur, jetzt treffe ich es: feldlilienfarben.«

Das Haus changierte zischen einem Gelb- und einem Rotton. »Okay, ja!«

»Eselsbraun« nannte Jen das nächste Haus, was Jule mit einer abwägenden Kopfbewegung quittierte.

»Himmelsblau.« Jen deutete auf hellblaue Fensterläden. Jule nickte.

»Gelbrosenduft-Rosé.«

»Sehr schön!«

»Jetzt jeder eins! Im Wechsel.«

»Tonscherbenrot«, begann Jule.

»Einfallslos.«

»Erdkrustenbraun.«

»Okay, aber nicht wahnsinns-originell.«

»Müder Flamingo«, rief Jule triumphierend beim nächsten Haus.

»Verdammt gut«, gab Jen zu. Und lachte ausgelassen und glücklich.

∿∿∿

»Wissen Sie, ich hätte für Marie, für Ihre Mutter, alles gegeben. Alles. Aber irgendwann musste ich mich fragen, wie lange ich das noch schaffen würde, ohne daran zu zerbrechen. Als ich sie kennenlernte, hatte ich nicht daran gedacht, der Geliebte zu sein, den man mal besucht, mit dem man glückliche Stunden verbringt. Wenn das Risiko nicht allzu groß war. Es gab für mich keine andere Möglichkeit, als der eine Mann zu sein, der über alles Geliebte. Ich konnte uns nicht anders vorstellen, als zwei Pole, die sich über alles hinwegsetzen, um zueinander zu finden. Etwas anderes war da nicht.«

Julian Ronstätter stützte seinen Kopf auf die Hände und stöhnte auf. Es war ein zutiefst aus seinem Inneren kommender Seufzer.

»Geliebter zu sein, hinter dem Ehemann zu stehen, der Gedanke war nicht existent. Aber dann dringt die Wirklichkeit ein. Über Kinder kann man sich nicht hinwegsetzen. Ob auch nicht über einen Ehemann, das weiß ich bis heute nicht. Mich zu fragen, ob sie auch mit ihm schläft, das war nicht denkbar.«

Jule atmete tief ein, um nicht wieder aufzuspringen und fortzurennen. Welche Unverschämtheit! Andersherum, der Ehemann musste in der Position sein, sich nicht vorstellen zu können, dass seine Frau mit einem anderen schlief. Wieder tief ausatmen. Egal, einfach sich seine Antworten anhören, distanziert wie sie es bei einem Patienten tat. Es war nur seine Wahrheit, nicht die Wahrheit.

»Irgendwann kam der Punkt, an dem ich wusste, ich würde mich selbst aufgeben, selbst daran zerbrechen. Und damit war ihr auch nicht geholfen. Also übergab ich meine Galerie an einen Freund und ging als Arzt dorthin, wo Hilfe wirklich nötig war. In die Kriegsgebiete, in die sich sonst kaum jemand mehr wagte. Ich zog nach Afrika, der Kontinent hat mich schon immer fasziniert. Ich wusste nicht, dass ich nichts von dem Land sehen würde, außer seinem Leid.«

Jule konnte das verstehen, sie wollte auch irgendwann mal nach Afrika, das war ein alter Traum von ihr.

»Ich bin ganz bewusst in Krisengebiete gegangen, in Länder, in denen Krieg herrschte. Ruanda. Somalia.«

Jule hatte über Menschen gelesen, die im Gefecht eigentlich nur den eigenen Tod suchten. Je länger er erzählte, desto mehr begann sich etwas in Jule zu verändern. Zwar lauschte sie diesem Mann wie einem Fremden, immer noch distanziert, aber neutral, einem Mann, der ihr eine Geschichte erzählte, seine Lebensgeschichte. Aber sie nahm diese Geschichte an.

»Marie konnte und wollte nicht aus ihrem Leben hinaus, nicht fort von ihren Kindern. Und auch nicht von ihrem Mann.«

Irgendwie tat es Jule gut, das von ihm zu hören.

»Ihre Mutter, sie hatte eine tiefe, innige Verbundenheit zu ihrem Ehemann.«

Jule konnte sehen, wie ihn diese Worte schmerzten. Fast geriet sie in Versuchung ihn zu trösten. Was er nicht sagte, und was Jule nun doch klar vor Augen stand: Ebenso hatte Marie eine leidenschaftliche Verbindung zu ihm, zu Ronstätter. Dem Mann, der da vor ihr saß und erzählte, und den sie plötzlich nicht mehr verachten konnte.

»Ich musste gehen. Dort, als Arzt in Afrika, habe ich gehofft, meinem Leben neuen Sinn geben zu können. Ich wollte Menschen helfen. Wo ich doch mir selbst nicht helfen konnte. Und ihr auch nicht.«

Er hatte es für Marie getan. Und sie hatte ihn aufgegeben, freigegeben. Seinetwillen, aber vor allem für ihre Kinder. Damit Thomas und sie sorglos aufwachsen konnten. Und dennoch war dieser Verzicht immer da gewesen, leise, kaum spürbar, aber da. Die Sehnsucht nach diesem Mann hatte Marie mit sich herumgetragen. Sie war eben nicht glücklich gewesen, wie Jule immer gedacht hatte. Sie war innerlich zerrissen, sehnsüchtig und wahrscheinlich auch voller Schuldgefühle.

»Mama, wo ist das blaue T-Shirt«, schrie Thomas von oben. Jule saß am Frühstückstisch, ihrer Mutter gegenüber, die ihren Tee trank. Es war ein lauter Morgen, wie immer. Wahrscheinlich war Jule selbst die Lauteste. Sie sang ein Lied und holte sich eine Milch für ihr Müsli aus dem Kühlschrank. Währenddessen lief Papa durchs Wohnzimmer, und Thomas rief noch lauter: »Mama, ich brauch das blaue T-Shirt mit der grünen Schrift. Wo ist das?«

Jule sah zu Marie, die nicht antwortete. Ihr Blick war über die Teetasse hinweg in den Garten gerichtet, aber sie sah viel weiter fort. Dabei lag ein entspanntes Lächeln um ihren Mund, und ihre Augen blickten ins Nichts, als ob sie jemandem entgegen sah. »Mama«, jetzt rief auch Jule, »Thomas sucht das blaue T-Shirt.« Aber ihre Mutter reagierte nicht. Mit zwei Schritten war Jule bei ihr und fasste sie sanft am Arm. »Mama?«

Marie fuhr herum wie aus dem tiefsten Schlaf erwacht und sah Jule mit großen Augen an. Ein leichtes Schimmern lag in diesen Augen. Sie stellte die Teetasse hin und blickte Jule an, als ob sie ihre Gesichtszüge erst langsam wieder zusammensetzen musste, um sie zu erkennen. Dann strich sie sanft mit ihrer Hand über ihre Wange: »Jule, meine Tochter«, verwundert, aber glücklich.

Marie, die Abwesende, Marie die Sehnsuchtsvolle, Marie die ihre Liebe für sie geopfert hatte.

Unbeholfen legte Jule Ronstätter die Hand auf die Schulter. Es war kein Akzeptieren, aber ein erstes Verständnis. Sie sah in den grauen Himmel und hatte das Gefühl, als ob von ihnen beiden eine Last abfiel. Die Last der Geheimnisse. Die Last des Nicht-Verstehens.

Am Abend lief Jule gemeinsam mit Jen in die berühmten Ockerberge Roussillons hinein. Nein, Maries glühende Augen, wenn sie über diese Farben erzählte, waren keine Lügen gewesen. Auch Jens und Jules Augen glühten hier. Was für ein unbeschreibliches Farbwunder. Es war, als ob man in das Abendrot hineinginge. Jule hatte sich dies alles hier nicht so groß vorgestellt. Diese Farbwunder-Berge, die einen umschlossen, neben einem in den Himmel ragten, die einem den Atem raubten. Die staubige Erde, die die Schuhe in allen Sandtönen einfärbte.

»Ocker setzt sich zusammen aus verschiedenen reinen Farben. Man benötigt dafür Gelb, Schwarz, Rot, Grün und Blau«, erklärte Jule auf ihrem Weg durch die Schluchten.

»Woher weißt du sowas?«, fragte Jen.

»Meine Mutter war Malerin. Sie hat ständig über Farben gesprochen, sie hat immer gesagt, Ocker ist die göttliche Farbe, weil sie alle anderen umschließt.«

»Ach, deswegen auch die Suche nach den Namen für Farbtöne.«

»Ich glaube, sie hat viel mehr Farbschattierungen wahrgenommen als andere Menschen.

»Du meinst, wie die Fledermäuse andere Tonfrequenzen hören als wir Menschen?«

»Genau. Sie sah anders als wir. Und mehr.«

»Vielleicht fühlte sie auch anders …«

»Ja, vielleicht hast du recht.«

»Das liegt nur daran, dass ich auch immer anders gefühlt habe als alle anderen. Und die anderen haben mir dann immer gesagt, dass es falsch ist. Aber ich habe doch so gefühlt.«

»Ich glaube, meine Mutter hätte sich nicht sagen lassen, dass ihre Gefühle falsch sind. Sie hätte zwar nicht darüber gestritten, aber einfach mit den Schultern gezuckt und gelacht.«

»Und wenn ihr anders gefühlt habt als sie?«

»Oh, das war auch immer in Ordnung, bei uns durfte jeder fühlen wie er mochte. Meinem Bruder Thomas war meine Mutter zum Beispiel oft peinlich. Sie war anders als die anderen Mütter. Sie zog sich anders an, sie sprach anders, sie trank keinen Kaffee mit ihren Freundinnen, sie interessierte sich nicht für Mode. Aber für Farben und Formen. Und Menschen. Und Gefühle. Und Seelen.«

Die beiden liefen den Weg langsam und aufmerksam entlang. Sie sahen die bizarren Formen der Steine und Felsen, die Farben, die sich beim Untergehen der Sonne veränderten.

»Deine Mutter war sicher wundervoll. Ich hätte gerne so eine Mutter gehabt. Ich habe mich auch nie für Kleidung interessiert.«

Völlig konsterniert blieb Jule stehen: »Aber du redest doch fast von nichts anderem.«

Jen zuckte mit den Schultern. »Es ist das Einzige, das meine Mutter interessiert. Ich dachte, es würde dich auch interessieren. Ich wollte, dass es dich interessiert.«

»Aber Jen, ich habe mich doch für dich interessiert.«

»Aber mich gibt es doch gar nicht. Ich interessiere mich für gar nichts.«

Jule packte Jen beim Arm und zog sie beinahe unsanft an sich heran. »Jen, du bist eine wundervolle Köchin, du ziehst dich immer ausgesprochen geschmackvoll an, du interessierst dich für Farben und Natur. Du willst etwas erleben und kommst einfach mit mir nach Frankreich. Du hast ein ganz feines Gespür für Menschen, du hast mir in den letzten zwei Tagen sehr viele wichtige Dinge gesagt.«

»Echt?«

»Echt.«

Schweigend liefen sie weiter, langsam wurde es dunkel.

»Du wärst sicher eine tolle Mutter«, sagte Jen unvermittelt.

Jule zuckte zusammen. Ja! – Nein! Noch nicht darüber nachdenken. Warten, bis die Entscheidung, die sie doch bald treffen musste, einfach da war. Natürlich wusste sie auch, dass das nur ein Fortschieben war. ›Du wärst sicher eine tolle Mutter‹, hallte es in ihr nach.

Jule blieb stehen. »Ich fürchte nicht.«

»Warum?«

»Ich bin hier auf der Suche nach meiner Mutter. Weißt du, ich habe sie unendlich geliebt. Fast verehrt. In ihrem Nachlass habe ich Briefe und Fotos entdeckt, die mir klar machten, dass sie über Jahre einen Liebhaber hatte. Auf einmal war sie eine Fremde für mich.« Jule ging einen Schritt weiter, dann blieb sie stehen.

»Ich habe sie plötzlich gehasst.« Die Worte sprudelten nun nur so aus ihr heraus. »Es gab diesen Moment, als kleines Mädchen, da habe ich sie mit einem Mann gesehen. Und ich wusste nicht, wie ich damit umgehen sollte. Also mauerte ich das Wissen gut ein. Nur die Angst blieb.«

»Aber deine Mutter hat dich geliebt. Und du sie. Meine Mutter konnte ich nie lieben. Ich wollte es, aber sie ließ es nicht zu. Sie liebte mich nicht. Jule, das ist viel schlimmer.«

Jule ließ diese Worte in sich wirken.

»Aber ich bin nicht sicher, ob ich eine Beziehung eingehen kann. Bisher zumindest sind alle großartig gescheitert. Und ich weiß nicht, ob man das einem Kind zumuten darf, ob ich für ein Kind überhaupt eine verlässliche Bindung sein könnte.«

»Was? Du?« Jen war offensichtlich sehr verwundert. »Du bist doch die absolute Zuverlässigkeit in Person. Du strahlst Sicherheit und Geborgenheit aus.«

»Vielleicht nur in meinem Beruf, in dem meine Schützlinge Patienten sind. Zwischen uns ist immer klar, dass wir uns auch wieder trennen werden. Und dass das auch gut für den anderen ist.«

Nach einem langen Schweigen sagte Jen:

»Aber ich bin jetzt ein wenig mehr als deine Patientin. Und für mich strahlst du Sicherheit und Geborgenheit aus.«

∿∿∿

Wieder saßen Jule und Ronstätter auf der überdachten Terrasse. Er erzählte, wie sie sich in München kennengelernt hatten. Kunsthändler war er gewesen und auf der Suche nach neuen Künstlern auf Marie gestoßen. »Ihre Bilder hatten eine Ausdruckskraft, die ich nie vorher und nie danach gesehen habe. Hätte ich sie weiter an Galerien vermittelt, sie wäre eine der großen Malerinnen des Jahrzehnts geworden!« Wieder schwang diese Mischung aus Bitterkeit, Trauer und Wut in seiner Stimme. »Aber nichts war eben so wie es sein sollte. Marie war verheiratet.«

In Jule begann sich wieder ein kleiner Sturm zusammenzubrauen, aber sie besann sich auf Jens Worte – vielleicht hatte Marie anders gefühlt, und Ronstätter auch, und Marie hatte immer jeden fühlen lassen, was immer er fühlte. Für Ronstätter war es eben nicht so wie ›es‹ sein sollte.

Ronstätter ließ Leerstellen und Jule war froh darüber, dass er sich nicht in seinen oder gar ihren Liebesgefühlen erging.

»Wir wollten vernünftig sein, vernünftig, vernünftig, vernünftig. Wir wiederholten uns gegenseitig das Wort wie ein Mantra. Manarola sollten unsere Tage werden, von denen wir ein Leben lang zehren konnten. Danach wollten wir auseinandergehen.«

Julian

»Waren Sie schon mal in Afrika?«, fragte der Koordinator für Auslandseinsätze deutscher Ärzte.

Julian schüttelte den Kopf.

»Ein rotes Land. Solche Farben haben Sie noch nie gesehen. Die Tiere, die Afrikaner – sie sind stolz und mutig! Aber so schön blutrot das Land ist, so blutig sind dort auch die Kämpfe.«

Julian hörte die Worte nur wie von fern, er zögerte nicht und setzte seine Unterschrift unter den Vertrag.

Es kam Afrika, das blutrote Land.

22. Kapitel

»Es ist scheiße-kalt hier!«, beschwerte sich Jen lautstark. »Mann, da bin ich einmal in Frankreich, und es ist wie am Nordpol.«

»Naja, es sind immerhin 14 Grad. Und es ist erst April.«

»Ich dachte, in Südfrankreich kann man zu Ostern schon baden«, brummte Jen.

»Tja, manchmal ja und manchmal nein.« Jen tat ihr leid. »Das entspricht jetzt nicht deinen Vorstellungen. Langweilst du dich?«

»Nein. Gar nicht.«

»Was hast du denn heute Vormittag gemacht?«

»Ich habe mich am Marktplatz in die Boulangerie gesetzt und dort Himbeer-Tartes gegessen.« Jule hatte ihr dafür ein bisschen Geld gegeben.

»Und – gut?«

»Mega!«

»Und das war genug für den Vormittag?«

»Ich habe ein Mädchen kennengelernt. Sie ist 19 und nach dem Abi für ein halbes Jahr mit dem Rucksack unterwegs. Quer durch Europa. So cool! Wir haben total klasse miteinander geredet. – Ich habe ihr auch eine Himbeer-Tarte gekauft. Ist das okay?«

»Klar. – Eine Deutsche?«

»Ja. Wir wollten heute Nachmittag zu einem See in der Nähe fahren, aber es ist einfach zu kalt.«

»Das tut mir leid. Bei diesem Nieselregen kann man wirklich nicht viel hier tun.«

»Anette meint, wir sollten mit dem Zug ins Museé Atger nach Montpellier fahren. Dort gäbe es tolle Zeichnungen von Rubens und Tiepolo – heißt der, glaube ich.«

»Interessierst du dich für so etwas?«, fragte Jule.

Jen zuckte mit den Schultern: »Bisher nicht. Aber Anette mag so etwas. Sie will Kunstgeschichte studieren.«

Zum Mittagessen setzen sie sich in ein kleines Bistro. Jule erzählte von ihrer Unterhaltung mit Ronstätter und was sie mittlerweile von der ganzen Geschichte wusste.

»Aber wenn ich jetzt wieder hingehe, werde ich mehr Fragen stellen. Zum Schluss hat er nur von Afrika erzählt. Das interessiert mich einfach nicht.«

»Mich hat Kunst bisher auch nicht interessiert.«

»Aber das ist doch etwas anderes. Das ist etwas, das dich interessieren könnte. Aber ich bin auf der Suche nach Dingen, die mit meinem Leben zu tun haben.«

»Vielleicht hat es ja doch mit deinem Leben zu tun. Und du wusstest es bisher nur nicht.«

Jule zuckte mit den Schultern.

»Deine Mutter hat doch immer alle alles fühlen lassen. Ich versuche das jetzt auch. Weißt du, zwischen ihm und deiner Mutter war etwas. Und das hat dein Leben beeinflusst, aber auch das von deiner Mutter, und auch das von ihm! Du, der war zuerst Galerist, und dann ist er in den Krieg gegangen. Wir haben doch Zeit. Hör ihm halt zu. Und fragen kannst du dann immer noch.«

Mit einem spielerischen Schlag wischte Jule ihr über den Kopf. »Du altkluges Kind! Wo ist die pubertierende Jennifer geblieben?«

Jule starre ihr hinterher, als Jen ging, sie war mit Anette verabredet. Schön, dass sie eine Freundin hier gefunden hatte. Das hatte sie doch angeblich noch nie. Jen war wie ein anderer Mensch hier.

23. Kapitel

Jule hatte vollständig vergessen, dass und was sie fragen wollte. Sie hing an Ronstätters Lippen. Er erzählte, als ob er weit fort war, in seinem wilden, blutroten Afrika. Und seine Augen waren so unsagbar traurig. Hatte das die Liebe aus ihm gemacht? Einen hilflosen Arzt in einem sinnlosen Krieg? Ihre Mutter hatte sich ihm versagt, und er hatte sein altes Leben hinter sich gelassen, hatte vielleicht sogar den Tod gesucht. Gesehen hatte er ihn wohl oft, aber nicht selbst gefunden. Und war dabei dennoch innerlich gestorben. Mit einem Mal war da doch eine Frage, etwas, an das sie zuvor nie gedacht hatte und das ihr nun doch brennend wichtig erschien. Hatte ihre Mutter das alles gewusst? Hatte sie diese untragbare Schuld mitgetragen, für Jule, für Thomas, für Roman? Hatte sie damit leben müssen? Eine Welle von Entsetzen durchflutete sie.

Aber sie konnte nicht fragen, Ronstätter war zu weit fort, er war in Afrika.

Julian

Es war unglaublich heiß. Kein Mensch macht sich eine Vorstellung, wie die afrikanische Sonne so glutheiß brennen kann, dass die Erde zerfließt, aufbricht, aufquillt und wie ein Vulkan die Hitze verdoppelt zurückschmeißt. Bei der lähmenden Hitze überlässt man sich seinem Körper, der auf einen Modus schaltet, in dem er sich nicht mehr bewegt.

Die Bahnen, die die Schweißtropfen über sein Gesicht zogen, waren das einzige, was er als angenehm empfand. Er mochte es, wenn sie auf seinen Lippen landeten und er mit einer winzigen Bewegung der Zunge die salzige Flüssigkeit auf den Lippen spürte. Er zog sich einen Zentimeter nach hinten, denn ihn blendete ein Strahl, den die tiefstehende Sonne auf den Stacheldraht gesandt hatte, der um das Feldlazarett gezogen war. Nur einen kurzen Moment ausruhen. Seit fast vierundzwanzig Stunden war er nun auf den Beinen. Die Verletzten, die man ihm heute gebracht hatte, waren in einem grauenhaften Zustand. Ein ganzes Dorf war von Partisanen überfallen worden. Viele waren getötet worden, einige angeschossen, manche Frauen brutal geschändet und einige Menschen schwer verletzt und gnadenlos gefoltert. Drinnen lag ein Patient, dem man sein Geschlecht abgeschnitten hatte. Er hatte viel Blut verloren. Julian wusste nicht, ob sie ihn würden retten können. In dem Moment hörte er einen Schmerzensschrei aus dem notdürftig errichteten Roten-Kreuz-Zelt.

24. Kapitel

»Deine Mutter, wie war sie eigentlich so?« Jen schob sich ein Stück Flammkuchen in den Mund. Fischsuppe und französische Fleischgerichte hatten ihr nur mäßig geschmeckt, aber mit Flammkuchen war sie hochzufrieden. Statt auf einem Teller wurde er hier einfach auf der Papier-Tischdecke serviert. Jule liebte diese legere, französische Atmosphäre. Sie hatte länger zwischen Coq au Vin und einer Bouillabaisse geschwankt und sich dann für das Hühnchen entschieden.

»Irgendwie gibt es da jetzt einen Unterschied zwischen meiner Kindheits-Mutter und wie ich Marie jetzt sehe«, beantwortete sie jetzt Jens Frage. »Früher war sie eine liebevolle Mama für mich und eine Künstlerin, die manchmal auch in ihrer Welt versank.«

Jen nickte, dann sagte sie zwischen zwei Bissen: »Ich glaube, man denkt als Kind nicht so darüber nach. Es ist, wie es ist. Verstehen kann man es erst später. Weißt du, ich habe es auch erst jetzt so richtig verstanden, dass es mir gefehlt hat, dass meine Mutter mich nie geliebt hat, oder es auf jeden Fall nie zeigen konnte.«

»Du hast recht, es ist, wie es ist. Und jetzt ist Marie eben nicht nur eine Mutter für mich, sondern auch eine Frau mit eigenen Bedürfnissen, mit widerstreitenden Gefühlen und schwierigen Entscheidungen. Ich glaube, der Unterschied ist, dass ich das immer ignorieren wollte.«

»Bist du eigentlich immer noch wütend auf sie?«

»Nein, das geht irgendwie nicht mehr. Weil ich jetzt weiß, dass sie ihr eigenes Glück zurückgestellt hat – für uns. Und dass ein anderer Mann daran zerbrochen ist.«

»Das ist schon hart«, stellte Jen fest.

»Ja, für alle.«

»Aber weißt du, immerhin hat sie versucht, alles richtig zu machen; nicht so wie meine Mutter.«

»Jen, ich weiß nicht so genau. Ich weiß nicht, was deiner Mutter geschehen ist. Warum sie so ist.«

»Stimmt, das weiß ich auch nicht.«

Jule widmete sich ihrem hauchzarten Hähnchen in der wundervollen Rotweinsauce.

»Vielleicht sollte ich sie fragen.«

Jule blickte auf. »Ja, Jen! Absolut. Man weiß nicht, ob man auf so etwas Antworten bekommt. Manchmal will derjenige es nicht erzählen oder nicht dir erzählen oder weiß es selbst nicht. Aber frag!«

Jen nickte gedankenverloren und knabberte an ihrem Flammkuchen.

»Irgendwie schlimm. Deine Mutter muss doch total darunter gelitten haben, ihre Sehnsüchte und Liebe aufgegeben zu haben.«

»Ja, darüber habe ich auch lange nachgedacht. Und es tut mir leid für sie. Ihr muss etwas gefehlt haben im Leben.«

Ruckartig setzte Jen sich plötzlich auf.

»Du, ich mach das nicht. Ich will mein Leben so leben wie ich es will. Ohne Kompromisse.«

»Ja, das ist gut. Wenn man Verantwortungen hat, wie meine Mutter, ist es schwieriger, aber du, du musst das einfach machen!«

»Ich interessiere mich einfach für ganz andere Sachen als meine Eltern.«

»Gut so!«, sagte Jule und lachte.

Als beide aufgegessen hatten, kam der Kellner und bot einen Digestif an.

»No, merci«, erklärte Jule dann. Sie sollte in ihrem Zustand keinen Alkohol trinken.

»Deine Entscheidung muss auch noch getroffen werden.«

Jule nickte nur, ohne zu antworten. Und die Last, die sie die ganze Zeit versuchte fortzuschieben, legte sich wieder auf ihre Schultern. Sie wusste einfach nicht, was sie tun sollte.

Julian

Am Horizont sah er eine Staubwolke. Er kniff die Augen zusammen. Zweifellos. Ein Fahrzeug. Hoffentlich war das endlich der Jeep, der ihn wieder zurück zum Hospital fahren sollte. In dem Dorf, das so grausam dezimiert worden war, hatte er heute seine Patienten besucht und noch einmal versorgt. Sie konnten nicht alle ins Feldlazarett kommen, es war zu weit weg, doch oft hatten ihre Wunden, schlecht versorgt und in unsäglichen hygienischen Zuständen, geeitert, sie hatten Wundbrand bekommen und mussten dringend behandelt werden. Er wischte sich den Schweiß von der Stirn und sah, dass der Soldat, der hier den Checkpoint überwachte, ebenfalls das heranfahrende Auto gesehen hatte.

»Das sieht nicht wie Ihr Jeep aus.«

»Meinen Sie Partisanen?«, fragte Julian.

Der Soldat nickte.

Nun, mit einem Auto würden sie hier nicht durchfahren wollen. Jeder wusste, dass die zwei Soldaten hier Maschinengewehre hatten. Der Soldat rief seinen Kameraden, der sich zu einem kurzen Schlaf verzogen hatte. Sie verständigten sich nur durch einen Blick. Noch war keine Bewegung nötig. Das Fahrzeug war weit entfernt.

Julian nahm wahr, dass die Staubwolke groß war. Zu groß. Er kniff die Augen zusammen. »Ein Bus!«

Dann erkannten sie es: ein Schulbus. In viel zu hohem

Tempo. Er raste auf den Checkpoint zu. Ein Schulbus. Die Soldaten hielten nun ihre Gewehre im Anschlag. Keiner würde es wagen, den Checkpoint zu durchbrechen. Undenkbar. Sie würden die Wände des Fahrzeugs durchsieben wie einen Käse.

»Treten Sie zurück«, befahl der Soldat. Doch Julian konnte sich nicht bewegen, in Schockstarre stand er da. Es war auch längst zu spät für eine Flucht in dieser weiten, sandigen Ebene. Der Bus verlangsamte das Tempo. Und dann konnte er es sehen. Vorne im Bus stand ein kleiner Junge. Sechs Jahre vielleicht. Die schwarzen Augen vor panischer Angst weit aufgerissen. An seinem Kopf eine MP44. Der Mann, der sie hielt, verschanzte sich hinter dem Rücken des Kleinen. Das Gesicht des Busfahrers war ebenso angstverzerrt.

»Scheiße!«, brüllte der Soldat. »Die Kinder, die haben die Kinder überall an die Fenster gestellt!«

Fast schon gespenstisch langsam fuhr der Bus nun auf den Checkpoint zu. Julian sah die Kindergesichter, er sah die Todesangst in ihren Gesichtern.

»Scheiße! Was sollen wir tun?« Der Soldat schrie den anderen an. Es war klar, was sie tun mussten. Auf die Reifen schießen, den Bus stoppen. Das war das Übliche hier. Aber dann? Dann würden die Partisanen da drinnen alle Kinder niedermähen. Weil sie wussten, dass dann auch sie dran wären. Und davor lieber so viele Tote mitnehmen wie möglich. Aber sie mussten den Bus an der Weiterfahrt hindern. So lautete die Order. Der Soldat senkte sein Gewehr. Es war egal, was sie taten. Völlig egal. Entweder, er könnte jetzt sein Gewehr auf den Bus halten und auf die Partisanen schießen, aber zuvor alle Kinder durchsieben. Oder aber …

»Scheiße!« Sein Kamerad rannte fort. Der wusste auch, was nun kam. Julian hingegen rührte sich nicht. Der Bus fuhr so nahe an ihm vorbei, dass er die Tränen auf dem Gesicht eines Kindes sah. Dann knallte es. Genau über der Miene. Wer nicht den richtigen Weg nahm, den nur die Soldaten den passierenden Fahrzeugen weisen konnten, fuhr über die Miene. So sollte es sein, wenn jemand versuchte, den Checkpoint zu durchbrechen. Aber so sollte es doch nicht jetzt sein. Nicht mit den Kindern. Nein!

Er starrte und starrte. Als Arzt war hier nichts mehr zu tun.

∾∾∾

»Darf ich Ihnen etwas zeigen?«

Jule konnte kaum sprechen. Seine Erzählung hatte sie zu sehr mitgenommen. Wie konnte er mit diesen Erinnerungen leben? Das ›Ja‹ war eher ein Flüstern.

Ronstätter stand auf, ging in sein Zimmer, kam kurz darauf wieder zurück und reichte ihr ein kleines Bild.

Sie wusste sofort, es war von ihrer Mutter. Sie atmete tief ein, versuchte sich zu sammeln und blickte auf das Bild. Es war blutrot. Rote Farben in verschiedenen Tönen flossen ineinander und trafen schwarze Konturen, die sich aufzulösen schienen. Langsam, erst bei genauerem Hinsehen, konnte Jule in den schwarzen Konturen Details erkennen. Beine, Hände, Köpfe, die scheinbar einzeln im Bild lagen. Obwohl nichts eindeutig zu erkennen war, formte sich in Jules Kopf der Eindruck eines Schlachtfelds, auf dem nur noch die Einzelteile von Menschen zerfetzt umherlagen. Die Gewalt der Farben war betäubend. Eine Orgie von Schmerz und Brutalität. Dennoch stand über der Szene ein blauer Himmel, als ob er nichts mit dem zu tun hätte, was da unten geschehen war, als ob er sich einfach nicht darum scheren wollte. Ein wundervoll blauer Himmel, der so tat, als sei nichts geschehen. Jule konnte ihren Blick nicht von dem Bild abwenden. Sie verfolgte die undefinierten schwarzen Linien, die sich in ihrem Kopf zu Bildern, Eindrücken, Bewegungen und Schmerzensschreien formierten.

Jule musste nicht mehr fragen. Marie hatte es gewusst.

25. Kapitel

Jen und Jule wanderten durch die orangenen Ockerfelsen des Naturparks Luberon. Beide waren sehr still. Es nieselte, doch das störte sie nicht. Als sie schon eine ganze Zeit lang gegangen waren, wurde der Regen von Minute zu Minute stärker. Ein Wind peitschte auf, und plötzlich prasselte das Wasser vom Himmel herunter, als ob jemand Eimer über ihnen ausschüttete. Sie retteten sich unter einen Steinbogen, der ein klein wenig Schutz bot. Jule stützte sich am Felsen ab und blickte hinauf zu den Ockerbergen. Es war dunkel geworden. Das Orange verwandelte sich in der Dämmerung in ein tiefes Rot. Der Sturm wurde noch stärker, der Regen prasselte auf sie herunter und zog Farbspuren auf den Felsen. Ein großartiges Naturschauspiel, das sich ihnen bot. Als sie einen Schrei hörte, tauchte Jule auf wie aus tiefster Ferne. Jen schrie. Das holte sie in die Realität zurück. Sie schrie wie ein Tier. Wo war sie? Jule trat unter dem schützenden Bogen hervor und sah Jen in der Mitte der Ockergruben stehen, den Kopf in den Nacken gelegt und in den Himmel schreiend. Jule lief auf sie zu. »Was ist denn los?«

Als Jen nicht antwortete, umarmte sie sie, streichelte ihr Gesicht. »Ist ja alles gut, Jen, ist ja alles gut.«

Endlich sah Jen fort vom Himmel in Jules Gesicht. Es war kein Entsetzen in ihren Zügen. »Natürlich ist alles gut! Ich darf es.«

Jule hielt sie immer noch im strömenden Regen an den Schultern. »Was darfst du?«

»Ich darf das tun, was ich mag.«

Einen Moment war Jule zu verblüfft, um zu reagieren. Dann lachten sie beide, sanken zu Boden, knieten sich auf die rote Erde, lachten und weinten.

»Natürlich darfst du das. Natürlich!«

Jule küsste Jen auf die Stirn. Später liefen sie Arm in Arm nach Hause, ohne zu spüren, dass sie triefend nass waren.

Julian

Er versorgte ein Lager von Legionären. Junge Männer, die als französische Soldaten hierher nach Somalia geschickt worden waren. Auch unter ihnen gab es viele Verletzte, wenn auch selten so schwer Verletzte wie jene in den Dörfern, wo die Partisanen gehaust hatten. Plötzlich wusste er, dass er endlich diesen Krieg, der doch nur auf allen Seiten unendliche Verletzungen hinterließ, ohne dass ein Ende in Aussicht war, verlassen musste. Es war Zeit ...

Der Schweiß floss Julian in die Augen, die brannten und tränten. Tränen, die an seinen Wangen herunterliefen, als ob sie nicht zu seinem Körper gehörten, irgendwo aus lang verborgener Tiefe kamen. Er musste fort von diesem seelenlosen Ort.

Es war Zeit, zurückzukehren.

26. Kapitel

»Haben Sie sich hier auch mit meiner Mutter getroffen? Hier in Roussilon, bei *Chez Pierre*?«

Ronstätter zögerte. »Ja, aber nur ein Mal.«

Jule zuckte zusammen. Fast hätte Ronstätter beruhigend die Hand auf ihren Arm gelegt. Doch als er sah, dass sie zurückwich, hielt er inne.

»Marie und ich haben uns dreimal hier in Frankreich getroffen. Nur dann, wenn ich am Ende war, wenn Marie wohl das Gefühl hatte, ich würde bald freiwillig vor ein Gewehr laufen. Oder es mir selbst an den Kopf halten. Dann traf sie sich mit mir.«

Jules Blick verdunkelte sich.

»Aber nicht so, wie Sie denken. Wir haben uns nicht einmal umarmt. Nie berührt. Wir sind die Gefahr nie eingegangen.«

Marie war also konsequent geblieben. Sie hatte sich eine Zeit lang der wilden Leidenschaft hingegeben, mit sich gerungen, sich dann aber für Papa und die Familie entschieden. Trotz der Versuchung, die offenbar weiter bestand. Sie wollte die Familie nicht mehr betrügen. Papa nicht mehr betrügen. Und er hatte sie auch nicht dazu bedrängt, er hatte es akzeptiert. Marie hatte eine Zeit lang der Leidenschaft nachgegeben. War das nicht auch wunderschön, ein großer, großer Liebesbeweis an ihre Kinder und an ihren Mann?

»Zweimal haben wir uns in einem Café in Marseille getroffen. Einmal konnte sie nicht kommen, sie hatte sich den Fuß bei einer Wanderung in den Ockerbergen schwer verstaucht. Da bin ich hierher zu ihr gefahren, zu ›Chez Pierre‹. Auch hier saßen wir nur auf dieser Terrasse. Ohne uns zu berühren. Oft übrigens mehr schweigend als redend.«

Jule spürte, wie sehr seine Worte sie erleichterten.

»Natürlich habe ich mir immer mehr gewünscht, alles, mit ihr hier zu leben, ohne Heimlichkeiten. Aber es blieb ein Wunschtraum, es ist nie geschehen.«

Manarola waren die letzten Tage einer verbotenen Liebe gewesen. So wie sie es verbredet hatten. Übrig blieb eine tiefe Verbundenheit, die drei Treffen und Briefe mit einschloss.

»Deswegen bin ich nachher oft hierher zurückgekehrt, den Traum zu leben. Oft nach Manarola, oft hierher. Meine Orte der Sehnsucht, des Traums, auch des Glücks. Meine Orte mit Marie.«

Jule blickte ihn an. Sie verstand ihn. Und sie wusste, dass sie ihm verzeihen konnte.

❧❧❧

»Könnte es nicht endlich mal aufhören zu regnen.« Jen stöhnte genervt auf. »Ich würde so gerne etwas unternehmen. Du nicht?«

»Ach, ich mag es, hier zu sitzen, in die verregnete Landschaft zu sehen und Zeit zum Nachdenken zu haben.«

»Über was muss du denn nachdenken?«

»Ich bin schwanger.« Es war einfach aus ihr herausgeplatzt.

Jule konnte Jen ansehen, dass sie diese Nachricht erst langsam verdauen musste. »Wow.«

»Ja. Wow.«

»Und was gibt es da nachzudenken?«

»Ach Jen, muss ich dir das jetzt wirklich erklären?«

»Ja«, insistierte Jen beharrlich.

»Okay. Ich bin schwanger. Nach der ersten Nacht mit einem Mann.«

»Und der Mann ist nichts für dich?«

»So einfach kann ich das gar nicht sagen.« Jule überlegte und versuchte, ihre Gefühle zusammenzufassen. »Ich war vorher viele Jahre mit jemandem zusammen, der die Zuverlässigkeit in Person war.«

»Klingt langweilig.«

Jule lachte. »Vielleicht. Aber weißt du, mein Vater war auch absolut zuverlässig, mein Fels in der Brandung. Und ich glaube, so etwas möchte ich auch bei einem Mann haben. Sicherheit, Geborgenheit.«

»Und das hat der andere nicht? Ein Windhund.«

»Naja, so würde ich ihn jetzt auch nicht bezeichnen. Aber – wir haben uns in einer Bar kennengelernt, es war ein One-Night-Stand, und …«

Jen verdrehte die Augen. »Und, was ist schon dabei?«

»Jen, warst du im Segelclub mit einem Mann?«

Fast trotzig antwortete Jen: »Ja, ich kenne ihn vom Segeln. Er steht schon lange auf mich.«

Jule sagte nichts.

»Ja und? Sag laut, wie scheiße ich bin.«

»Warum das?«

»Weil ich siebzehn bin und nicht mal länger mit ihm zusammen sein will.«

Jule lachte. »Das ist doch beides total normal.«

Sie schwiegen lange. Leise sagte Jen dann: »Wenn das normal ist, dann konnte der Mann doch auch mit dir schlafen.«

»Er ist doch nicht siebzehn. Ich habe genau davor Angst,

dass er es eben wie ein Jugendlicher nicht ganz ernst meint. Und er ist, wie soll ich es sagen, total emotional, spontan, manchmal ein bisschen verrückt.«

»Klingt cool.«

»Aber doch nicht als Vater eines Kindes, oder?«

»Jule, du hast echt einen Knall. Warum denn nicht?«

Hilflos zuckte Jule mit den Schultern.

»Okay, aber mal ehrlich, das Problem mit dem Typen kannst du einfach später klären, mal ausprobieren. Wo ist das Problem mit dem Kind?«

»Jen, das ist doch klar. Wenn ich nicht weiß, ob ich einen Mann, einen Vater für das Kind habe …« Sie ließ den Satz unvollendet.

»Dann willst du es erst gar nicht? Du brauchst doch keinen Mann für ein Kind. Ich hatte weder Vater noch Mutter. Ich hätte gerne dich als Mutter gehabt. Verdammt gerne.«

Jen starrte Jule eine Zeit lang an. Wütend. Dann stand sie einfach auf und ging.

Jule sah ihr sprachlos nach.

Julian

Über drei Jahre hatte er sich an Maries Kontaktverbot nach Manarola gehalten. Als er aber nach Afrika gegangen war, hatte er ihr geschrieben. Er hätte es sonst nicht überlebt. Postlagernd hatten sie sich Briefe zukommen lassen. Keine Liebesbriefe. Aber unendlich liebevolle Briefe. In denen jeder zwischen den Zeilen alles lesen konnte. Immer waren sie in Kontakt geblieben. Ihre Briefe hatten ihn über sieben Jahre gerettet. Hatten ihn hinweggetragen über alle Erlebnisse, die nicht auszuhalten und auszusprechen waren. Und die er doch aushielt, weil nach Hause zurückzukehren ihm noch unmöglicher erschien

Sie wollten teilhaben am Leben des anderen. Den ersten Brief hatte er aus Ruanda geschrieben, dann aus Dschibuti, danach kam Somalia. Nicht oft, nur manchmal, wenn er dachte, nicht anders überleben zu können, als an sie zu schreiben und damit auf den nächsten Brief von ihr warten zu können. Das meiste hatte er ihr nicht geschrieben, aus Afrika, es war unschreibbar.

Er saß im Flugzeug nach Hause. Er war geflüchtet, und gelandet war er in der Hölle. Nun war er befreit. Nach Hause. Er wusste, dass er es nun konnte, er hatte genug erlebt, um zu wissen, dass es nicht mehr schlimmer war, nach Hause zurückzukehren, dass er nun die Erinnerung an Marie als Schatz in sich tragen konnte. Er war frei. Aber würde er nicht die Hölle immer in sich tragen?

Als die anderen alle schliefen, fragte er sich, ob er jemals wieder zu diesen Menschen gehören könnte. Menschen, denen keine Tote im Traum begegneten.

27. Kapitel

Ronstätter blickte starr vor sich hin. Jule hatte den Eindruck, er fand nur schwer wieder in die Realität zurück. Dann fuhr er in nüchternem Tonfall fort.

»Auch nachher konnten wir beide nicht leben, ohne manchmal voneinander zu hören. Nochmal zehn Jahre. Ab und zu ein Strohhalm, der mich kurz vor dem Untergehen weitermachen ließ. Oft war es mein einziges Ziel, um weiter zu leben.«

Marie und er hatten also immer miteinander Kontakt gehalten. Noch vor einer Woche hätte sie beide dafür gehasst. Aber jetzt sah sie es anderes.

Ronstätter fuhr fort: »Dann, eines Tages, hat sie nur geschrieben: ›Er ist gestorben.‹ Sonst nichts. Darauf habe ich nicht geantwortet, ich wollte sie auf keinen Fall drängen. Sechzehn Wochen und vier Tage. Oder 116 Tage. Oder 2748 Stunden. Dann hat sie mich angerufen.«

Julian

Er hatte geweint, als er ihre Stimme hörte, nach all den Jahren. Ein wenig leiser, ein wenig brüchiger und doch ganz seine Marie. Ob er – und wie sie zögerte – sich mit ihr auf einen Kaffee treffen möchte. Und wie er mochte. Es waren die schönsten Stunden seines Lebens. Sie erzählte ihm von ihrem Leben, von den Kindern, von ihren Bildern. Viel später von ihrer Krankheit. Das zu erfahren war schlimmer als alles in Afrika. Sie jetzt vielleicht wieder zu verlieren. Am gleichen Tag sagte sie ihm, sie wolle, dass er ihre blauen Bilder nähme. An diesem Tag nahm sie ihn mit zu sich nach Hause. Sie zeigte ihm die Bilder, die sie alle in ihr Wohnzimmer gestellt hatte. Hand in Hand drehten sie sich inmitten der Bilder und wussten, dass es ihre Emotionen, ihre Gefühle, ihre Leidenschaft, ihre Welt war. Nach all diesen Jahren liebten sie sich auf dem Boden zwischen den blauen Bildern. Es war, als ob keine fünfundzwanzig Jahre dazwischen vergangen wären. Es war wild und romantisch, beglückend und verrückt, zärtlich und hinreißend, wundervoll und wahnsinnig. Und schöner als damals, weil es kein schlechtes Gewissen mehr zwischen ihnen gab. »Liebelein«, hatte er zu ihr gesagt. »Liebelein, Liebelein, Liebelein.« Und gesehen, dass Marie glücklich war.

Ab da sahen sie sich jeden Tag. Bis zu ihrem letzten. Nur übernachten konnte sie nicht auf Dauer bei ihm. Sie hatte es versucht, aber sie war so entsetzt, wenn er schrie. Sie konnte die Kinder aus dem Bus an seinem Bett natürlich nicht sehen. Auch nicht das gepfählte Mädchen, das fast in jedem Schlaf zu ihm kam. Auch wenn sie ihm versprach, es in ihre Familie mitaufzunehmen, so saß das Mädchen doch jede Nacht mit leerem Blick an seinem Bett. Und wenn er sich dann stundenlang nicht rühren konnte, war Marie so zutiefst erschreckt, dass er es nicht mehr zuließ, dass sie bei ihm übernachtete. Am Abend mussten sie sich trennen. Er war nicht mehr der von früher, und sie konnte es nicht ertragen. Aber es machte nichts, denn morgens trafen sie sich im Café. Und die Sonne ging wieder auf für ihn.

Nun, vielleicht war es kein Leben wie bei anderen. Im Café konnte er sich nur aufhalten, solange nicht zu viele andere Menschen da waren. Menschenansammlungen erschienen ihm bedrohlich. Marie hatte Verständnis, sie war unendlich geduldig mit ihm. Wenn sie sah, dass er zu unruhig wurde, gingen sie hinaus, spazieren, bei jedem Wetter. Je kühler, desto besser. Am besten Regen, das ließ ihn am ehesten spüren, weit fort von Afrika zu sein, nicht mehr in Gefahr.

Marie akzeptierte ihn mit all seinen Seltsamkeiten. Sorgsam suchte sie ihm immer einen Platz aus, an dem er mit dem Rücken zur Wand sitzen konnte, um alles im Blick zu haben. Ansonsten gab es keinen Anflug von Entspannung für ihn. Es war keine normale Liebesbeziehung, aber es war eine dauerhafte Beziehung, von der er nicht mehr gedacht hätte, sie leben zu können. Marie hatte unendlich viel Geduld. Und sie lernten, sich gegenseitig Raum zu geben.

28. Kapitel

Jule saß im Bistro und biss sich auf die Lippen. Gleich würde Jen mit Annette kommen. Sie wollten gemeinsam zu Abend essen. Es nieselte nur leicht, und Jule hatte sich draußen unter das gläserne Vordach gesetzt. Plötzlich fiel ihr etwas ein. »Nicht auf die Lippen beißen«, hatte Ben zu ihr gesagt und sie dabei angelacht. Strahlend angelacht. Schon damals verliebt angelacht, wie Jule nun klar wurde. Etwas drückte in ihrem Bauch. Sie vermisste ihn. Sie vermisste ihn furchtbar.

Sie wurde in ihren Gedanken unterbrochen, als sie Jen mit ihrer Freundin die Straße entlang kommen sah. Anette war ein Mädchen mit dunklen, lockigen Haaren und einem offenen, fröhlichen Lachen im Gesicht. Kaum, dass die beiden am Tisch saßen, ging ein Geplapper los, als ob sich die drei Frauen schon ewig kannten. Die jungen Mädchen erzählten von dem Konservatorium in der ehemaligen Ockerfabrik ›Mathieu‹, das sie heute – natürlich regnete es wieder – besucht hatten. »Man kann dort die Becken, Öfen und Mühlen sehen, in denen die Ockerfarben hergestellt wurden«, erklärte Annette, »da müssen Sie unbedingt auch mal hin!«

»Nein, das hier ist für mich keine Zeit für Besichtigungen, für Urlaub. Vielleicht ein andernmal. Ich muss hier den Spuren meiner Mutter folgen.«

»Aber die Spuren deine Mutter liegen auch hier, im ockerfarbenen Sand.« Jen hatte sanft die Hand auf Jules Arm gelegt.

»Ja, da hast du recht. Wissen Sie, meine Mutter war Malerin, sie holte sich hier Inspiration und natürlich Farben.« Jule zögerte nur kurz. »Aber sie war auch hier, wie ich jetzt erst erfahren habe, um sich mit ihrem Geliebten zu treffen.« Sie hatte es gesagt, einfach so. Und hatte dabei keine Wut in sich gespürt.

»Ach, wie romantisch«, entfuhr es Annette.

Ja, es war schrecklich. Für Jule, für Papa, wenn er es gewusst hätte. Aber es war eben auch romantisch.

»Entschuldigen Sie. Ist es für Sie schlimm?«, fragte Annette.

Jule schüttelte den Kopf. »Jetzt nicht mehr.«

Marie und Julian

Marie und Julian Ronstätter hatten darüber gesprochen, ob sie ihn seinen Kindern vorstellen sollte, aber Marie sah darin wenig Sinn. Sie hatte Angst, sie zu verletzten. Und jeder Augenblick, den sie zusammen verbringen konnten, war so kostbar. Warum diese letzten Augenblicke gefährden? Nein, sie würden jede Sekunde genießen. Und die Kinder sollten ihr Leben leben. So hatten sie es gemeinsam beschlossen. Jeden gemeinsamen Moment hatten sie beide in sich aufgesogen.

Am letzten Tag im Krankenhaus hatte Marie Julians Hand genommen, der an ihrem Krankenbett saß, und gesagt: »Weißt du, die meisten Menschen lassen Jahre und Jahrzehnte einfach an sich vorbeiziehen. Aber diese letzten drei Jahre, die haben wir genossen wie ein ganzes Leben. Ich bin dafür dankbar. Ich bin nicht traurig, dass ich gehen muss. Weil ich soviel vom Leben bekommen habe. Das Malen. Eine wunderbare Familie, wunderbare Kinder und einen wunderbaren Mann. Schließlich auch noch dich. Ich bin glücklich.«

»Sag es noch einmal«, bat Marie ihn.

»Liebelein«, flüsterte er. »Liebelein.«

ᔍᔍᔍ

TEIL IV

GELB
München

29. Kapitel

Jule lag auf ihrem Sofa, hatte einen Tee neben sich auf dem Tischchen stehen und starrte an die Decke. Gerade hatte sie sich dabei ertappt, die Hand auf ihren Bauch gelegt zu haben. Ruckartig hatte sie sie dann weggezogen und neben sich gelegt. Es passte nicht, sie konnte es sich in ihrem jetzigen Leben nicht leisten. Es. Es. Gerade hatte sie ihre Hand auf Es gelegt. War es noch ein es? Jetzt jedenfalls musste die Entscheidung getroffen werden. Heute.

Als es klingelte, sah Jule zuerst durch den Spion in der Tür. Diese braunen Augen erkannte sie sofort. Ruckartig zog sie sich zurück. Wenn sie ihn jetzt hereinlassen würde, würde sie sofort losheulen und ihm die Neuigkeit mitteilen. Wie auch immer, dann würde er mit entscheiden. Und das wollte sie nicht. Ihre Entscheidung. Ihr Körper. Ihre Zukunft.

Jen hatte das Klingeln auch gehört und sah Jule fragend an, die nur den Kopf schüttelte.

Sie lehnte sich an die Wand und spürte das Klopfen an der Tür wie ein Klopfen an ihrem Körper. Der antwortete, ja, ihr Körper antwortete sofort. Der würde ihn hereinlassen und sich vielleicht erst einmal ihm hingeben, bevor sie auch nur einen Ton gesagt hätte. Oder sie würde sich einfach von seinen Armen umfangen lassen. Aber das war doch nur ihr Körper. Was sagte ihr Geist? Sie war noch nicht so weit. Wie auch immer sie sich bei Ben entscheiden würde, erstmal müsste sie sich jetzt entscheiden, und zwar alleine. Das

Klopfen hatte aufgehört. Dann hörte Jule sehr deutlich Bens unaufgeregte, klare Stimme. »Jule, du bist da drin. Man kann das Essen bis hierher riechen. Ich habe keine Ahnung, warum du mir jetzt mal wieder nicht öffnest. Wenn da drin ein Mann mit dir ist, dann vergessen wir alles. Aber wenn nicht, dann bist du mir eine Erklärung schuldig. Und dann ruf verdammt nochmal an.«

Sie hörte bereits seine wütenden Schritte die Treppe hinunterstapfen, als sie die Tür öffnete und ihm hinterherrief. »Ben!«

Mit ärgerlichem Blick sah er sie an. »Jule, was soll das?«

Sie bat ihn, nicht hereinzukommen. Sie wusste, dass sie sofort nachgeben würde, sich nichts anderes wünschen, als mit ihm zu schlafen und ihm dann nackt die Wahrheit zu sagen.

»Ich bin mir einfach nicht sicher, ob ich für eine feste Beziehung bereit bin.«

Sie hatte fortgesehen, als seine braunen Augen sie dann traurig ansahen und sich seine Stirn zum Faltenmeer zusammenzog.

»Bin ich der Falsche für dich?«, hatte er leise gefragt.

»Ach«, hatte Jule diese Bemerkung fortgewischt.

»Sag mir, wenn du es weißt.« Er drehte sich um und ging.

Jule hörte seine Schritte auf der Treppe nach unten. Dann schlug die Haustür. Langsam rutschte sie an der Wand hinunter. Was sollte sie nur tun? Oder hatte sie wirklich nur Angst vor einer festen Bindung?

»Soll ich dir das Essen da unten auf dem Boden servieren?«, fragte Jen und reichte ihr die Hand.

Als der Morgen kam, hatte Jule kaum geschlafen, aber ihr Verstand flüsterte ihr die Entscheidung zu. Ohne einen Partner, den man mit Sicherheit als Gefährten fürs Leben sah, wollte sie kein neues Leben in die Welt setzen. Ihre Stimme klang metallen, als sie die Sprechstundenhilfe um einen Termin noch heute Abend bat. Kein Aufschub. Die Sprechstundenhilfe verstand und trug sie als letzte Patientin der Frauenärztin an diesem Abend ein.

Als Jule die Praxistür hinter sich schloss, war ihr, als ob sie nicht selbst in dem Körper steckte, der da den Gang entlang lief. Es war gar nicht schwer gewesen. Sie hatte das sehr ruhig erklärt. Alleinstehend. Der Vater des Kindes kam nicht als Lebenspartner in Betracht. Sie hatte Mühe, sich selbst zu ernähren. Würde bald ohne Arbeit sein. Fühlte sich nicht in der Lage für ein Kind. Die Ärztin hatte genickt und ihr einen Termin in einer Klinik besorgt. In einer Woche. Sie sollte erleichtert sein. Aber da war gar nichts in ihr. Fast konnte sie sich von oben beobachten. Eine Frau, die den Gang hinunterlief.

Als sie den Schlüssel in den grünen Panda steckte, war ihr klar, dass sie in dieser Verfassung auch noch das machen konnte, was sie seit Tagen vor sich herschob. Ronstätter. Sie musste noch etwas mit ihm klären. Die blauen Bilder.

Gegen acht klingelte sie an der Haustür des Altbaus, in dem er wohnte. Der Türdrücker surrte kommentarlos, sobald sie ihren Namen nannte. An der offenen Tür erwartete er sie bereits, und sie konnte sehen, dass er sich das Hemd noch zurecht zupfte. Wortlos ließ er sie ein, und sie betrat über einen kleinen Gang das Wohnzimmer. Sehr schlicht eingerichtet. Ein Bücherregal, ein Tisch, ein Sofa. An der Wand hingen sie. Die blauen Bilder. Eines neben dem anderen. Ansonsten gab es kein einziges Bild im Raum. Sie sahen wunderschön aus. Jule stellte sich davor und betrachtete sie der Reihe nach. Ihre Mutter hatte je nach Stimmung immer nur eines aufgehängt. Hier hingen sie nun alle nebeneinander an der großen Wand und erzeugten einen Sturm von Gefühlen. Alles, alles war darin: Angst, Sehnsucht, Nähe, Distanz, Schmerz, Fragen. Liebe. Und eine furchtbare Einsamkeit.

Sie wirkten zusammen wie ein Orkan, der einen in die Bilderwelt hineinzog. Jule hatte keine Ahnung, wie lange sie bereits vor den Bildern gestanden war, als sie sich umdrehte und Ronstätter ansah.

»Sie sind unfassbar schön, nicht wahr?«, fragte er sie.

Jule nickte nur.

Was wollte sie hier denn nun? Was sollte sie ihn fragen? Ihm die Bilder fortnehmen, wie Thomas es wohl gerne hätte?

Undenkbar.

Er machte eine einladende Bewegung zum Sofa, und sie ließ sich darauf nieder. Jetzt erst bemerkte sie, dass das Sofa genau gegenüber den Bildern aufgestellt war. Wer hier saß, sah auf keinen Fernseher, nur in den Orkan der Gefühle.

»Marie hat mir die Bilder kurz vor ihrem Tod gegeben. Sie wollte unbedingt, dass ich sie nehme.« Er zögerte. »Ich hatte ihr zuvor das ›Romeo und Julia‹-Buch geschenkt. Es hat mich jeden Tag in Afrika begleitet.«

Ronstätter stand auf und ging zu einem Sekretär, der im Flur stand. Er holte etwas aus einer Schublade und brachte es Jule. Verwundert nahm Jule die wortlos entgegengereichte Mappe und öffnete sie.

›Testament‹ stand darüber.

Hiermit vermache ich, Julian Ronstätter, meinen gesamten Besitz Jule Jansen. Falls sie dieses Erbe ausschlagen möchte, möge man sie darauf hinweisen, dass darun-

ter auch die ›Blaue Serie‹ ihrer Mutter fällt, die einen wohl nicht unbeträchtlichen Wert hat.

Jule konnte ihm nicht in die Augen sehen.

»Ich wollte die Bilder nur noch zu meinen Lebzeiten behalten. Ich sehe sie so unglaublich gerne an. Sie sind die einzige Freude meines Lebens, das, vermute ich, nicht mehr so lange andauern wird. Dann gehören sie Ihnen. Wenn Sie sie aber sofort haben wollen, nehmen Sie sie mit. Bitte.«

Jule rang mit den Worten. »Warum? Warum mir?«

Eine lange Stille entstand, in der beide sich von dem Orkan vor ihnen hinwegtragen ließen. Dann atmete Ronstätter tief ein. »Sie heißen Jule.« Eine lange Pause. Jule runzelte die Stirn. »Ich heiße Julian.«

Jule wurde heiß, sie konnte den Gedanken, der da aufbrach, nicht fassen.

»Marie, sie hat Sie nach mir benannt.«

Jule brauchte nicht nachfragen. Sie verstand. Sie sah ihm in sein Gesicht. Schmal geschnitten, die zwar ergrauten, aber zum Teil noch sehr dunklen Haare, die dunklen Augen. Dunkel, wie ihre, als einzige in der Familie.

Jule hatte das Gefühl, nicht mehr atmen zu können. Sie unterdrückte den Drang, einfach aufzuspringen und fortzurennen. Aber ihr Vater war Papa. Der ruhende Pol der Familie. Der immer für sie da war.

Papa war Papa, würde es immer bleiben. Aber irgendetwas war dieser Mann auch. Ein ›Vater‹?

Und Marie? Wie hatte sie dies alles ertragen können?

Die blauen Bilder. Diese Verzweiflung, diese Wut, dieses Nicht-Ertragen-Können.

Minuten zerrannen. In ihr hatte sich der Schlüssel umgedreht, und die Tür schwang wie verrückt vor und zurück. Sie hatte das Gefühl durchzudrehen.

Jetzt habe ich einen Papa, der nicht meiner war, einen Va-
ter, der nicht meiner sein wird. Und eine Mutter, die ich nie
richtig gekannt habe.

Und ein Kind, das ich nicht will und nicht bekommen
werde.

Sie hatte das nicht gesagt. Nur gedacht. Diese Tür in ihr
drehte durch wie die Schwingtür in einem Westernsaloon.
Sie hatte das doch nicht laut gesagt? Aber Ronstätter sah sie
an wie eine Wahnsinnige.

Dann packte er sie an den Schultern. »Ist das wahr?«

Sie hatte es wohl doch laut gesagt.

Bis spät nachts lief Jule in ihrer Wohnung umher wie ein
wilder Tiger. Sie lief zu Maries Bildern, dem blauen vom
Pärchen am Strand und dem blau-roten mit der Brücke in
den Abendhimmel hinein. Mama! Was hast du mir da an-
getan! Das hättest du mir nicht verschweigen dürfen, dazu
hattest du kein Recht. Ronstätter war ›ihr Vater‹. Es gelang
ihr noch nicht, das wirklich zu denken. Sie konnte es alles
nicht fassen. Bilder ihres Papas, mit dem sie so viele glückliche Jahre verbracht hatte, schossen durch ihren Kopf. Ob
er etwas gewusst hatte? Sie hatte noch so viele Fragen gehabt, aber Ronstätter hatte nur noch auf sie eingeredet, sie
müsse das Kind behalten. Ein Kind sei wichtiger als alles andere, ob mit oder ohne Vater. Bis sie nur noch gehen wollte.

Es wunderte sie nicht, als Ronstätter am nächsten Morgen
wieder vor ihrer Tür stand. Eigentlich hatte sie ihn sogar erwartet. Sie sagte, und das Du kam ihr nur zögernd über die
Lippen: »Ich möchte nicht mehr, dass du auf mich einre-
dest wegen des Kindes. Du warst nie mein Vater, du kannst
nicht der Großvater dieses Kindes sein. Egal, was auch im-

mer du sagst. Es ist meine Entscheidung und ich möchte nichts mehr hören.«

Er nickte, obwohl seine Augen zu widersprechen versuchten.

»Jule, ich möchte dir noch einiges erklären. Ich denke, das sind wir beide uns schuldig.«

30. Kapitel

Jule zuckte zusammen, als das Telefon klingelte. Vielleicht sollte sie gar nicht hingehen, sie wollte doch nur ihre Ruhe haben. Warum auch immer, sie nahm doch ab.

»Jansen.«

»Francesca Galli. Ich weiß nicht, ob du dich an mich erinnern kannst.«

Francesca – mit einem italienischen Akzent.

»Francesca – die aus Manarola?« Das süße Mädchen von Thomas.

»Genau. Du erinnerst dich also noch an mich.«

»Natürlich!« Jule war völlig verblüfft über diesen Anruf.

»Carla, die Padrona von eurer Pension, hat mir erzählt, dass du in Manarola warst. Und wohl auf der Suche nach deiner Mutter, irgendwie.«

»Genau.« Jule lächelte bei diesen Worten. »Auf der Suche nach meiner Mutter, irgendwie.«

»Ich lebe in München. Ja, und ich wollte fragen, ob du dich auf einen Kaffee mit mir treffen möchtest.«

»Auf einen *Caffe*.« Jule lächelte und sprach das Wort italienisch aus. »Gerne! Wann denn?«

»In den nächsten Tagen? Oder – ich hätte auch sofort Zeit.«

»Ich eigentlich auch.«

Eine Stunde später öffnete Jule die Tür zum ›Café Reitschule‹, einem gemütlichen Lokal, das Francesca vorgeschlagen hatte. Sie erkannte Francesca sofort, nicht nur am breiten, strahlenden Lachen, sondern auch an dem italienisch markanten Gesicht, das eine wallende Mähne brauner Haare umrahmte. Aus dem hübschen Mädchen war eine schöne Frau geworden, die nun aufsprang und Jule umarmte, als ob sie alte Freundinnen wären.

»Francesca, lass dich ansehen! Du bist genauso hübsch wie damals«, sagte Jule.

»Du auch, *bella*!«, strahlte Francesca und hielt sie immer noch um die Hüfte gefasst. »Wie schön, dich zu sehen!«

»Du sprichst fantastisch Deutsch!«

»Ich lebe seit mittlerweile zwei Jahren in München. Komm, ich erzähle dir alles.« Francesca nahm Jule bei der Hand und zog sie zu ihrem Tisch. Tatsächlich fühlte sich Jule, als ob sie eine liebe Freundin wieder traf. Es gab eine Vertrautheit zwischen ihnen, die sie so schon lange nicht mehr verspürt hatte.

Sie redeten wie alte Freundinnen. Francesca erzählte, dass sie ›der Liebe wegen‹ nach München gezogen war, den Mann aber längst schon wieder vor die Tür gesetzt habe. »Naja, er war eben nicht wie Thomas – vielleicht habe ich in diesem deutschen Mann ihn nochmal gesucht, aber die erste Liebe kann keiner mehr ersetzen.« Bei diesen Worten schüttelte Francesca lachend ihre Mähne, so dass man nicht davon ausgehen konnte, dass sie dies allzu sehr im Leben bekümmert hatte. Offenbar mangelte es ihr weder davor noch danach je an Freunden. Kein Wunder bei ihrer Schönheit, dachte Jule. »Im Moment ist es ein Lette!«, raunte Francesca mit vielsagend hochgezogenen Augenbrauen. Jule musste kichern.

»Aber eigentlich wollte ich mich wegen etwas Bestimmtem mit dir treffen.«

Jule sah Francesca fragend an.

»Also, Carla hat mir doch erzählt, dass du in Manarola warst, dass du, ich weiß nicht, auf den Spuren deiner Mutter bist.«

Jule antwortete nicht. Auf den Spuren ihrer Mutter, war das so?

»Ich wollte dir etwas sagen. Ich war außer mir, als ich von Carla von Maries Tod gehört habe.«

Jule blickte sie verwundert an. Francesca hatte doch kaum etwas mit ihrer Mutter zu tun gehabt.

Francesca fuhr fort: »Ich kann es dir nicht genau erklären, aber manchmal gibt es Menschen auf deinem Lebensweg, die dich unfassbar beeindrucken, die dich irgendwie führen, die wie Leuchttürme in deinem Leben sind, ohne die du ganz woanders hin gegangen wärst, vielleicht an den Klippen zerschellt wärst. Ein Lehrer, eine ältere Frau in der Nachbarschaft, eine Buchhändlerin, was weiß ich, bei jedem sind es andere Menschen, aber ich denke, jeder hat solche Personen, die einem unfassbar wichtig sind. Manchmal allerdings kommt man nie dazu, ihnen das zu sagen, bis es zu spät ist. Aber dir, dir möchte ich es sagen. Denn deine Mutter war es für mich.«

Jule hörte sprachlos zu.

»Schon als ich sie das erste Mal getroffen habe, konnte ich gar nicht mehr von ihr fortsehen. Sie war so schön. Nicht nur äußerlich, das vielleicht auch, aber viel mehr innerlich. Sie strahlte so unfassbar, ich hatte so etwas noch nie gesehen. Das erste Mal sah ich sie beim Skizzieren von Bildern. Und – du weißt wahrscheinlich nicht, was ich geworden bin ...«

Jule schüttelte den Kopf. Model würde sie ihr sofort zutrauen. Kosmetikerin, Ärztin, keine Ahnung.

»Malerin.«

Das hatte Jule nicht erwartet.

»Es lag in mir, immer schon, aber ich hätte nie gewagt, es zu leben. Deine Mutter hat meine Bilder zufällig gesehen, mich dann angeblickt, mein Kinn in ihre Hände genommen und gesagt: Francesca, du wirst einmal eine große Malerin werden.«

»Und – du bist es geworden?«

»Na, im Museum of Modern Art bin ich noch nicht ausgestellt«, lachte Francesca. »Aber es genügt zum Leben. Und es macht mich glücklich. Ohne deine Mutter wäre ich nicht einmal auf die Idee gekommen, dass das ein Beruf ist. Undenkbar. Ich hätte im Restaurant bedient, wie alle Frauen in meiner Familie. Aber ein paar Jahre später bin ich weg aus Manarola, mitten in der Nacht – und nach Rom! Später New York, Paris. Und jetzt München. Ich liebe mein Leben. Alles nur wegen deiner Mutter! Aber es war noch mehr.«

Was sollte jetzt noch kommen, fragte Jule sich.

»Sie hat den Menschen aus mir gemacht, der ich immer war, immer werden wollte, aber nie geworden wäre.«

Jule blickte sie erstaunt und fragend an, ohne auch nur ein Wort zu sagen.

»Sie sah das mit Thomas und mir. Ich war sehr jung, sehr verliebt und gleichzeitig sehr eingeschüchtert. Wir waren alle zutiefst katholisch, und schon die Liebe schien eine Todsünde zu sein, geschweige denn das, was Thomas und ich auf dem Weg zu tun waren.«

Jule lächelte und erinnerte sich an das, was ihr Bruder ihr erzählt hatte.

»Deine *bella mamma* redete mit mir. Sie sagte, Francesca, falls du vor dem einen großen Schritt stehst, musst du es dir gut überlegen. Nicht einfach so, auf gar keinen Fall, weil der Mann es will. Dann lass es sein! Aber wenn du es willst, wenn du brennst, wenn es nichts gibt, was dir je so wichtig erschienen ist und je so wichtig erscheinen könnte, dann tu es. Um meinen übertriebenen Katholizismus, der mir eingepflanzt worden war, zu relativieren, erklärte sie mir: Wenn Gott dies nicht gewollt hätte, hätte er uns solche Gefühle nicht gegeben. Dann legte sie ihre Hand auf mein Herz. Es muss brennen, vor Leidenschaft sterben, dann und nur dann. Dann ging sie, wandte sich noch kurz um, aber aufpassen und vernünftig sein – du weißt schon … Und dann verschwand sie mit ihrem wehenden Kleid.«

Jule musste lächeln. Das war so typisch ihre Mutter.

»Marie hat mir das Leben gegeben. Meinen Beruf und meine Leidenschaft. Sie hat mich auf das hören lassen, was ich fühle. Hat mich von diesem bigotten Katholizismus befreit, wie er bei uns gelebt wurde. Sie war der Leuchtturm meines Lebens.«

Als Francesca nach einer Stunde mit beschwingten Schritten gegangen war, fast so wie Marie in Manarola, bog Jule hinter dem Café in den angrenzenden Englischen Garten ein. Sie liebte diesen Ort, an dem die quirlige Stadt schon nach wenigen Schritten verschwand. Sie mochte die großen Rasenflächen, die mal wild und mal sanft dahinziehenden Wasser, den Eisbach, die Linden und die Trauerweiden. Der Park verströmte Ruhe. Früher war sie oft mit Marie hier spaziert.

Am Rand des Wassers stand eine Trauerweide. Jule ging darauf zu und umarmte sie, obwohl der alte Baum zu groß war, als dass sie ihn hätte umfassen können. Wie die Trauerweide über dem Grab ihrer Mutter.

Marie, du fremde Frau. Ich liebe dich auch!

Müde stand Jule in ihrem Flur, warf den roten Poncho auf die Kommode und ihre Handtasche darauf. Mit einem Poltern rutschte sie herunter, und ihr Inhalt entleerte sich auf den Boden. Jule seufzte. Beim Einräumen ihrer Handtasche fiel ihr der Kerouac in die Hände. Sie blätterte ihn durch und stieß auf der Seite 240 auf den Satz:

»*Wir fahren nach Italien‹, sagte ich, und ich wusch meine Hände in Unschuld.*«

Wieder so ein verrückter Satz. Bevor sie aber über diesen Zufall nachdenken konnte, klingelte es. Jule öffnete die Tür, ohne durch den Spion zu sehen. Sicher war es Ben. Sie freute sich auf ihn. Auch wenn sie Zeit zum Nachdenken bräuchte. Und zum Treffen von Entscheidungen, die nur die ihren waren. Aber es war nicht Ben. Hannes stand vor der Tür. Sie starrte ihn an wie einen Geist.

»Darf ich reinkommen?«

»Hannes. Ich bin sehr müde. Und etwas nachdenklich.«

Ja, sie war nachdenklich. Sie bekam ein Kind. Und wollte es nicht.

»Ich dachte nur, du hattest doch versprochen, wir könnten uns mal wieder treffen.«

»Du hättest ja vorher anrufen können.«

»Ich war gerade in der Nähe.« Und dann fügte er hinzu: »Bitte.«

Mit einer resignierenden Handbewegung ließ Jule ihn herein.

Nachdem sie eine ganze Weile schweigend auf dem Sofa gesessen hatten, beschloss Jule, Hannes von Ben zu erzählen.

»Dieser – Ben«, Hannes spuckte den Namen nahezu aus, »dein neuer – Freund«, nochmal gespuckt, »reist dir mal so für einen Tag hinterher! Ohne es dir vorher zu sagen. Der spinnt!«

Jule zuckte hilflos mit den Schultern »Er ist nicht richtig mein Freund.«

Man konnte sehen, dass Hannes darüber erleichtert war. »Das macht es noch schlimmer. Der ist bestimmt nicht gut für dich, Jule!« Es klang etwas verzweifelt, und Jule musste sich ein Lächeln verbeißen. Sie stand auf. »Jetzt mach ich uns erstmal etwas zu essen. Spaghetti Carbonara?«

Hannes nickte. Sie wusste, dass er ihre Spaghetti mochte. Jule setzte das Wasser auf und schnitt Zwiebeln und Schinken klein. Die alltäglichen Bewegungen taten ihr gut.

»Das riecht wundervoll!«, kommentierte Hannes den Duft von in Olivenöl angebratenen Zwiebeln und Knoblauch, der mittlerweile aus der Pfanne stieg. Jule gab die Spaghetti ins Wasser, schüttete die gewürfelten Schinkenstücke in die Pfanne und löschte alles mit ein wenig Weißwein und Sahne ab. Ihre Spaghetti Carbonara waren vielleicht nichts Besonderes, aber mit ein paar Salbeiblättern zusammen, gut abgeschmeckt mit Salz und Pfeffer, schmeckte das Gericht jedem. Hannes aber besonders.

»Ich vermisse dein Essen.« Er beugte sich über die Pfanne und damit sehr nahe zu ihr. Jule war klar, dass er die Nähe zu ihr suchte. Obwohl sie irgendwie auch froh war, dass er hier war, dass sie nicht alleine war und nur noch grübelte, wollte sie ihn doch nicht näher haben. Sie trat einen Schritt zurück, nahm Teller und Besteck aus dem Schrank und deckte den Tisch. Als ob er noch hier wohnte, holte Hannes zwei Weingläser und suchte nach einem Wein im Vorratsschrank. »Für mich nur Wasser«, sagte Jule. Hannes zuckte mit den Schultern und bediente sich auch am Wasser. Während des Essens merkte Jule sehr wohl, dass er oft hochsah und sie betrachtete. Sie sprachen über Alltägliches, er erkundigte sich nach Thomas und dessen Kindern. Wie ein altes Ehepaar, fand Jule.

»Hast du einen Schlafsack oder eine Decke für mich? Damit ich es mir auf dem Sofa bequem machen kann? Ich habe zuviel getrunken, um nach Hause zu fahren«, fragte er lächelnd, und für Jule war seine Erwartungshaltung überdeutlich, dass er gerne auch bei ihr im Schlafzimmer übernachtet hätte. Sie atmete lange aus. »Nein, Hannes. Dann nimm dir bitte ein Taxi. Geh nach Hause.«

Wahrscheinlich war sowohl ihr Ton, wie das ›nach Hause‹ eindeutig. Jedenfalls schlug Hannes die Augen nieder wie ein Hund, der einen Klaps bekommen hatte, und wandte sich zur Tür. »Aber wenn etwas ist, ruf mich an. Ich bin jederzeit für dich da.«

»Danke.« Sie gab ihm einen Kuss rechts und links auf die Wange, und nach einem winzigen Zögern zog er die Haustür hinter sich zu.

Jule warf einen Blick auf den Tisch. Heute würde sie den nicht mehr abräumen, das würde sie morgen machen.

Nachdenklich strich Jule über den silbernen Taschenascher und fuhr einzeln die filigranen Blätter nach. Der Aschenbecher, der früher nur ein wundervolles Accessoire ihrer Mutter gewesen war, genauso zauberhaft wie sie. Und eben ein Aschenbecher ihrer Mutter, die jenseits ihrer Kinder bezaubernd war, für Frauen und für Männer, die liebte und litt, die schwebte und auf die Erde kam. Das silberne Schmuckstück war schön, ob als Dekorationsobjekt oder ob als Aschenbecher, so oder so gesehen. Plötzlich fiel Jule etwas ein. Da war ein ebenso hübsches, silbernes Spielzeug, mit dem Jule das peinlichste, schrecklichste, beschämendste Erlebnis ihrer Kindheit verband. Sie musste noch im Kindergartenalter gewesen sein, als sie bei einer Freundin zu Besuch war, die eine wunderschöne kleine Spielzeugküche besaß. Neben Plastikgeschirr, kleinen Töpfen und anderen Spielutensilien stand in der Spielzeugküche ein kleines silbernes Döschen. Wahrscheinlich hatte sie es von Marie zum Spielen bekommen. Die zwei Mädchen ließen es ein Zuckerdöschen sein, aus dem sie fantasierten Zucker in den ebenso fantasierten Kaffee gaben, umrührten und ihn dann fein wie die Damen tranken. Dieses Döschen hatte eine magische Anziehungskraft auf Jule. Es war so hübsch, so hübsch wie die silberne Dose ihrer Mutter, die sie damals nicht als Aschenbecher erkannt hatte. So wunderhübsch.

Papa hatte sie von der Freundin abgeholt. Leichtfertig ließ sie ihre sommerliche Jacke auf den Boden fallen. Lächelnd hob Papa sie auf und stutzte, weil sie ihm zu schwer erschien. Als er etwas Hartes in der Tasche spürte, nahm er es heraus und blickte verblüfft auf das silberne Zuckerdöschen. Fragend sah er Jule an, die erst erschrocken war und dann in Tränen ausbrach. »Von deiner Freundin?«, fragte er nur, und Jule nickte. »Und sie hat es dir nicht geliehen?« Jule schüttelte den Kopf. Papa verstand die Situation sofort, dachte nur kurz nach, nahm Jule dann an der Hand und ging wieder mit ihr hinaus. »Mama hat uns noch gar nicht bemerkt. Wir gehen jetzt wieder zu deiner Freundin und geben es zurück.«

Jule weinte. »Das geht nicht.«

»Mein Schatz, das geht. Man kann Fehler machen. Wenn man sie wieder gut macht, wird einem verziehen. Jeder macht in seinem Leben Fehler.« Fest und sanft umschloss er ihre Hand und lief mit ihr zurück zum Haus der Freundin.

»Papa, ich kann das nicht.«

»Doch mein Kleines. Ich bin bei dir. Es wird gar nicht so schwierig werden.«

Als sie an der Tür klingelten, öffnete die Mutter. Roman hatte Jule das Döschen gegeben und ihr gesagt, sie müsse es einfach nur zurückgeben. Jule streckte weinend der Mutter das Döschen entgegen. »Es war in ihrer Tasche«, sagte Roman nur mit einem um Verzeihung bittenden Lächeln ohne weitere Erklärung.

Die Mutter erfasste die Situation sofort. Sie kniete sich hin und nahm die schluchzende Jule in den Arm. »Ist alles gut. Ist alles gut. Gut, dass du sie zurückgebracht hast. Ist alles gut.«

Als sie nach Hause gingen, hatte Jule ein seltsames Gefühl im Bauch gehabt. Sie hatte etwas sehr, sehr Schlimmes getan. Es war nicht zu ändern, dass sie es getan hatte, und dass Papa und die Mutter es für immer wissen würden. Aber sie hatte es wieder gut gemacht. Und keiner hatte geschimpft, jeder hatte ihr verziehen. Jule hatte dieses Erlebnis nie vergessen. Es war Papa und ihr Geheimnis geblieben, er hatte es niemandem erzählt, nie mehr ein Wort darüber verloren.

Jule betrachtete den Taschenascher und strich nachdenklich darüber. Und in diesem Moment wurde es Jule sehr klar. Ob er es gewusst hatte oder nicht, ob er es geahnt hatte oder nicht. Papa konnte verzeihen. Und er konnte lieben. Er hatte Marie über alles geliebt. Und sie ihn auch, ebenfalls über alles, sie hatte ihn über alles gestellt. Und die beiden waren zusammen gewesen, bis zu seinem Tod. Mehr ging eben nicht in einem Leben. Nein, mehr geht nicht.

31. Kapitel

Ben saß zusammengesunken auf dem Barhocker. Sven sah ihn kopfschüttelnd an. »Ich kenne dich. Ich kenne Jule. Ich hab euch zusammengebracht. Und jetzt trinkt wieder jeder alleine. Kriegt ihr eigentlich gar nichts geregelt?« Mit einer scheinbar wütenden Handbewegung knallte er Ben den Caipirinha auf den Tresen.

»Nein. Scheinbar nicht.« Ben war echt verzweifelt und ging nicht auf Svens ironischen Ton ein. »Ich glaub, sie mag mich nicht.«

Sven lehnte sich auf dem Tresen zu ihm. »Hm, Frauen brauchen manchmal ein wenig Zeit. Und sie brauchen Männer, die sich um sie bemühen.«

Ben blickte auf. »Ich bin ihr sogar nach Italien nachgereist.«

»Nicht schlecht.« Sven grinste. »Aber weißt du, was Frauen wirklich wollen?«

Ben sah ihn zweifelnd an.

»Nein, nicht das Eine …« Sven schüttelte nachdrücklich den Kopf. »Zwei unumstößliche Weisheiten bezüglich Frauen. Die wissen nur Barmänner mit ihrer unendlich großen Lebenserfahrung.« Er machte eine gewichtige Pause. Ben hörte ihm aufmerksam zu. »Erstens: man muss Frauen zuhören, sie ausreden lassen und nachfragen.« Ben verzog die Mundwinkel, aber Sven erhob oberlehrerhaft seinen Finger: »Das ist nicht so einfach. Frauen haben täglich viel mehr Worte zur Verfügung, und die wollen alle raus. Und du musst sie anhören! Und nachfragen. – Dann lieben dich die Frauen.«

Ben fragte sich, ob sein Zuhören wirklich ein Grundsatzproblem zwischen ihm und Jule war.

»Zweite Regel – und die ist noch schwieriger!« Sven betonte das ›noch‹ mit mindestens zehn ›O‹s. »Frauen wollen etwas Ernsthaftes und Langfristiges. Sie wollen einen Mann, der sie heiratet.«

»Nach acht Wochen, in denen wir noch nicht mal richtig zusammen sind? Jule will mich nicht mal sicher als Freund!«

»Glaube es mir – oder gehe alleine durchs Leben!« Theatralisch legte Sven zwei Finger aufs Herz. »Barmannweisheit. Absolut wahr. Probier's aus.«

Ben seufzte. Hatte er ihr das nicht schon gesagt, wie ernsthaft ihm alles war? Wahrscheinlich hatte sie sich einfach nur aus Versehen mit ihm eingelassen. Sie meinte es nicht ernst. Sie liebte ihn nicht.

Jule sah zuerst nur einen riesigen Frühlingsstrauß mit einer roten Karte in Herzform daran, auf der Ben sie um ein Treffen bat. Dann erst den Blumenboten dahinter. Eine Stunde später saß sie neben Ben in einem netten Café in Schwabing. Drei Stunden später lagen sie zusammen in ihrem Bett.

Ben hielt sie fest in seinem Arm. »Weißt du, ich wollte immer gewinnen. Gewinnen hat mir Spaß gemacht. Den anderen zu besiegen.«

»Aber das ist doch furchtbar.«

»Nein. Es war wie ein großes Spiel. Es ging immer gut. Ich habe immer alles gewonnen.«

Jule schüttelte den Kopf und sah in seine zusammengekniffenen, braunen Augen.

»Ich liebte das Gefühl des Gewinnens, das Gefühl, jemandem überlegen zu sein.«

Zweifelnd sah Jule ihn an und drängte das aufkommende Darth-Vader-Bild fort. Was, wenn er sie gewonnen hatte – wurde sie dann uninteressant für ihn? Und suchte er sich dann das nächste Ziel aus?

»Aber irgendwann, eines Morgens, war da nur noch ein riesiges Loch, ein Nichts. Kein Spaß mehr am Gewinnen. Alles komplett sinnlos. Ohne Inhalt. Gewinnen für was? Das Gewinnen an sich zerrann in Nichts. Ich wusste nicht mehr, für was ich je hatte gewinnen wollen. Es gab kein Ziel. Ich wusste aber auch nicht, wo das echte Ziel war, für was ich jetzt weitermachen sollte.«

Ben lag auf dem Bauch und stützte nachdenklich seinen Kopf in die Hände. Jule betrachtete ihn, und all ihre Zweifel zerflossen. Luke. Luke Skywalker. Gott sei Dank.

»Dann warst du in meinem Leben.« Ben sah ihr in die Augen. »Und plötzlich hatte alles Sinn. Jede Minute. Mit dir Auto zu fahren war schon pures Glück, Sinn in sich. Dich zu lieben …« Ihm gingen die Worte aus. »Dieser Job, von dem ich dir erzählt habe, weswegen ich nur einen Tag in Manarola bleiben durfte. Und ich wäre so gerne länger bei dir geblieben. Es ist eine interessante Aufgabe, dennoch eine, an der ich abends pünktlich zuhause sein könnte. Und ich würde gerne nach Hause kommen. Denn ich wünschte, du würdest dort auf mich warten.«

Jule kamen wie in einem watteweichen Traum die letzten Worte erst langsam zu Bewusstsein. Was? Er wollte, dass sie mit ihm zusammen wohnte? Wie schön. Wie schnell. Zu schnell?

»Wollen wir nicht erst mal langsam sehen, wie das mit uns geht?«

»Von mir aus rasant schnell. Aber wenn du langsam willst, dann langsam.«

Es war Jule, als ob die Tür offen stände. Sie wollte diesen Mann. Ganz und gar. Ihr Blick fiel durch das Fenster nach draußen. Dort lief ein junges Paar. Die Frau trug ein Baby auf dem Arm. Plötzlich blieben beide stehen. Er hob seine Arme, und man konnte sehen, wie er wütend auf die Frau einschrie. Sie duckte sich, als ob sie Angst vor einem Schlag hatte. Dann drehte sie sich um und lief mit dem Kind fort.

Jule wandte sich zu Ben und legte ihren Arm auf seinen. »Ben, ich würde es vielleicht versuchen. Aber langsam, ganz langsam. Anders kann ich es nicht. Ich muss langsam Vertrauen aufbauen. Bitte.«

Ben schluckte. Es fiel ihm sichtlich schwer. »Gut. Ich warte, bis du dich meldest, damit du Zeit genug hast. Okay?«

»Danke, Ben!«

»Aber du weißt, dass ich warte. Immer. Und jede Minute.«

»Ich weiß.« Jule nickte. »Gib mir ein paar Tage.«

Julian

Er wachte auf. Schweißnass. Ein Alptraum, wieder einmal. Verzweifelt barg er sein Gesicht in den Händen. Zu viel Leid, zu viele Tote. Dann blickte er hoch. Aber vielleicht gab es eine Sache, die ihn retten konnte. Eine einzige letzte Sache, die ihm gelingen musste. Vielleicht könnte ihn das retten. Vielleicht war er nur deswegen auf dieser Welt. Noch auf dieser Welt. Jule. Und ihr Kind, das er retten musste. Er musste zu ihr. Sofort.

∿∿∿

Ben und Julian kamen gleichzeitig an Jules Tür an. Misstrauisch beäugten sie sich, ohne ein Wort zueinander zu sagen. In diesem Moment kam ein junger Mann zur Haustür heraus, und beide ergriffen die Gelegenheit, um in das Mietshaus zu gelangen. Beide nahmen die Treppe. Dritter Stock. Beide wollten sich den Vortritt überlassen, um zu sehen, wo der andere hinging. Als Julian nicht einen Schritt vorging, lief Ben auf Jules Tür zu und klingelte.

Er konnte die stechenden Augen des anderen Manns in seinem Rücken spüren. Als Jule nicht öffnete, drehte Ben sich um. Die beiden Männer maßen sich mit Blicken. »Wollen Sie auch zu Frau Jansen?«, fragte er.

Julian nickte. Nichts rührte sich in der Wohnung. »Sie ist wohl nicht da«, konstatierte Ben, ohne sich auch nur einen

Zentimeter von der Tür zu entfernen. »Dann müssen wir wohl gehen.«

»Ja«, stimmte Julian zu, »bleibt uns wohl nichts anderes übrig«, und machte eine einladende Bewegung zum Treppenhaus hin.

»Hm«, Ben überlegte. »Ich setze mich hier vor ihre Tür und warte.« Nur scheinbar lässig ließ er sich auf der Fußmatte nieder.

»Wer sind Sie?« Die Stimme des anderen klang erschreckend.

»Ich bin ihr Freund.«

»Sie sind der Arsch.«

»Bitte was?«

»Sie sind der Arsch, der sie mit einem Kind alleine lassen will.«

Ben sah ihn wie einen Irren an. »Mit welchem Kind?«

»Jule ist schwanger.«

»Jule ist schwanger?«, wiederholte Ben.

Julian konnte in dem völlig verblüfften Gesichtsausdruck erkennen, dass diese Information neu für ihn war. Jule hatte ihm nicht gesagt, dass sie von ihm ein Kind erwartete?

Dann fing Ben an zu lachen. »Also wenn sie schwanger wäre, also von mir, dann fände ich das toll!«

Julian lachte nicht.

Ben hörte auf zu lachen. »Also, Sie sind sich absolut sicher, dass Jule schwanger ist?«

Ronstätter nickte: »Und ich werde nicht zulassen, dass sie das Kind nicht bekommt.«

»Was?« Ben verstand. »Ich auch nicht. – Wenn es in meiner Macht steht.«

Julian setzte sich auf die Treppenstufen: »Ich bleibe auch, bis sie kommt.«

Vom Blick von den Treppenstufen aus fixierte er die Tür und sprang plötzlich wieder auf: »Da drin ist Licht. Man kann das unter dem Türspalt sehen. Es ist zehn Uhr abends. Sie soll nicht zu Hause sein. Und da drin ist Licht.« Dann klopfte er wie wild gegen die Tür und rief: »Jule!«

»Vielleicht will sie uns beide nicht sehen?«, versuchte Ben es aufs Neue.

Julian sah Ben mit einem zweifelnden Blick an. Er holte aus seinem Portemonnaie eine Scheckkarte und zog sie durch den Türrahmen. Nach wenigen Versuchen gab das alte Schloss nach, und die Tür öffnete sich.

Julian ging vor, Ben folgte zögernd. In der Tür zum Wohnzimmer blieb Julian wie erstarrt stehen. Nun konnte auch Ben ins Zimmer sehen.

Jule lag auf dem Sofa. Wie tot.

Julian legte seine Hand auf ihren Hals, um den Puls zu überprüfen. »Sie ist bewusstlos. Ruf einen Krankenwagen«, wies er Ben an.

Marie

Lieber Julian,
ich kann es dir nicht sagen. Die Worte würden nicht
über meine Lippen kommen, wenn ich in deine Augen
sähe.
Aber ich muss.
Ich muss dir sagen, dass wir uns nie wiedersehen
werden.
Seit Jahren versuchen wir, uns zu widerstehen, doch
es gelingt uns nicht. Es ist eine große Liebe, leiden-
schaftliche Liebe, die ich zu dir fühle. Und dennoch
werde ich sie nicht leben.
Da sind diese Kinderaugen, die mich ansehen. Mein
kleiner Thomas, es ist, als ob er wüsste, dass er mich
in regelmäßigen Abständen aufhalten muss. Wenn wir
allein sind, hält er mich plötzlich ganz fest und sagt so
etwas wie »Mama, du weißt, ich habe unsere Familie so
lieb, dich und Papa und Jule.«
Ich würde die Kinder zerstören, wenn ich ginge.
Und Julchen, unser Sonnenschein. Ich weiß, dass dich
das besonders schmerzt, denn sie ist doch dein Kind.
Aber sie liebt den, den sie als Papa fühlt.
Drei Monate ist es nun her, seit ich dich gesehen habe.
Und dennoch gab es keinen Tag, an dem ich nicht
an dich gedacht hätte. Morgens bist du mein erster
Gedanke beim Aufstehen und abends mein letzter beim

Einschlafen. Und die tausend Gedanken dazwischen gelten auch dir.

Aber ich würde meine Kinder brechen und meinen Mann. Dazu habe ich kein Recht. Ich fürchte, dass ich schon jetzt durch mein Tun und Denken alle im Haus negativ beeinflusse, als ob sie jeden Gedanken, den ich dir sende, als tiefen Verrat spüren könnten. Aber ich zerstöre, so wie wir jetzt leben, auch dich. Auch deine Gedanken sind bei mir, und die Sehnsucht zerfrisst uns beide. Wenn man wirklich liebt, wünscht man dem Geliebten das Beste. Und ich bin nicht das Beste für dich. Nicht so wie ich bin. Aber ich war verheiratet, bevor wir uns kennenlernten, und ich hatte ein Kind. Ich will dir sagen, dass ich keine Sekunde bereue. In den Sekunden mit dir war ich mehr ich als jemals sonst. Danke dafür. Aber nun muss es zu Ende sein. Ich bitte dich, Julian, komm nicht wieder zu mir, ruf mich nicht an.

Ich gebe dich frei. Und wünsche mir nichts, als dass du glücklich wirst. Ich hoffe von ganzem Herzen, dass du eine Frau glücklich machen wirst. Und sie dich.

Ich habe die wundervolle Jule, ein Kind von dir. Und ich habe die Erinnerung an jeden Moment mit dir. Ich habe mehr als ich vom Leben erwarten durfte. Das ist sehr viel. Unsere Momente werden immer bleiben. Und ich werde mich immer in sie hineinträumen können.

Ich werde dich immer lieben.
Deswegen gebe ich dich jetzt frei.
Marie

32. Kapitel

Jule strich den Brief auf ihrem Krankenhausbett glatt. Sie blickte zu Julian auf, der auf der Bettkante saß. Er hatte ihr soviel erzählt. Von seiner Liebe zu Marie. Von dem Wissen um sie, seine Tochter. Von dem bitteren Verständnis, dass er weder Maries Mann die Ehefrau, noch seiner Jule den nehmen konnte, den sie als ihren Vater ansah. Dann hatte er ihr den Brief gezeigt.

»Nach diesem Brief bin ich gegangen. Ich wusste doch, dass es so nicht weiter gehen kann. Ich bin nach Afrika gegangen.«

Jule legte ihre Hand auf Julians – und bemerkte dabei, dass sie genau die gleichen, langgliedrigen Finger hatte wie er.

»Du weißt, ich bin in den Krieg gegangen, weil ich dachte, dort helfen zu können. Aber Krieg ist Krieg, und wir Menschen sind nicht da, um zu töten. Wir sind da, um Leben zu geben.«

Julian stockte, und Jule wusste genau, auf was er nun hinaus wollte. Dass sie Leben geben sollte. Bevor sie etwas sagen konnte, klopfte es an der Krankenhaustür. Wieder sah Jule zuerst nur Blumen. Als Bens Gesicht dahinter auftauchte, gab Julian ihr vorsichtig einen Kuss auf die Wange, was sie schön fand, und zog sich wortlos zurück. Ben schloss hinter ihm die Tür.

»Jule«, er setzte sich an ihr Bett, »meine geliebte Jule.«

In Jule machte sich ein warmes und wohliges Gefühl breit.

»Der Arzt hat mir gesagt, dass du eine längere Bewusstlosigkeit hattest. Vielleicht einfach aufgrund eines zu niedrigen Blutdrucks. Oder zuviel Aufregung. Eventuell wegen dem sogenannten Vena-Cava–Syndrom, das gar nicht so selten ist. Wenn eine schwangere Frau sich auf den Rücken legt, kann das Kind auf die Vena Cava, eine Vene neben der Wirbelsäule drücken.« Ben sprach voller Sorgen. »Eine Kreislaufstörung hat jedenfalls zur Bewusstlosigkeit geführt. Jule, das war sehr gefährlich, für dich und …«, Ben zögerte, »und für unser Kind.«

Jule sah schuldbewusst auf die Bettdecke. Genauso hatte der Arzt ihr das auch erklärt. Es war ein schreckliches Gefühl.

»Jule, ich wusste es in diesem Moment genau. Ich möchte auf keinen Fall ohne dich weiterleben. Ich liebe dich. Und ich liebe auch dieses Kind, unser Kind!«

Jule widersprach nicht. Ja, es war auch sein Kind. Sie hatte kein Recht auf eine alleinige Entscheidung.

»Jule, willst du mich heiraten?«

33. Kapitel

Müde erhob sie sich, als das Telefon klingelte. Mittlerweile musste sie sich jeden Tag übergeben. Beim fünften Klingeln schaffte sie es bis zum Telefon. »Jansen.«

»Hallo Jule«, die Stimme zögerte und schluckte, »ich bin's, Marlena.«

»Oh.« Die hatte sie nicht erwartet. Da hätte sie sich die Mühe der Schritte ans Telefon besser nicht gemacht.

»Ich habe natürlich erfahren, was passiert ist, mit Jennifer. Nach eurem Urlaub und deiner Intervention haben sich die Eltern mit Jennifer arrangiert, habe ich gehört.«

Das hatte sie richtig formuliert. Nach stundenlangen Gesprächen hatten sich Jens Eltern arrangiert. Ein halbes Jahr noch würde Jen bei ihren Eltern wohnen. Dann würden sie Jen eine Wohnung bezahlen, und sie wollte Kunstgeschichte studieren.

»Jule, mir tut das alles furchtbar leid, was ich dir da an den Kopf geworfen habe. Und noch mehr tut mir leid, dass du gekündigt hast.«

Verwundert sah Jule auf das Telefon in ihrer Hand, sagte aber nichts.

»Entschuldige, mein Verhalten war falsch.«

Es war verdammt schwer, Fehler einzugestehen, zuzugeben und sich dabei selbst bloßzustellen. Verdammt schwer. Das wusste Jule.

»Es ist okay, Marlena.«

»Ich … ich würde dich gerne wieder einstellen. Es geht finanziell wieder besser. Und …«, sie stockte wieder, »du warst immer die beste Psychologin in meiner Praxis. Vielleicht war ich sogar ein wenig eifersüchtig auf dich.«

Puh. Das hätte Jule gar nicht für möglich gehalten. Sie wusste nicht, was sie sagen sollte.

»Jule, ich bitte dich zurückzukommen.«

»Marlena, Danke für das Angebot. Aber ich habe bereits einen Vertrag unterzeichnet.«

Das stimmte nicht ganz. Er lag noch auf dem Tisch. Aber Jule hatte keinen Zweifel, im Institut für Aus- und Weiterbildung für Psychologen arbeiten zu wollen. Sie durfte therapieren und junge Psychologen ausbilden bis zur Approbation. Ein Traumjob. Sie lächelte. Im großen Institut in der Münchner Innenstadt würde sie junge Menschen, die gerade von der Uni kamen, in den Beruf führen. Und gleichzeitig auch von ihnen lernen. Sie freute sich unglaublich auf diese Stelle. Sowohl Ben als auch sie würden anfangs nur halbtags arbeiten und sich die Betreuung des Kinds teilen. Es würde klappen. Ben freute sich so sehr darauf.

Sie hatte keine Lust, das alles Marlena zu erzählen.

»Ich danke dir für dein Angebot, ich weiß es wirklich zu schätzen. Aber ich komme nicht mehr zurück.«

~~~

»Ben, schau mal, was ich für einen Brief bekommen habe!« Aufgeregt wedelte Jule mit einem Umschlag.

Ben sah sie fragend an.

»Er ist von Constanze.«

»Lass mich raten. Zurück in München. Und sie hätte gerne ein wenig Trost von dir.«

Jule schüttelte den Kopf und strahlte ihn an: »Eine Hochzeitseinladung!«

»Das hätte ich nicht erwartet! Schön!«

»Und zwar eine Woche nach uns. Ben, ich weiß jetzt, wohin wir auf Hochzeitsreise gehen: nach Manarola!«

Als Ben zur Arbeit gegangen war, setzte sich Jule nachdenklich wieder an den Wohnzimmertisch, auf dem der Kerouac lag. In Gedanken versunken blätterte sie darin.

… denn die einzigen Menschen sind für mich die Verrückten, die verrückt sind aufs Leben, verrückt aufs Reden, verrückt auf Erlösung, voll Gier auf alles zugleich, die Leute, die niemals gähnen oder alltägliche Dinge sagen, sondern brennen, brennen, brennen wie phantastische gelbe Wunderkerzen und wie Feuerräder unter den Sternen explodieren …

Die Seite im Buch ging automatisch auf, so oft hatte sie sie nun schon gelesen. Oh ja, sie hatte einige Feuerräder an sich vorbeirasen gespürt in letzter Zeit. Sie blickte hoch und sah auf das Bild ihrer Mutter mit den zwei Punkten am Strand. Die schillernden Sonnenstrahlen, die sich auf den zwei Liebenden am Meer zu fokussieren und zu brechen schienen. Das Ineinanderfließen vom Rot und Gelb der Sonne mit den lila-schwarzen Schattenstreifen und dem blauen Meer, das weit hinten zur dunkelschwarzen, tiefen See wurde.

Jule wollte kein warmes Leben haben. Nein. Sie wollte brennen. Selbst auf die Gefahr, dass es sie verbrannte. Sie wollte sich nicht mehr aufhalten lassen von geheimen, tief verborgenen Ängsten, von der Frage, ob man einen Menschen ein Leben lang lieben konnte, ob man bleiben musste oder gehen durfte. Sie wollte das alles offen denken und einfach ins Feuer hineinrennen. Mit allen Gefahren, die es eben gab. Die Tür war jetzt weit offen.

Sie wollte das Feuerrad der Liebe mit Ben spüren.

Und das kleine Feuerrädchen da unter ihrem Herzen.

Epilog

Ein kleines Mädchen spielt im Sandkasten. Sie baut Burgen um Burgen. Eine größer als die andere. Mit einer Ernsthaftigkeit, die ihresgleichen sucht.

Sie heißt Jaune – gelb wie die aufgehende Sonne. Und Marie, wie ihre Großmutter, von der alle immer viel erzählten.

Marie-Jaune ist so konzentriert, dass sie kaum die Welt um sich herum wahrnimmt, bis ihr eine große Hand hingereicht wird: »Mariechen, wir müssen nach Hause. Mama hat bestimmt schon das Essen fertig.«

»Müssen wir wirklich, Opa?«

»Ja, meine Kleine, der Papa ist bestimmt auch schon zu Hause. Der freut sich schon auf dich!«

Ein Lächeln legte sich auf das Gesicht des Mädchens mit seinen dunkelbraunen Locken. »Der Papa ist auch schon zu Hause. Gut, Opa, dann lass uns gehen.«

Julian nahm seine Enkeltochter bei der Hand und führte sie nach Hause. Schon von weitem schimmerte das dunkle Holzhaus mit sanft geschwungenen Formen, umrahmt von einem Wäldchen aus Kastanien, ihnen entgegen. »Gleich sind wir bei eurem schönen Kastanienhaus«, schmunzelte Julian, der sich immer wieder an diesem von Ben erbauten Haus erfreuen konnte. Den es glücklich machte, dass seine Tochter und seine Enkeltochter in einem solchen Heim voller Geborgenheit, Wärme, Lachen und dem Duft von glücklichen Menschen leben durften.

Und wieder einmal war er verwundert, dass er doch noch seine Marie bekommen hatte, sein Glück des Lebens, in diesem wundervollen kleinen Enkelkind.

»Danke, Marie«, flüsterte er in die Luft und meinte damit nicht das kleine Mädchen an seiner Seite.

ᔕᔕᔕ

Brenninger eröffnete, indem er seinen weißen Bauern von e2 auf e4 zog. Dann stopfte er gemütlich seine Pfeife und sah erwartungsvoll Julian Ronstätter an, der erst einmal einen Schluck Rotwein nahm und sich gemütlich im Sessel zurücksetzte. »Wie ich mich immer auf unsere wöchentliche Schachpartie freue.«

»Dabei kommst du jede Woche zu spät«, kommentierte Brenninger mit einem Augenzwinkern.

»Marie will einfach nicht schlafen. Immer will sie noch eine Geschichte hören. Und ich kann dann nicht widerstehen«, lächelte Ronstätter. »Hast du übrigens wieder ein schönes Kinderbuch für mich?« Er schob seinen Bauern, ohne lange nachzudenken, von c7 auf c5.

»Mein Vorrat an Kinderbüchern ist begrenzt, mein Lieber. Langsam hast du alle Klassiker aus meinem Bücherschrank bereits ausgeliehen. Moderne Kinderbücher habe ich nicht.« Brenninger winkte verzweifelt zu seinen überbordenden Buchregalen, die alte, hochwertige, gebundene Klassiker beherbergten. »Du liest ihr erst noch alle Grimmschen Märchen vor, dann die von Andersen und dann muss das Mädchen einfach groß genug sein, um in die Weltliteratur eingeführt zu werden. Wir beginnen bei den Buddenbrooks und enden bei Krieg und Frieden«, bestimmte Brenninger und ließ seinen Springer von g1 auf f3 springen.

»Sie ist fünf Jahre alt«, warf Ronstätter schmunzelnd ein und zog seinen Bauern vorsichtig von e7 auf e6.

»Bei dem Großvater und einem Antiquar als Patenonkel muss sie das schaffen«, brummte Brenninger und stellte seinen Bauern von d2 auf d4.

Die nächsten Züge spielten sie wortlos. Brenninger paffte abwechselnd an seiner Pfeife, die einen milden Vanillegeruch im Raum verbreitete, und nahm einen Schluck des guten Rotweins, des Sciacchetrà, den er aus Manarola mitgenommen hatte. Er nahm es Julian nie übel, wenn er zu spät kam, denn er wusste, dass Julian nicht immer in der Lage war, auf Marie aufzupassen. Manchmal holten die Bilder von früher ihn ein, dann konnte er nichts anderes als starr im Bett liegen. Oder durch die Straßen laufen. Aber wenn er es konnte, genoss er die Zeit mit Marie. Brenninger hatte die Situation mit Jule besprochen. Sie freute sich sehr, wenn ihr Vater kam, wenn er mit Marie spielte. Aber sie verließ sich nie darauf, so dass er immer die Möglichkeit hatte, ohne schlechtes Gewissen nicht zu kommen, wenn er es nicht schaffte. Es war nicht einfach, für alle. Aber es ging.

Auch Ronstätter war in Gedanken noch bei der kleinen Marie-Jaune und ihrem seligen Lächeln, wenn sie einschlief. Ab und zu rutschte ihr dann noch der Daumen in den Mund. Tatsächlich kam er oft zu spät zur wöchentlichen Schachpartie, weil er sich kaum vom Bild des selig schlafenden Kindes trennen konnte. Noch musste er sich nicht konzentrieren. Sie spielten eine klassische Eröffnungsvariante.

Jetzt aber lachte er Brenninger an: »So, Horst, damit es nicht langweilig wird!« Er zog seinen schwarzen Bauern von d6 auf d5.

»Oh!«, Brenninger nahm die Pfeife aus dem Mund. »Du magst neuerdings Überraschungen! Diesen Zug hat Kasparow erfunden! Das Kasparow-Gambit!«

Die beiden räsonnierten ein wenig über berühmte Schachpartien wie jenen Weltmeisterschaftskampf 1985 zwischen Kasparow und Karpow.

Brenninger lehnte sich zurück und paffte an der Pfeife. »Wusstest du, dass manche Partien jahrelang dauern?«

Julian lächelte bedächtig: »Oh ja, Horst, das weiß ich genau!«

ᖷᖷᖷ

Thomas stützte seine Hände in den Kopf. Als Jule sah, dass er weinte, streichelte sie ihm sanft den Arm.

»Thomas, das verändert nicht, dass wir sie als wunderbare Mutter erlebt haben.«

Unter Weinen nickte er mit dem Kopf.

»Und ich glaube nicht, dass Papa davon wusste.« Obwohl sich Jule da gar nicht so ganz sicher war, schienen diese Worte Thomas gut zu tun. Es war das, was er hören wollte.

»Aber ich zumindest muss mich damit auseinandersetzen, dass er mein Vater ist. Und Marie-Jaunes Großvater. Ich möchte, dass er zu meiner Familie gehört.«

Thomas blickte auf. »Aber zu meiner Familie gehört er nicht.«

»Nein, Thomas. Du kannst ihn als einen Fremden ansehen, mit dem du dich auch nicht treffen möchtest. Oder als meinen Vater, den Vater deiner Schwester. Auf meinen Familienfeierlichkeiten aber wird er dabei sein.«

Thomas reagierte nicht. Er würde Zeit brauchen. Und Jule würde seine Entscheidung akzeptieren.

»Weißt du, Papa bleibt mein Papa. Den ich über alles geliebt habe, der mich großgezogen, geprägt, geliebt hat. Mein Papa. Meinen leiblichen Vater nenne ich Julian. Aber er ist mein Vater. Und er ist der Großvater von Marie-Jaune.«

Zwar antwortete Thomas nicht direkt, aber er widersprach ihr auch nicht.

»Die Bilder sind also bei ihm.«

»Ja, Thomas, sie gehören ihm. Aber er vererbt sie mir. Wenn du möchtest, können wir sie teilen, sobald ich sie bekomme.« Obwohl ihr diese Worte wehtaten, hatte Jule sie sich genau überlegt.

Thomas dachte nur kurz nach. »Nein. Erstens gehört die Serie zusammen, man darf sie nicht trennen. Und zweitens entstanden sie in Manarola. Sie gehören dir – und irgendwann mal Marie-Jaune.« Seine Stimme duldete keinen Widerspruch, und Jule war erleichtert darüber. Spontan umarmte sie ihn. Lächelnd sah er Jule an: »Die blauen Bilder …! – Sie gehören Jaune – Madame Sonnengelb!«

Marie

Ein Bild, wie eingebrannt mit Honig.

Seine Hand liegt auf ihrem Bein, vertraut, warm, angekommen, ganz da.

Die Finger fahren kleine Kreise, selbstvergessen, ganz entspannt.

Sie liegt und lauscht dem Atem des geliebten Mannes, ein wenig stark noch, immer sanfter nun, gleichmäßig ruhig. Die Welt, sie ist verschwunden, im Hier und Jetzt, in satter Zufriedenheit, in wohligem Sichfallenlassen. Genüsslich spürt sie nach, der Lust, der Liebe, dem gestillten Hunger.

Fast schläft sie ein, er dreht sich um, die Hand, sie wandert zu ihrem Gesicht und zeichnet die Konturen nach. Als er aufsteht, sieht sie ihm verwundert hinterher. Und genießt auch seinen Anblick. Zurück kommt er mit einem Buch, ein alter, brauner Umschlag, die Blätter erzählen vom Gelesenwordensein, ein ums andere Mal. Ein wenig wellig, als ob auch Tränen schon darauf gefallen wären. Der Autor, den sie ebenso gut kennt wie er.

Er legt sich bäuchlings neben sie, küsst einmal noch den Nabel ihres Bauches, schlägt dann das Buch auf, blättert, sucht und findet.

Dann hebt er an zu lesen, seine Stimme wie erschaffen zum Erzählen, tief und warm und modulierend und, vor allem, die Stille zwischen den Worten genießend.

»Der, den ich liebe, hat mir gesagt, dass er mich braucht. Darum gebe ich auf mich acht, sehe auf meinen Weg und fürchte von jedem Regentropfen, dass er mich erschlagen könnte.«

Er blickt auf, in ihre Augen, als ob er hineinfallen könnte und wollte.

»Was auch geschehen wird, du musst es mir versprechen, gib auf dich acht!«

DANKE

Danke an meine bewährten, so sehr geschätzten Korrekturleserinnen, deren Hilfe ich bei jedem Buch wieder in Anspruch nehmen darf: Alexandra Dusel, Claudia Günther, Bettina Kazcmarek, die diesmal diesen Roman in einem so frühen Stadion gelesen haben, dass er nur noch wenig mit dem jetzigen Buch zu tun hat. Ich hoffe, sie lesen ihn noch einmal und werden sehen, dass dennoch alle ihre Anmerkungen mit eingeflossen sind.

Ein Danke geht auch an Helmut Krausser, 2001 Oberbayerischer Meister im Schach, der mich bei der Korrektheit der Schachpassage unterstützt hat.

Ebensolchen Dank an die Autorin und Schachspielerin Sabine Hennig-Vogel für Ihre Tipps.

Danke an meinen geschätzten Autorenkollegen Michael Kiebler, wegen dem es in Frankreich regnete.

Danke an Peter Märkert, der mir nahezu ein unschätzbar wertvolles Wortlektorat gemacht hat und mich bei vielen psychologischen Fachspezifika auf Fehler und Unstimmigkeiten hingewiesen hat.

Danke natürlich an meine großartige, erfahrene, souveräne und mich immer begleitende Agentur Lianne Kolf!

Danke an meinen sehr geschätzten Autorenkollegen Roland Spranger, den ich um sein Feedback zum Manuskript bat, da ich sein Buch »Kriegsgebiete« für einen der besten Romane zum Thema traumatisierter Kriegsrückkehrer halte. (Ausgezeichnet mit dem Friedrich-Glauser-Preis 2013 für den besten deutschsprachigen Kriminalroman. Wohl verdient, wie ich finde!) Rolands Hinweise haben mich vor allem die Figur des Julian Ronstätter differenzieren lassen und mir auch in anderen Details sehr geholfen.

Danke an Thomas Gast, der mir mit seinen Büchern über die Fremdenlegion, mit Informationen und Tipps zu diesem schweren Thema beiseitestand. Auch wenn in der letzten Fassung dieses Romans, ganz im Gegensatz zur anfänglichen Version, die Fremdenlegion kaum noch eine Rolle spielt, so sind doch die Kriegserlebnisse eingeflossen und seine Kriegserzählungen auch unterschwellig sehr wichtig für diesen Roman.

Der allergrößte Dank geht an meine Lektorin Anne Sudmann.

Sie hat mich diesmal fast in den Wahnsinn getrieben, mich verzweifeln lassen. Einfach mal (gefühlt) die Hälfte des ersten Manuskripts zu streichen vorgeschlagen (alles andere sei großartig, sagt sie dann begeistert), den gesamten Schluss abgelehnt, sich dafür noch eine Reise nach Frankreich gewünscht, mehr Innenperspektive und und und ... – und das alles – mit der ihr eigenen, sanften, bedenkenden und intelligent-gefühlvollen Art – mit den Worten, da sei doch gar nicht so viel zu ändern.

Ich habe gekämpft, gearbeitet, gestrichen, umgestellt, neu geschrieben, Marie und ihre Innenwelt plötzlich entdeckt, Jen zu dem werden lassen, was sie nun ist, Constanze glücklich gemacht (wenn ihr Leser wüsstet, was diesen Figuren in der ersten Fassung zugestoßen ist!), alle losen Fäden nach wochenlangen wachen Nächten wieder aufgefangen und zusammengeflochten.

Et voilà – meine wundervolle Lektorin hat recht gehabt! Wieder einmal wurde das Buch durch sie zu diesem, das es nun ist. Das ein anderes und ein besseres ist als der erste Entwurf.

Danke aus tiefstem Herzen, liebe Anne Sudmann, ich könnte mir keine bessere Lektorin erträumen!

Mein besonderer Dank gilt Daniele, dem Besitzer von Hotel und Restaurant Marina Piccola in Manarola, der mich als ausgebildeter Rettungssanitäter in einer gesundheitlich nicht ungefährlichen Situation medizinisch perfekt behandelt hat, der auf dem Platz am Meer vielleicht mein Leben gerettet hat, und mich im Ambulanzwagen bis ins Krankenhaus nach La Spezia gebracht hat. (Rechercherreisen können lebensgefährlich sein.) Ich bin ihm zutiefst dankbar dafür! Grazie, Daniele, tante grazie!

Deswegen gibt es auch eine Figur in diesem Roman, die Daniele heißt und zufällig auch noch Besitzer eines Restaurants mit dem Namen Marina Piccola ist. Außer der Liebenswürdigkeit und unbedingten Hilfsbereitschaft hat meine Romanfigur natürlich nichts mit dem gleichnamigen Mann gemein – alles Fiktion!

Aber ich empfehle aus vollstem Herzen Danieles reales, direkt am Meer gelegenes, wunderschönes Hotel und sein Restaurant Marina Piccola! (Esst die Thunfisch-Antipasti dort für mich – göttlich!)

Anhang und Quellenverzeichnis

Das Zitat auf S. 8 stammt aus dem Gedicht *Blaue Stunde* von Gottfried Benn.

Das Zitat auf Seite 103 und Seite 170 stammt aus: Jack Kerouac, Unterwegs. Rowohlt Taschenbuch, Seite 13.

Die auf Seite 230 zitierte Fabel von Skorpion und Krokodil stammt aus: Jean-Chrstophe Notin, *Le Crocodile et le Scorpion*. La France et la Côte d'Ivoire (1999–2013). Zitiert aus: Thomas Gast, Fallschirmjäger der Fremdenlegion: Einsätze und Operationen in Afrika 1965–2015, Epee Edition.

Das Zitat auf Seite 287 stammt aus: Jack Kerouac, Unterwegs. Rowohlt Taschenbuch, Seite 240.

Das Zitat auf Seite 313 stammt aus dem Gedicht *Morgens du Abends zu lesen* und ist zitiert nach: Bertold Brecht, Werke, Bd. 14, S. 353.

Erst wenn man alles loslässt, kann das Leben neu beginnen

Stefanie Gregg

Mein

schlimmster

schönster

Sommer

ROMAN

atb

Als Isabel aus dem Krankenhaus kommt, weiß sie, dass nichts mehr ist, wie es war. Zum ersten Mal ist sie spontan: Sie kauft einen VW-Bus und fährt einfach los. Eine Reise, auf der sie Menschen trifft, denen sie sonst nie begegnet wäre, bei der sie ihr altes Leben loslässt und ein neues anfängt – und vor allem eines findet: die Liebe.

Eine Geschichte
so hoffnungsvoll
wie das Leben

Bilder in den Farben des Südens – das ist alles, was
Jule nach dem plötzlichen Tod ihrer Mutter Marie
von ihr bleibt. Das und eine ganze Reihe Fragen.
Und so beschließt Jule an die Orte zu reisen, an denen
ihre Mutter so oft alleine gemalt hat, um dort nach
dem Leben zu suchen, das Marie offensichtlich nicht
mit ihrer Familie teilen wollte. Dann taucht überraschend
Jules Freund Ben auf, und ihr wird klar: Man muss
die Vergangenheit loslassen können, um das Leben neu
zu beginnen.

*»Stefanie Gregg kurbelt mit schnellen, knackigen
Gedanken und Szenen das Kopfkino an.«*
Süddeutsche Zeitung

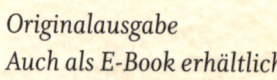

Originalausgabe
Auch als E-Book erhältlich

ISBN 978-3-7466-3411-1 € 9,99 [D]
ÖSTERREICH € 10,30 [A]

www.aufbau-verlag.de